rororo

ROBERT KRAUSE

3½ STUNDEN

WIE ENTSCHEIDEST DU DICH?

ROMAN

ROWOHLT TASCHENBUCH VERLAG

2. Auflage August 2021
Originalausgabe
Veröffentlicht im Rowohlt Taschenbuch Verlag,
Hamburg, August 2021
Copyright © 2021 by Rowohlt Verlag GmbH, Hamburg
Redaktion Steffi Korda
Umschlag: Zitat Doherr / Ulbricht: Niemand hat die Absicht,
eine Mauer zu bauen. www.volksstimme.de/
deutschland-und-welt/niemand-hat-die-absicht-419009
Covergestaltung Hafen Werbeagentur, Hamburg
Coverabbildung Richard Jenkins; Guenay Ulutuncok/akg-images
Satz aus der Plantin
Gesamtherstellung CPI books GmbH, Leck, Germany
ISBN 978-3-499-00758-3

Die Rowohlt Verlage haben sich zu einer nachhaltigen Buchproduktion verpflichtet. Gemeinsam mit unseren Partnern und Lieferanten setzen wir uns für eine klimaneutrale Buchproduktion ein, die den Erwerb von Klimazertifikaten zur Kompensation des CO_2-Ausstoßes einschließt.
www.klimaneutralerverlag.de

Für Johanna und Kurt Krause ...

*... meine Großeltern, die im August 1961
in einem Zug von Bremen nach Dresden
vor genau jener Entscheidung standen:
«Fahren wir wieder nach Hause,
oder bleiben wir im Westen?»*

Für Bernd Krause ...

*... meinen Vater, der die Nacht
vor dem Mauerbau bei einem Freund
in West-Berlin verbracht hatte. Auch er
stand vor jener Entscheidung.*

1 | GERD

13. August 1961
München, Theresienwiese, 7:05 Uhr

Gerd hatte sich für ihren Jungfernflug die Theresienwiese ausgesucht. Eine große freie Fläche mitten in der Stadt. Umringt von Kastanien. Da, wo im Herbst immer das Oktoberfest stattfand.

Er wickelte sich ein Taschentuch um den Zeigefinger und schlug auf den Propeller. Der Propeller drehte sich zweimal, dreimal, doch der Motor sprang nicht an. Seine Tochter Elke schickte ihm einen bangen Blick.

Elke hatte das Flugzeugmodell, eine gelbe Mustang P-51 mit amerikanischen Hoheitszeichen auf den Flügeln, unbedingt mitnehmen wollen auf ihre Reise nach München, um den Motor noch an Ort und Stelle ausprobieren zu können.

«Was ist, wenn wir den Motor kaufen und er dann nicht geht? Das schöne Westgeld», hatte sie am Abend vor ihrer Abreise in ihrer Ost-Berliner Wohnung gesagt.

Wenn er nicht geht, mache ich, dass er geht, hatte sich Gerd gedacht. Gesagt hatte er zu Elke etwas anderes. Was, wusste er nicht mehr. Er hatte sie damit zumindest nicht überzeugen können, und so hatte Elke eben das große Flugzeugmodell mitgeschleppt.

Nun standen Vater und Tochter hier mitten in München, bereit, ihren Flieger endlich starten zu lassen. Elke hatte zur Feier des Tages ihre blaue Latzhose angezogen, das weiße Hemd mit den Taschen auf der Brust und ihre Haare zu zwei ernsten Zöpfen gebunden. Sie sah aus wie eine Flugzeugingenieurin, freilich eine noch sehr junge mit ihren acht Jahren.

Gerd sah zum Rand der großen Freifläche. Vor dem Haus seiner Schwester Heidi beluden seine Frau Marlis und sein Sohn Willi das Auto, das sie zum Bahnhof bringen würde.

Es schmerzte ihn, dass weder seine Frau noch sein Sohn – dieser stille, intelligente Junge, der äußerlich so viel von ihm zu haben schien – sie und das Flugzeug eines Blickes würdigten. Was nur hatte er falsch gemacht?

Gerd wickelte das Taschentuch noch etwas enger um den Finger, dann versuchte er es noch einmal. Für einen Moment sprang der Motor an, vielleicht zwei-, dreimal drehte sich der Propeller, dann erstarb er wieder. Noch einmal schlug Gerd darauf, so heftig nun, dass der Finger schmerzte. Ein paarmal noch setzte die Zündung aus, doch dann lief der Motor rund und spie einen wunderbaren, warmen Ton über die Theresienwiese.

Elke blickte ihren Vater stolz an, und Gerd konnte sehen, dass das Herz seiner Tochter bis zum Hals schlug. «Ich trau mich nicht!», rief sie gegen den Lärm an.

Gerd lächelte sie aufmunternd an. «Du schaffst das schon!»

Elke zögerte noch einen Moment, dann nickte sie, lief an den Stahldrähten entlang, die sie ausgelegt hatten, und griff aufgeregt nach der Fesselflugsteuerung.

«Alles bereit?», rief Gerd, und seine Tochter nickte. Gerd machte noch einen Schritt, damit die Seile gespannt waren, dann setzte er die Maschine vorsichtig auf den Beton. Er blickte noch einmal zu seiner Tochter, dann ließ er los. Die Mustang rollte wackelig an. *Auch im Westen gibt es Schlaglöcher*, dachte Gerd und rannte zu seiner Tochter.

«Wenn sie auf Geschwindigkeit ist, sachte das Höhenruder ziehen!», rief er ihr zu.

Elke zog an, und die Maschine sackte ab.

«Nicht zu stark!» Gerds Herz machte einen Hüpfer.

Doch seine Tochter justierte perfekt nach. Die Maschine gönnte sich einen kleinen Ausriss nach unten, dann hatte Elke die Mustang *eingefangen*. Gerd merkte, sie hatte *Kontakt aufgenommen*, und zog die Maschine mit Feingefühl nach oben. Bald flog Elke einen perfekten Kreis durch den Münchner Morgenhimmel, und Gerd hatte alle Mühe, nicht zu heulen. Seine Tochter!

2 | MARLIS
München, Theresienwiese, 7:15 Uhr

Marlis' Gedanken rasten, als sie und ihr Sohn Willi das Familiengepäck einluden. Flüchtig schaute sie zur Theresienwiese, wo ihr Mann und ihre Tochter die gelbe Mustang fliegen ließen. Sie hatte wahrlich keinen Blick für das Modellflugzeug. Denn etwas anderes beschäftigte sie. Marlis wusste etwas, was ihr Mann Gerd nicht wissen durfte. Marlis wusste etwas, was nicht einmal sie wissen durfte. Ihr Vater Paul hatte ihr vor zwei Tagen ein verschlüsseltes Telegramm nach München geschickt. Er hatte sein Leben riskiert, mindestens seine Stelle als Offizier bei der Berliner Volkspolizei, um seine Tochter zu warnen.

Seit dem Moment, da Marlis das Telegramm entschlüsselt hatte, hatte sie pausenlos mit sich gerungen. Sollte sie es ihrem Mann sagen? Hatte sie das Recht dazu? Die Nachricht vom Bau einer Mauer würde das Fass zum Überlaufen bringen. Gerd würde dann vielleicht im Westen bleiben wollen.

«Mama, wir müssen ...»

Die Worte ihres Sohnes rissen Marlis aus ihren Gedanken. Willi schlug die Kofferraumhaube des Käfers zu, als wäre es sein eigenes Auto. Wie erwachsen er wirkte, obwohl er so schmächtig war, ihr Junge. Dabei war er gerade erst dreizehn Jahre alt geworden. Doch sein Blick war ernst wie der seines Großvaters. *Zu ernst für einen Jungen, der im September in die siebte Klasse kommt*, dachte Marlis.

«Mama, wir müssen los, sonst verpassen wir noch den Zug.»

Willi sah sie an mit seinen sanften braunen Augen. Er konnte seine Mutter so gut lesen, dass es Marlis fast schmerzte. Auch wenn er natürlich nicht genau verstehen konnte, was in ihr vorging – ihr stiller Junge verstand, dass seine Mutter etwas beschäftigte.

«Keine Sorge, Willi, der Bahnhof ist nicht weit weg», sagte Marlis, aber es war Willi, der aufmunternd nach der Hand seiner Mutter griff, so wie es ihr Vater manchmal getan hatte, als Marlis noch ein Kind gewesen war.

3 | GERD
München, Theresienwiese, 7:18 Uhr

Als der Polizeiwagen an der Theresienwiese entlangfuhr, dachte sich Gerd noch nichts dabei. *Streife Sonntagmorgen.* Arme Schweine. Doch der Wagen hielt, zwei Polizisten stiegen aus und kamen auf Elke und Gerd zu.

«Soll ich aufhören, Papa?»

«Nein, nein, flieg weiter.» Gerd lächelte seine Tochter an, und die zog den Flieger wieder mutig hoch. Die Mustang stieg über die Baumwipfel, frech und unbesiegbar.

«Grüß Gott», sagte der ältere der beiden Polizisten, ein untersetzter Mann um die fünfzig, Schnauzbart, ordentlicher Bauchansatz. Und auch wenn seine Stimme röchelte, in ihr schwang jenes unverschämte Selbstbewusstsein mit, um das Gerd die Bayern insgeheim so beneidete.

«Guten Morgen, die Herren», versuchte Gerd freundlich zu antworten. Er hasste Uniformträger.

«Sie wissen, dass es Sonntagmorgen ist, kurz nach sieben», sagte der jüngere Polizist. Er hatte eine seltsam krächzende Stimme, und Gerd konnte sehen, dass ihm Schweiß unter der Uniformmütze hervorrann.

«Ja?»

«Wir wurden gerufen, wegen Lärmbelästigung.»

Gerd blickte sie erstaunt an. «So schnell? Wir fliegen doch erst seit ein paar Minuten.»

«So ist eben die Polizei in München», sagte der Jüngere mit einer gewissen Schärfe im Blick.

Und da sind sie wieder, die Betonköppe. Nur eben auf der westlichen Seite, dachte Gerd.

Er überlegte noch einen Moment, ob er etwas erwidern sollte, doch dann gab er Elke ein Zeichen, und die steuerte das Flugzeug ängstlich gen Boden.

Der ältere Polizist, wohl der Chef der beiden, grüßte mit einem nicht unfreundlichen Nicken und wandte sich zum Gehen. Doch der Jüngere blieb an Gerds empörtem Blick hängen. Gerd war wütend, dass die Polizisten den Jungfernflug seiner Tochter so jäh beendet hatten.

«Dürften wir Ihre Ausweise sehen, *bitte*?», sagte der Jüngere und rührte sich nicht von der Stelle.

Der Ältere blieb stehen und sah seinen Kollegen vorwurfsvoll an. *Das muss doch jetzt nicht sein*, schien er sagen zu wollen.

Doch der Jüngere hatte die Frage gestellt und wollte sie nun beantwortet haben. «Und du schaust, dass du das Ding endlich runterholst», blaffte er Elke an.

Elke erschrak und verzog die Steuerseile. Die Mustang setzte zum Sturzflug an, berührte den Boden und überschlug sich. Der Motor erstarb, und eine Seite des Propellers flog in hohem Bogen davon.

Stille.

«Tut mir leid, Papa», sagte Elke leise.

«Kein Problem. Das reparieren wir wieder. Lernst du was dabei …»

Elke rannte zum Flieger, und Gerd musste an sich halten, den Beamten nicht anzuschreien. Am liebsten jedoch wäre er seiner Tochter gefolgt, die sich nun bestimmt Vorwürfe machte.

«Na, dann ist ja mal der Lärm vorbei, würde ich sagen», sagte der junge Mann nun auch noch frech.

Gerd biss sich auf die Lippen und reichte bewusst dem

Älteren seinen Ausweis, obwohl der Jüngere die Hand ausgestreckt hatte.

«Oh, Sie kommen aus der DDR.» Der Ältere hob den Blick.

«Wir fahren heute zurück. Unser Zug geht in einer Dreiviertelstunde.»

Die beiden Polizisten blickten sich an, waren nun merkwürdig still, und Gerd spürte, die Männer verbargen irgendetwas. Als wenn sie ihm noch etwas sagen wollten. War da gar Mitleid in ihrem Blick? Oder bildete Gerd sich das nur ein? Doch selbst die Arroganz des Jüngeren war verschwunden.

Der Ältere gab Gerd den Ausweis zurück. «Na, dann gute Heimreise.»

Die Polizisten gingen, und Gerd blickte den Männern irritiert nach, bevor er endlich zu Elke ging, die über der Mustang kniete und den Schaden begutachtete.

«Der Tank ist kaputt.» Elke reichte ihrem Vater den Flieger, und Gerd sah, dass seine Tochter den Tränen nahe war.

Er hockte sich zu ihr hin und strich ihr über die Wange. «Den Tank löten wir wieder, keine Sorge.»

«Und wenn der Motor kaputt ist?», fragte Elke, und ihre Unterlippe bebte.

«Der geht nicht so schnell kaputt, glaub mir. Ist ein Westmotor.» Gerd hatte versucht, eine Prise aufmunternde Ironie in seine Stimme zu legen.

Elke lächelte ihn tapfer an, doch dann verlor sie den Kampf, und eine Träne rann ihr über die Wange.

4 | MELDUNG
AN DAS PRÄSIDIUM DER VOLKSPOLIZEI
BERLIN, 7:20 UHR

Auf West-Berliner Seite am Kontrollpunkt 12 provozieren 4 Jugendliche unsere Posten mit den Worten: «Strolche, Schweine, Lumpen!»

Ein Genosse der Kreisdienststelle teilt mit, dass er an der Tankstelle Grünau nicht abgefertigt wurde. Der Tankwart sagte: «Wenn alles streikt, streike ich auch. Hoffentlich bumst es bald.»

Brigadestab meldet: Kontrollpunkt 13 Wollankstraße: fünf französische Panzer und 15 Militär-Kfz fahren in Richtung Wilhelmsruh.

5 | PAUL
Ost-Berlin, Einsatzzentrale Volkspolizei, 7:20 Uhr

Pauls Büro roch nach Linoleum. Und diesen Geruch brauchte er heute besonders. Das war der Geruch nach Ordnung. Seit er allein lebte, war ihm der noch wichtiger geworden. Sein Überlebenselixier. Er hatte sogar zu Hause in der Küche den Steinholzfußboden, der ausgesehen hatte wie neu, herausgerissen und Linoleum verlegt. Echtes

Linoleum. Nicht dieses neuartige PVC. Das roch einfach nicht so.

Das Linoleum war die Lösung. Wenn Paul Fuchs eines verstanden hatte im Leben, dann das: Veränderung schaffte man nur, wenn man seine Gewohnheiten veränderte. Ein neues Ziel zu definieren, das reichte nicht. Man musste seine Gewohnheiten verändern. Und so hatte Paul Fuchs schon in die ersten Minuten seines Tages einen Moment der Ordnung integriert. Das half ihm, den Verlust, den er zu beklagen hatte, endlich akzeptieren zu können. Paul Fuchs roch Ordnung, noch bevor der Kaffee die Herrschaft über die Gerüche in seiner einsamen Küche übernahm.

Und der zweite Moment der Ordnung war der Moment, wenn er sein Büro bei der Berliner Volkspolizei betrat. Wo er nun seit schon fast acht Stunden Dienst schob.

Sein Zimmer war für seinen Geschmack zu groß. Aber der sperrige braune Schreibtisch aus Sprelacart, der braune Bürostuhl, das braune Regal, die akkurat ausgerichtete Karte von Berlin und eben auch hier das Linoleum, ebenfalls braun, räumten sein Büro auf. Und damit auch seine Seele.

Nun, eine aufgeräumte Seele benötigte Paul trotz seiner zwölfjährigen Erfahrung im Dienst des Volkes heute ganz besonders.

Unaufhaltsam wuchs der Berg der Nachrichten aus dem Fernschreiber auf seinem Tisch. Draußen rannten seine Leute über den Gang wie Hühner, die einen Fuchs im Käfig hatten. *Major Paul Fuchs.*

Im Prinzip, ja, im Prinzip hieß Paul es gut, was ihr Staatschef heute durchzog. Wenn es Ulbricht tatsächlich gelingen sollte, diese Mauer zu bauen, dann war es vielleicht die Rettung ihrer Vision, ihrer Utopie von einem sozialistischen Land auf deutschem Boden.

Tausend Menschen am Tag, das war die finstere Statistik der letzten Wochen. Tausend Menschen am Tag verlor dieses Land, tausend Menschen am Tag ließen sich vom Westen blenden und hauten ab. Manchmal, ganz manchmal, ließ Paul Fuchs noch einen anderen Gedanken zu, den er aber immer wieder schnell verdrängen konnte: Tausend Menschen hatten die Schnauze voll – vom *Sozialismus auf deutschem Boden.*

«Paul, was machen wir mit Kontrollpunkt Sonnenallee?»

Paul Fuchs hob den Kopf. Nur Ulrike durfte ihn so stören. Unvermittelt, ohne anzuklopfen, ohne Anrede, ohne *Genosse Fuchs.* Ulrike war sein Bollwerk in der Polizeieinheit: Sie war noch immer eine attraktive Frau, hatte braune kurze Haare, war Anfang fünfzig, fast auf den Tag zwölf Jahre jünger als Paul. Sie trug heute ihre mit Rosen bestickte weiße Seidenbluse und die Perlenkette ihrer Mutter. Die Kette trug sie nur an *schweren* Tagen. Das wusste Paul.

«Wie sieht es denn aus?», fragte er.

Ulrike seufzte. «Vielleicht tausend Demonstranten, vielleicht sogar mehr.»

«Bei uns oder drüben?»

«Na ja, bei uns.»

Paul nickte. Keine guten Nachrichten.

Ulrike klebte einen gelben Zettel auf die Karte an der Wand neben seinem Schreibtisch: Die Karte zeigte Berlin, geteilt in die vier Sektoren der Siegermächte. Die Gebiete der Westalliierten waren grau gehalten. Oben in der Mitte die Franzosen, dunkelgrau, in der westlichen Mitte die Engländer hellgrau und unten die Amerikaner, fast schon unschuldig weiß. Auf der Ostseite zog sich über die ganze Länge das Territorium der sowjetischen Besatzungszone, die Hauptstadt der DDR in Rot, von den Ostdeutschen auch «demokratisches Berlin» genannt. Die geplante Mauer verlief als dunkelrote Linie dazwischen. Die KPs, die Grenzübergänge, waren als gelbe Flecken wie aufblühender Löwenzahn reingetupft.

«Und, wie sind die drauf, die tausend?», fragte Paul.

«Was glaubst du denn? Und wir haben nur die Jungs von der Zweiundzwanzigsten dort.»

«Nur zwölf Mann?»

«Eine Einheit!»

In Paul kroch nun endgültig das dunkle Gefühl hoch, das schon die ganze Schicht über auf ihn gelauert hatte. Da half nicht mal mehr das Linoleum. Kontrollverlust. Chaos. Weltuntergang.

«Und die beschimpfen unsere Jungs. SS und so was», setzte Ulrike nach.

Paul schüttelte den Kopf. Das entbehrte nicht einer gewissen Ironie. SS ... Ausgerechnet die Männer, die den Bau des «Antifaschistischen Schutzwalls» beschützten.

«Panzer?» Ulrike drehte sich um und blickte Paul direkt an.

Paul hielt nur kurz ihrem Blick stand, dann starrte er wieder auf die Zahl Tausend, die nun den KP Sonnenallee auf der Berlinkarte flankierte. Paul wusste einfach nicht, was er machen sollte. Es war noch nicht mal acht Uhr, und schon drohte die Lage zu eskalieren.

Um acht Uhr Panzer, um zwölf Uhr brennt die Stadt.

Sein Blick suchte das gerahmte Foto auf seinem Schreibtisch. *Auch so eine Gewohnheit*, dachte Paul. Erst vor ein paar Tagen hatte er sich dabei ertappt, wie er immer wieder auf dieses Bild geschaut hatte, wenn er eine Entscheidung hatte treffen müssen und nicht gekonnt hatte. Er musste das schon eine ganze Weile gemacht haben, nur war es ihm nicht bewusst gewesen. Er redete mit *ihr*. Nein, das traf es nicht. Er fragte sie um Rat. Das war es. Paul Fuchs fragte seine Tochter Marlis um Rat. Wie er sie schon immer um Rat gefragt hatte. Auch vor dem Selbstmord seiner Frau Frieda. Von Frieda hatte er kein Foto im Büro, das ertrug er nicht. Marlis blickte ihn vom Familienfoto aus an, als würde sie zu ihm sprechen, und nur zu ihm. Sie trug ein leichtes, ärmelloses Sommerkostüm, bis zum Hals geschlossen, hatte ihre blonden kurzen Haare zu einem Scheitel gelegt. Fast schon zu streng für ein Urlaubsfoto vom Strand. Doch vielleicht war es gerade das, was Paul an diesem Bild so mochte. Das Foto der vier war an den Kreidefelsen auf Rügen entstanden, unterhalb von Kap Arkona, an jener Stelle, die sie jeden Sommer besucht hatten, als Frieda, Marlis und er noch eine Familie waren. Dass Marlis nun auf dem Foto am Arm seines Schwiegersohns Gerd lehnte und nicht an dem des Vaters, das störte Paul nicht. Nicht mehr. Paul hatte gelernt, es zu akzeptieren. So war es nun eben. Paul liebte seine Enkel Willi und Elke, und er versuchte, Gerd zu akzeptieren. Der war kein schlechter Schwiegersohn, wenn man von dessen Flugzeugmanie mal absah – und natürlich von seiner Abneigung gegenüber allen Menschen, die eine Uniform trugen.

Ulrike ertappte Paul bei seinem Blick, zumindest kam es ihm so vor. Wusste sie um seine Marotte?

«Paul, was machen wir nun?»

Paul starrte seine Tochter an. *Was machen wir nun, Marlis?*

«Keine Panzer. Noch nicht», sagte er schließlich.

Ulrike atmete scharf ein. Paul wusste: Einer der zwölf Männer, die da am Grenzübergang Sonnenallee standen, diesen tausend gegenüber, war Ulrikes Sohn.

Aber Ulrike wagte nicht, zu widersprechen. Paul sah, wie sie ihre Angst heruntershluckte. Dann drehte sie sich wortlos um und ging.

6 | ANNA
München, Müllerstraße, 7:25 Uhr

Eine Frau mit Pony hat etwas zu verbergen. Mit diesen Worten hatte ihre Mutter ihr den Pony seinerzeit ausgeredet. Heute, fast sechzig Jahre später, hatte Anna die unerhörte Idee, gegen ihre Mutter zu rebellieren. Ob ihr Mann Ernst es merken würde?

Anna saß vor dem Spiegel, betrachtete ihr Gesicht. Das hatte sie schon lange nicht mehr getan. Wieso auch? *Was will eine alte Frau mit einem Spiegel?* Auch so ein Glaubenssatz ihrer Mutter. Ein mächtiger Glaubenssatz. Fast fünfzig Jahre Feldarbeit, das war, was Anna da im Spiegel sah. Ihre Haare waren fast weiß, die Haut war gräulich, selbst ihre einst blauen Augen schienen ergraut. Die Falten auf Stirn und Wangen glichen Ackerfurchen. Wer nur war diese Frau?

Entmutigt legte sie die Schere wieder zurück auf den Waschbeckenrand. Was für eine kindische Idee, ein Pony! Schon wollte sie das Bad verlassen, doch bei einem letzten Blick in den Spiegel entdeckte sie in ihren Augen noch etwas anderes, etwas irritierend Schönes. Hunger? Ja, vielleicht war es Lebenshunger. Oder auch den Reiz des Verbotenen? Dieser Gedanke gefiel ihr. Schließlich hatte sie ja etwas zu verbergen.

Ihr Bruder Rolf, dem die Schere einst gehörte, war an einem Dienstag Ende Juli gestorben, in München. Beim Bäcker in der Müllerstraße. Er war gerade mal 59 Jahre alt gewesen. Rolf hatte zwei Brötchen und ein viertel Mischbrot gekauft, wie jeden Dienstag. Der Einkauf für die halbe Woche eines einsamen, entwurzelten Mannes – eines Mannes, der in München wohl nie richtig angekommen war.

Anna war am 11. August, also vor zwei Tagen, in das Institut *Trauerhilfe Lutz* auf der Klenzestraße in München gegangen, hatte einen Zettel ausgefüllt und der Bestatter ihr die Urne ihres Bruders einfach auf den Tisch gestellt. Dann hatte der Bestatter eine seltsam ernste Miene aufgesetzt und Anna den letzten Wunsch ihres Bruders mitgeteilt: *Begrabt mein Herz in Dresden.* Der Indianerhäuptling Edward Two-Two hatte das mal gesagt. Anna und ihr Bruder Rolf hatten als Kinder Edward Two-Two im Zirkus Sarrasani im Dresdner Ostragehege gesehen, noch vor dem Ersten Weltkrieg. Und als der große Lakota-Sioux während einer Tournee schwer erkrankte, wollte er nicht in seine Heimat zurückgebracht, sondern in Dresden begraben werden. *Begrabt mein Herz in Dresden.* Nun bat sie ihr Bruder darum. Anna hatte Herrn Lutz entgeistert angesehen, doch der hatte sie nur gewarnt, dass der private Transport einer Urne in Bayern eigentlich verboten sei und er auch nicht wisse, was die ostdeutschen Grenzer dazu sagen würden.

Anna hatte all ihren Mut zusammengenommen. Dann hatte sie tatsächlich die Urne einfach in ihre schwarze Tasche gepackt und war hinaus auf die Straße getreten, den Beutel fest vor die Brust gedrückt.

Auf einmal war ihr diese Straße seltsam lebhaft erschienen. Wunderbar lebhaft. Bunter. Anna nahm plötzlich alles viel feiner wahr. Es klingelte hinter ihr im Schulhaus einer Grundschule, Kinder strömten auf den Pausenhof.

Genau genommen war es das erste Mal, seitdem sie und ihr Mann Ernst vor drei Tagen in München angekommen waren, dass Anna so etwas spürte. Sie fühlte sich lebendig, mit ihrem Geheimnis vor der Brust. Fast schon verrucht.

Begrabt mein Herz in Dresden. Ja, sie würde ihrem Bruder diesen Wunsch erfüllen, das schwor sie ihm und sich.

Anna sah wieder in den Spiegel, nahm einen tiefen Atemzug. Sie zog mit dem Kamm ihres Bruders drei Finger breit über ihrem Haaransatz eine Linie und kämmte sich die aschgrauen Haare jenseits dieser Grenze ins Gesicht. Dann griff sie zur Schere und machte sich ans Werk. Fünf saubere Schnitte, direkt über ihren Augenbrauen.

Als sie fertig war, erblickte sie im Spiegel eine andere Frau. Die Falten auf ihrer Stirn waren verschwunden. Sie ertappte sich bei einem Lächeln. Der Pony hätte ihrem Bruder gefallen. Anna legte die Schere weg, seine Schere, und ging in den Flur.

«Da bist du ja, wir müssen, das Taxi ist gleich da», grummelte ihr Mann Ernst, schnappte sich die letzten beiden Koffer und lief vor sich hin schimpfend aus der Wohnungstür.

Anna lauschte dem immer leiser werdenden Fluchen ihres Mannes aus dem Treppenhaus. Er hatte nichts bemerkt. Seufzend griff Anna nach der Tasche mit der Urne und verabschiedete sich von der Wohnung ihres Bruders.

Als sie aus dem Haus trat, bemerkte sie, dass der junge Taxifahrer nicht gerade erfreut war. Ihm schwante wohl schon, dass er nicht nur diese beiden alten schwarz gekleideten Herrschaften mitnehmen sollte, sondern auch vier große Koffer, das kaputte Kofferradio, an das sich Anna noch von früher erinnerte, und die hübsche Stehlampe mit dem geblümten Schirm, die so gut zu ihrem Sofa passen würde. Ihr Bruder hatte übrigens auch das Taxi im Voraus bezahlt. Und die Zugfahrkarte nach München und zurück, für den Interzonenzug D 151.

Nun lächelte Anna den Taxifahrer an und sagte: «Zum Bahnhof, bitte, in die Bayerstraße.» Als sie beim Einsteigen ihren Pony in der Scheibe sah, fühlte sie sich ganz kurz wie eine Frau aus einer Großstadt mit einer aufregenden Zukunft. Doch als sich ihr Mann neben sie quetschte, verschwand dieses Gefühl wieder so schnell, wie es gekommen war.

7 | CARLA
München, Pension Theresia, Florastraße, 7:30 Uhr

Sein Schnarchen ließ ihr Bett in einem sanften Rhythmus vibrieren. Einem Rhythmus, der sie an einen ihrer Songs erinnerte. «Fühlst du dich frei, spürst du die Freiheit?», flüsterte Carla den Text und musste schmunzeln. Sie spürte, dass Sascha eine Erektion hatte. Ein Gedanke stieg in ihr auf, ein frecher Gedanke. *Unser erster Sex im Westen?*

Sie hob vorsichtig den Kopf und sah zu den beiden anderen Bandmitgliedern, die neben ihnen im anderen

Einzelbett lagen. Schliefen sie noch? Das Bild der beiden rührte sie. Peter lag zusammengerollt in den Armen von Siggi. *Peter hat seine Heimat gefunden*, dachte Carla. Die alte Seele in den Schwingen eines bunten Vogels. Und ja, wahrscheinlich schliefen sie noch.

Carla ließ ihren Kopf wieder ins Kissen sinken und sah zur Decke. Sollte sie wirklich?

Durch das milchige Glas der Deckenlampe sah sie einen fast perfekten dunklen Kranz. Es waren tote Fliegen, die sich im Gehäuse verirrt und keinen Ausweg mehr gefunden hatten. Die Tapeten ihres Hotelzimmers waren in den Ecken vergilbt, der Dreck der Jahrzehnte hatte sich in einem harmonischen Verlauf von Beige zu Dunkelgrau verewigt. *Je tiefer in der Ecke, desto dunkler*, dachte Carla, *schön eigentlich.* Wie weit sie selbst wohl schon in der Ecke stand? Dass ihr Zimmer so heruntergekommen war, gefiel ihr. *Dass es solche Orte überhaupt noch gibt in München*, dachte sie.

Carla blickte noch einmal zu den beiden Männern. Sie konnte nur Siggis Gesicht sehen. Sein Mund stand offen, ein rauer Ton, kein wirkliches Schnarchen, entfuhr seinen Lippen. Er schlief komatös.

Sie schmiegte sich mit ihrer Wange an Saschas Brust und ertastete sachte den Weg in Saschas Unterhose. Sie mochte das, was sie da fühlte. So wie sie fast alles an ihm mochte. Seinen sehnigen Körper, seine langen, feingliedrigen Finger. Sogar der Stumpf seines linken Oberschenkels gefiel ihr; lange vernarbt, so als fehlte sein Bein schon immer. Und natürlich gefielen ihr seine blonden Locken. Nicht nur, weil sie gut aussahen, das taten sie, sondern weil sie sich noch besser anfühlten. Wenn Sascha seine Haare zwei, drei Tage nicht gewaschen hatte, dann waren sie perfekt. Rebellische Strähnen, die Carla um ihre Finger wickeln konnte und die dennoch machten, was sie wollten.

Carla blickte ein letztes Mal zu Peter und Siggi, dann nahm sie sein Glied zwischen ihre Finger.

Es dauerte eine ganze Weile, bis Sascha erwachte. «He, spinnst du?»

«Pssst», machte Carla und legte ihre Finger auf seine Lippen.

Sascha stöhnte. Nicht aus Lust, noch nicht. «Hör auf!», flüsterte er und blickte zu Peter und Siggi.

«Die schlafen noch. Entspann dich!»

Sascha wehrte sich noch ein paar Augenblicke, doch Carla wusste, was sie tat.

Dann hatte sie gewonnen. Sascha kroch zu ihr unter die Decke und drang in sie ein. So wie sie es am liebsten mochte. Selbstbewusst und fest und dazu heute noch, ohne dabei ein Geräusch machen zu dürfen.

Unser erster Sex im Westen!, dachte Carla, dann hörte sie auf zu denken.

8 | PETER
München, Pension Theresia, Florastraße, 7:40 Uhr

Peter wusste genau, was neben ihm geschah. Leider. Er lag schon eine ganze Weile wach. Und jetzt war er froh, dass Siggi noch schlief. Doch was, wenn Siggi nun aufwachte, dann würde Siggi nun auch mit ihm schlafen wollen. Schon aus Rache.

Verstohlen blickte er sich im Zimmer um und ertrug geduldig, was neben ihm geschah. Ihre Instrumentenkoffer lagen auf dem Boden verstreut herum, wie jene Inselgruppe aus Vulkangestein, die er in einem Reiseprospekt entdeckt hatte, gestern in Schwabing.

Sie hatten sich abends nach ihrem Konzert hier im Hotelzimmer noch eine Jamsession gegönnt, bis der Nachtportier gekommen war und ihnen gedroht hatte, sie rauszuschmeißen. Siggi hatte gesoffen wie ein Loch – *gut so*, dachte Peter jetzt.

Sein Blick blieb am fleckigen Fenstervorhang hängen. Der schmale Schlitz zwischen dem ausgebeulten Stoff verriet ihm, dass etwas nicht stimmte. Es war zu hell da draußen.

Und während Carla versuchte, ihren Orgasmus zu verbergen, erhaschte Peter einen Blick auf den Wecker – und sprang wie angestochen aus dem Bett.

«Verdammt ... Der Zug!»

Augenblicklich erstarb die Bewegung im Bett neben ihm.

9 | MARLIS
München, Hauptbahnhof, 7:45 Uhr

Wirtschaftswundersattheit. Als Marlis mit Gerd und den Kindern vor dem Hauptbahnhof aus dem Käfer ihrer Schwägerin stieg, erschlug sie wieder dieses Gefühl, gegen das sie sich so wehrte. War es Faszination? Ja, Marlis musste sich eingestehen, dass München auf eine ganz eigene Art pulsierte.

Berlin, Ost-Berlin pulsiert auch, dachte sie, *aber irgendwie ist es verwundet. Auch wenn wir versuchen, in Berlin eine Utopie von einer besseren Welt zu verwirklichen – die Stadt kriecht noch immer mit einem Messer im Rücken über ein Schlachtfeld.*

Und das Schlimmste war, dass Marlis spürte, wie fasziniert auch Gerd von dieser Kraft war, von der sie zu Hause noch weit weg zu sein schienen.

Nach dem Telegramm ihres Vaters hatte Marlis Panik bekommen, denn Gerd und Elke wollten noch länger in München bleiben. Mindestens, bis der Motor da war. *Dieser verdammte Flugzeugmotor.* Sie hatten ihn in dem kleinen Modellbauladen in der Konradinstraße bestellt. Der Motor kam und kam nicht. Doch dann in dem Moment, als Marlis drauf und dran war, ihrem Mann vom Mauerbau zu erzählen, hatte der Ladenbesitzer bei ihnen geklingelt. Auch er war so ein Flugzeugverrückter wie ihr Mann. Der Verkäufer war extra am Samstagabend, dem 12. August, in die Stadt gekommen, um den Motor zu übergeben.

Elke nahm ihren Rucksack, die angeschlagene Mustang und stürmte los, ihrem Vater hinterher. Marlis sah ihnen nach und kämpfte noch immer mit der Frage, ob sie ihrem Mann sagen sollte, was sie wusste, oder nicht. *Wirtschaftswundersattheit.* Das mondäne Kaufhaus auf der Bayerstraße, die Post, das schlichte, moderne Hauptgebäude des Bahnhofs. Ja, sogar die Tram war hier irgendwie *satt.* Verrückt. In Bayern hießen die Straßenbahnen *Tram.* In Ost-Berlin würde niemand die Straßenbahn so nennen, *Tram* war viel zu nah an dem russischen *Tramway.* Doch die Bayern taten es. Aus alter Verbundenheit zu ihren ehemaligen französischen Besatzern. Selbstbewusst und satt.

Willi wartete auf seine Mutter. Hätte Marlis es zumindest ihrem Sohn sagen sollen? Willi war in letzter Zeit zu ihrem Gesprächspartner geworden, zu ihrem Vertrauten. *Wie loyal Kinder doch sind*, dachte Marlis. Je mehr Gerd sich ihr entzog, desto öfter redete Marlis mit ihrem großen Sohn. Nicht, dass Marlis ihren Mann nicht mehr liebte, das tat sie sehr wohl. Aber seit dem Absturz seines Fliegers war das Leben von Gerd in eine Schieflage geraten. Und damit auch ihre Ehe.

Woher nur wusste Willi all diese Sachen, die er ihr riet? Als Marlis Probleme mit ihrem Chef, dem Abteilungsleiter der Bezirksplankommissionen beim Rat des Bezirkes, hatte – er überging Marlis regelmäßig bei der Vergabe von Aufträgen –, riet ihr Willi, das Gespräch mit ihrem Vorgesetzten zu suchen, diesen geradeheraus mit der Problematik zu konfrontieren und ihm notfalls damit zu drohen, die Kommission zu verlassen. Es war genau die richtige Strategie gewesen!

Auch bei der Frage, wie Marlis mit der Sehnsucht ihres Vaters nach mehr Tochter umgehen sollte, wusste Willi Rat. «Opa Paul braucht dich einfach, Mutti», hatte er ihr nur gesagt, als sei das ein Naturgesetz.

Marlis war mit dreizehn Jahren nicht so reif gewesen. Sie war viel mehr mit sich beschäftigt gewesen, damals. Beschäftigt damit, gegen ihre beiden jüngeren Schwestern Krieg zu führen. Im Krieg. «Müsst nicht auch noch *ihr* Krieg führen. Reicht doch, wenn das die Männer tun», das hatte ihre Mutter dann immer gesagt.

Als sie die Bahnhofshalle betraten, hielt Marlis den Atem an. Die Zeitungen in den kleinen Ständern hatten ihre Schlagzeilen auf sie gerichtet wie Maschinengewehre. Marlis überflog die Titelseiten, und ihr Puls stieg. Nur ein fett gedrucktes Wort hätte alles zerstören können: *MAUER.*

Doch auch die Zeitungen im Westen liefen der Zeit hinterher. Stattdessen las sie die Überschriften: *Sie kommen zu Tausenden. Flüchtlinge aus dem Osten überrennen die Aufnahmelager.*

Langsam fand Marlis ihren Atem wieder. Auch wenn die Häufung dieser Schlagzeilen verdächtig war, liefen der DDR ja schon seit geraumer Zeit die Leute weg.

Gerd schienen die Meldungen egal zu sein. Er marschierte mit Elke auf den Bahnsteig zu – *der Frontmann der Familie mit seinem Liebling an der Hand.*

Bahnsteig dreizehn. Am dreizehnten August. Marlis hatte gelesen, dass die Dreizehn in Italien eine Glückszahl war, und sie beschloss, dass die das ab heute auch für sie war. Immerhin war es der Geburtstag ihres Vaters. Und der erste Beweis: Noch niemand redete vom Mauerbau. Zumindest hier auf dem Bahnhof in München nicht. Vielleicht war es das, was Marlis an der Stadt so anzog. Auf eine unverschämte Art hatte sich München vom Rest des Landes abgekoppelt, machte sein eigenes Ding.

Nur noch ein paar Stunden, dachte sie, dann würden sie wieder zu Hause sein, zumindest auf heimischen Gleisen unterwegs. Dann hätte der Mauerbau auch für sie und ihre Familie eine unumstößliche Tatsache geschaffen. Und vielleicht war diese Tatsache das Beste für ihre Familie.

10 | CARLA
München, Wittelsbacherstraße, 7:50 Uhr

Die Band saß auf der Ladefläche eines alten Dodge-Militär-Pick-ups, der sie zum Bahnhof bringen sollte. Carla konnte durch die vorbeiziehenden Bäume einen Blick auf die Isar erhaschen. *Ein müder, eingemauerter Fluss*, dachte sie, *von Menschen begradigt und irgendwie unsexy.*

Sascha döste auf der Pritsche, den Kopf in Carlas Schoß. Siggi saß Peter gegenüber, hielt mit der einen Hand seinen Hut fest, und mit den Fingern der anderen trommelte er nervös die Baseline ihres letzten Hits. Sie waren spät dran, verdammt spät. *Bam, Bam, Bam ...*

The Finders prangte selbstbewusst auf seinem Schlagzeugkoffer.

Carla musste schmunzeln. Das *The* leuchtete heller als das *Finders*. Es war ihre Art zu rebellieren. *The* klebten sie nur im Westen auf ihre Koffer. Im Osten durften sie sich nur *Finders* nennen. Der englische Artikel war den Mächtigen zu amerikanisch, zu imperialistisch. *Finders* ohne *The* nicht.

Der Pick-up stoppte an einer roten Ampel. Siggi hörte auf zu trommeln und schlug auf das Dach des Fahrerhauses. «Heee, mach hinne! Unser Zug!»

Der Fahrer fluchte, fuhr dann aber tatsächlich bei Rot über die Ampel. Carla schickte Siggi einen dankbaren Blick. Sie sah auf ihre Uhr. In fünfzehn Minuten würde ihr Zug fahren!

Und was ist, wenn wir ihn verpassen?, dachte sie. Sie würden Ärger bekommen. *Sie* würde Ärger bekommen.

Was für ein Irrsinn.

Bei ihrem letzten Konzert in Ost-Berlin, in der Werner-Seelenbinder-Halle, hatten sie viertausend Zuschauer gehabt. *Ein Verhältnis von eins zu tausend*, dachte Carla. Gestern Abend in diesem kleinen Club in Giesing hatten sie fünfzehn Münchner hinter dem Ofen hervorgelockt. Fünfzehn! Sie, zu viert auf der Bühne. Das machte ein Verhältnis von eins zu vier.

Carla blickte wieder auf die Uhr und ihre Hände wurden feucht. Sie hatte ihrem Peiniger versprochen, dass sie am 13. August zurückfahren würden. Und ihr Peiniger verstand keinen Spaß. Das wusste sie nur zu gut.

11 | ANNA
München, Hauptbahnhof, 7:55 Uhr

Als Anna an der Bayerstraße aus dem Taxi stieg, krampfte sich ihr Herz zusammen. Nicht wegen ihres Bruders, den sie fest an ihre Brust drückte, oder weil ihr Mann ihren Pony noch immer nicht wahrgenommen hatte, sondern weil ihr mit einem Schlag klar wurde, dass Ernst und sie die drei Tage, die sie in München waren, nicht gelebt hatten. Nichts hatten sie von dieser Stadt mitbekommen. Sie hatten einfach funktioniert und sich durch den Hausstand gearbeitet, den ihr Bruder ihr hinterlassen hatte. So, wie sie immer funktionierten. Zu zweit. Dabei hatte ihr Bruder ihr fast neunhundert Westmark in bar vererbt. Doch sie hatten nichts davon angerührt. Sie waren nicht zum Essen ausgegangen, waren nicht einkaufen gewesen. Nicht einmal mit der Straßenbahn waren sie gefahren.

Bewegung. Lebendigkeit.
Das war es, wonach Anna sich sehnte. Nach der Lebendigkeit, die diese Stadt ausstrahlte.

Ihr Mann Ernst spürte offensichtlich nichts davon. Und das, obwohl er am Ende des Krieges hier stationiert gewesen war, als Unteroffizier der Schweren Flak-Abteilung 571. Ernst hatte diese Stadt verteidigt, sogar noch nach der Auflösung seiner Division. So viel wusste Anna. Ernst musste Menschen in München kennen. War er schon in den Jahren nach dem Krieg in Schweigen verfallen, hier nun schien er noch mehr zu verschwinden. Was war hier vorgefallen?

Ernst war so in sich gekehrt, dass Anna es nicht gewagt hatte zu fragen. Er hatte nicht einmal für einen kurzen Spaziergang die Wohnung ihres Bruders verlassen wollen. *Hausstand durchgehen, Essen machen* aus den Speisen, die sie von zu Hause mitgebracht hatten, *schlafen. Schweigen.*

Da Annas Bruder Rolf keinen Fernseher besessen hatte und eben nur dieses kaputte Radio, das sie jetzt mitschleppten, hatten sie nichts von der Welt da draußen erfahren. Ihnen war nur die Stille geblieben. Eine mächtige Stille, die sich zu ihrem Schweigen dazuaddiert hatte.

Irgendwie wurde Anna das ganze Gewicht ihrer Leblosigkeit erst hier bewusst, auf dem Bahnhofsvorplatz in München. Straßenbahnen quietschten, Autos. Gott, diese vielen Autos! Menschen, schön gekleidete Menschen, exotische mitunter, in einer exotischen Welt. Große Töpfe mit Pflanzen standen unter dem prächtigen Bahnhofsvordach, das selbst aussah wie das Blatt einer tropischen Pflanze. Der Bahnhof schimmerte hellgrün wie die Blätter einer jungen Birke, in die Glasfassade war ein blaues Mosaik eingelassen, das Anna an das verheißungsvolle Lichtspiel von Gewitterwolken erinnerte.

Anna hielt inne. *Lebenshunger.* Den hatte sie in ihren eigenen Augen entdeckt, als sie sich den Pony geschnitten hatte, und nun spürte sie ihn wieder. Er zerrte an ihrer Seele. Er tat ihr regelrecht weh.

Und was sagte Er dazu? Gott. Anna blieb für einen Augenblick stehen und nahm einen tiefen Atemzug: Was hatte Er wohl noch mit ihr vor? Anna war seit Jahren nicht mehr in der Kirche gewesen. Aber sie ertappte sich hin und wieder noch dabei, Sein Wort in Zeichen zu lesen.

Auf dem Bahnhofsvorplatz in München, in dieser einsamen Sekunde, während Ernst versuchte, einen Gepäckträger zu finden, in diesem seltsamen Augenblick schien Gott wieder zu ihr zu sprechen. Doch was wollte Er ihr mit all dieser Pracht um sie herum sagen?

Ernst kam zurück. Ohne Gepäckträger. «Ich habe es dir doch gesagt», knurrte er nur.

«Was hast du mir gesagt?»

«Dieses ganze Zeug ... Gott verdammt noch mal.» Ernst schüttelte den Kopf, als sei das Antwort genug, klaubte seinen Teil des Gepäcks auf (inklusive Radio und Stehlampe) und lief los. Ernst bestrafte sie für ihre *Missetat*, indem er sie stehenließ.

Anna sah ihrem Mann hinterher. Was, wenn sie jetzt einfach stehen blieb? Der unerhörte Gedanke lief warm und weich in ihren Bauch und verlor sich dort in einem wunderschönen Kribbeln. Nahrung für ihren Lebenshunger.

Was, wenn sie jetzt einfach stehen blieb?

Gleis 13. *D151 München – Ost-Berlin* stand bereits angeschlagen, als Anna zum Bahnsteig kam. Sie sah sich um. Auf dem gegenüberliegenden Gleis war ein Zug nach Garmisch angezeigt. Der Zug stand schon bereit. Nach *Garmisch!* Anna musste schlucken. Ihr Herz schien für ein paar Schläge auszusetzen. Was für ein Zeichen! Da stand ein Zug nach Garmisch! Wieder sprach Gott zu ihr.

Ernst und sie waren nach München gefahren. Hatten ihren Bruder Rolf beerdigt, nein, das war falsch, sie hatten seine Urne geholt. Aber in Garmisch waren sie nicht gewesen, in der Stadt, in der ihr Sohn nun lebte. *Die Toten vor den Lebenden ...*

«Was ist?» Ernst drehte sich zu seiner Frau um und folgte verärgert und schließlich verwundert ihrem Blick. *So weit reicht seine Empathie also noch,* ging es ihr durch den Kopf.

«Anna!» Hart wie ein Schuss. Er musste begriffen haben, was sie dachte.

«Wir könnten doch zu ihm fahren», sagte Anna leise.

«Anna!» Diese Idee schien für ihn völlig undenkbar. Ihr Sohn Werner war gegangen. Geflohen aus der DDR, aus dem Elternhaus, aus der Gärtnerei der Familie. Werner hatte damit nicht nur seinem alten Leben den Rücken gekehrt, sondern auch seinen Vater verraten.

«Wir wissen nicht mal, ob er da noch wohnt.» Ernsts Stimme war nun erstaunlich weich. Anna hatte Härte erwartet. Aber die Stimme ihres Mannes verriet: Sein Geist wollte nicht dorthin. Seine Seele schon.

Anna bewegte sich keinen Millimeter. Da stand er, der Zug zu ihrem Sohn. Bereit zur Abfahrt.

Ernst schüttelte den Kopf und ging weiter, als würde er damit den anderen Zug verschwinden lassen können.

Anna zögerte, tat ein paar Schritte, dann sprach Gott wieder: Der Schaffner am Zug nach Garmisch hob die Kelle, seltsam würdevoll, und blickte Anna direkt an. *Sieh her, ich spreche mit dir!* Noch eine Tür des Zuges stand offen, die erste, die Anna am nächsten war ... Sie hätte alles fallen lassen können, ihr ganzes dämliches Gepäck, ihr ganzes dämliches Leben ... Nur ein paar Schritte ...

Der Pfiff.

Anna starrte zu ihrem Mann, der stur weiterging, ohne sich umzudrehen, und natürlich erwartete, dass sie hinterherkam. *Anna, schau hin, ich spreche zu dir!*

Anna jedoch rührte sich nicht von der Stelle, und der Schaffner schloss die Tür. Der Zug fuhr ab. Anna sah ihm nach.

Gott hatte zu ihr gesprochen. Und sie? Sie folgte wieder ihrem Mann.

«Bete, dass wir nicht neben denen sitzen.» Mit diesen Worten empfing Ernst sie, als Anna außer Atem bei ihm ankam, nachdem sie sich mit ihrem vielen Gepäck mühsam an zahlreichen Passagieren vorbeigedrängt hatte. Ernst wies mit dem Kopf auf ein Mädchen, vielleicht acht oder neun Jahre alt. Das Mädchen tobte, einen gelben Flieger hochgereckt in die Luft, durch die Wartenden und machte die Geräusche des Motors nach.

«Bete, dass wir nicht neben denen sitzen.»

12 | GERD
München, Hauptbahnhof, Gleis 13, 8:00 Uhr

Gerd sah, wie seine Tochter mit der gelben Mustang durch die Reisenden flitzte. Ihre Laune schien wieder besser zu sein. Der Bahnsteig schmeckte nach Abschied. Viele Menschen mit vielen Koffern, aber auch viele, die einfach nur mitgekommen waren, um ihre Angehörigen zu verabschieden. *Ob das auf jedem Bahnsteig so ist*, dachte sich Gerd, *oder nur beim Interzonenzug nach Ostdeutschland?*

Gerd war froh, dass seine Schwester Heidi ihm das lange Abschiednehmen erspart hatte und wieder gefahren war. Vor dem Bahnhof hatte sie ihn noch heimlich zur Seite genommen.

«Sag es ihr bitte!», hatte sie geflüstert.

«Nein. Nicht jetzt!», hatte Gerd gezischt und alarmiert zu seiner Frau geblickt.

Heidi war mit dieser Antwort nicht zufrieden. Immerhin hatte seine Schwester nach der Scheidung die große Wohnung im Westend behalten, damit Gerd und seine Familie fürs Erste ein Dach über dem Kopf in München haben würden. Heidi wollte nicht mehr so lange warten, bis ihr Bruder seiner Frau erst zu Hause seine Pläne unterbreiten würde. Heidi wäre am liebsten mit ihrem Bruder und seiner Familie nach Hause gefahren, das wusste Gerd. Er wohl auch.

Doch er hatte sich etwas anderes vorgenommen. Es schien für ihn die einzige Möglichkeit zu sein, seinen neuen Weg mit seiner Frau zusammen gehen zu können. Und das wollte er unbedingt.

Als seine Tochter Elke an ihm vorbeirannte, mit der ramponierten Mustang in der Hand, da stieg ihm der Geruch von Flugzeugbenzin in die Nase. Wie das flüchtige Parfum einer schönen Frau.

Bist du sicher, es ist in Ordnung, was du da tust?, meldete sich sein Gewissen. *Sprich mit Marlis, hier und jetzt.*

Doch Gerd verscheuchte diesen Gedanken, so wie er die Bitte seiner Schwester verscheucht hatte. Nein, erst zu Hause würde er mit Marlis reden. Das hatte er sich geschworen.

Er nahm seine Frau in den Arm. Noch konnte er sie in den Arm nehmen. Noch ließ sie das zu.

«Alles gut?», fragte er.

Marlis lächelte nur matt, irgendwie erschöpft und angespannt zugleich, aber sie lehnte sich an ihn, so wie sie es früher oft getan hatte. Gerd sog ihren Duft ein. *Apfel. Grüner Apfel. Ihr Lieblings-Shampoo.* Einige Momente standen sie so da. Und plötzlich wusste Gerd: Sie würden den neuen Weg zusammen gehen können. Als stumme Antwort auf seine Ahnung lächelte Marlis ihn an. Das erste wahre Lächeln, seit sie auf Reisen gegangen waren. Dann legte sie ihre Wange an seine Brust. «Ich freue mich auf zu Hause», sagte sie leise und schlang ihren Arm um seine Hüfte.

Er glaubte zu wissen, was sie damit sagen wollte. *Ich freue mich darauf, endlich wieder mit dir schlafen zu können.*

Gerd musste schmunzeln, und für einen Moment war die Schwere verflogen. Plötzlich standen sie irgendwo am Strand bei Heringsdorf, es roch nach Kiefern, und die Ostseewellen flüsterten leise in ihrem Rücken, so wie sie es tun, wenn die Hitze des Tages allmählich schwindet und eine laue, unbeschwerte Nacht die Dünen in ein Paradies verwandelt.

13 | MARLIS
München, Hauptbahnhof, Gleis 13, 8:02 Uhr

Marlis schmiegte sich an ihren Mann, und eine innere Ruhe machte sich in ihr breit. Das erste Mal seit dem Telegramm ihres Vaters. Nicht nur einmal in den letzten zwei Tagen hatte sie sich gewünscht, ihr Vater hätte es ihr nicht geschickt, hätte sie nicht in den Zwiespalt geworfen, der sie nun zu zerreißen drohte.

Wäre der blöde Motor gestern Abend nicht gekommen, sie hätte es Gerd wohl gesagt. Doch als der Mann vom Modellbauladen an der Tür geklingelt hatte, hatte Marlis das als ein gutes Zeichen gedeutet. Und als sie dann sah, wie Elke und Gerd völlig selbstvergessen den Motor am Küchentisch in die gelbe Mustang einbauten, da hatte sie nach dem Weinglas gegriffen, das ihr ihre Schwägerin Heidi gereicht hatte, und beschlossen zu schweigen. Zumindest für den Moment. Doch nun? Hatte sie auch jetzt noch das Recht dazu?

Eine kühle Brise wehte über den Bahnsteig vom Starnberger Flügelbahnhof herüber, der sich etwas zurückgesetzt auf der anderen Seite der Gleise befand. *Vom Osten her.* Der Rest des Münchener Bahnhofs war mit einem Dach überspannt, gehalten von mächtigen Stahlbögen. Der Starnberger Flügelbahnhof, der Bahnhof im Osten, lag unter freiem Himmel.

Drei Millionen Menschen hatten sie verloren. Drei Millionen Bauern, Arbeiter, Verkäuferinnen, Ärztinnen, Ingenieure. Ingenieure, wie ihr Mann einer war. Es hatte nicht so weitergehen können.

Aber konnte das, was sie heute machten, die Lösung sein?

Eine scheppernde Ansage hallte nun über den Bahnsteig und erzählte vom Ziel ihrer Reise: Ost-Berlin, über Nürnberg, Erfurt und Leipzig. Irgendwo dazwischen lag die Grenze, die sie heute endgültig schließen würden.

Die Menschen um sie herum strafften sich plötzlich, sahen erwartungsvoll das Gleis hoch, von wo aus nun der Zug einfuhr. Die Leute bewegten sich, griffen nach ihren Koffern, umarmten ihre Liebsten. All die Menschen, die wieder in den Osten wollten und noch nichts wussten!

Der Zug kam näher, wurde langsamer. Die Bremsen schrien, dann kam der Zug mit einem Ruck zum Stehen, und Stille kehrte ein, für einen Moment auf dem Bahnsteig und für eine kleine Ewigkeit in ihrem Wesen. Wie ein Anästhetikum, das sich langsam über die Blutbahn in ihrem gesamten Körper verteilte. Das ihr versicherte, dass irgendwann der Schmerz über das, was sie gerade tat, verschwinden würde. Eine Stille, die ihr flüsternd das Versprechen gab, es noch schaffen zu können. Wegzukommen. Nach Hause, auf die andere Seite dieser Grenze, auf die bessere Seite, ohne dass ihr Mann in Versuchung geraten konnte. Ja, sie wusste eigentlich, dass es falsch war, ihren Mann nicht frei entscheiden zu lassen. Aber gleichzeitig war Marlis tief davon überzeugt, dass der Kommunismus die besten Menschen und das Beste im Menschen hervorbringen würde und dass sie Gerd eben notfalls zu seinem Glück zwingen musste. Die Stille schien ihr sogar zuzuflüstern, dass sie mit ihrem Schweigen Gerd ein Geschenk machte, ein Geschenk an ihre Liebe.

Langsam drang der anschwellende Lärm des Bahnsteigs wieder zu ihr durch. Die Wirkung des Anästhetikums ließ nach, und das, was da wieder in ihr aufstieg, sagte nun: *Marlis, mach dir doch nichts vor. Das machst du nur, weil du Angst hast, dass er im Westen bleibt, dass er dich verlässt, dass eure Liebe nicht so stark ist wie sein Wunsch, seinem alten Leben und deinem Land den Rücken zu kehren.*

14 | ARTHUR
München, Hauptbahnhof, 8:06 Uhr

Dieser Mann hat einfach Pech, dachte Arthur, als sein Kollege Andi sich ihm auf dem Bahnhofsvorplatz in München in den Weg stellte. *Andi ist einfach ein hässlicher Mann: Brille, abstehende Ohren, noch immer nur einfacher Kommissar, aber keine Haare mehr auf dem Kopf.*

Und Andi hat auch Pech mit mir. Denn er scheint mich aus irgendeinem Grund zu mögen.

Arthur verlangsamte nicht einmal seinen Schritt, er ging einfach nur an seinem Partner vorbei auf den Haupteingang des Bahnhofs zu.

Andi seufzte. «Arthur, der Tipp stinkt doch zum Himmel.»

Das tat er tatsächlich. Aber dieser Tipp war Arthurs letzte Chance auf Gerechtigkeit.

«Arthur, mach das nicht! Du bist runter von dem Fall!», rief Andi ihm hinterher.

«Wir haben drei Tote», sagte Arthur zu sich selbst, und ein paar Passanten drehten sich fragend um. Ja, sie hatten drei Tote und Arthur eine Theorie, in die er sich verbissen hatte wie ein Terrier in die Wade eines Ausreißers. Er blickte auf die Uhr und beschleunigte den Schritt. In drei Minuten würde dieser verdammte Zug fahren.

Arthur war trotz allem, was passiert war, immer noch fit für einen Mann jenseits der 50. *Als ob mit 50 das große Sterben losgehen würde. Na ja, irgendwie tut es das ja auch.*

Er war der beste Beweis dafür. Arthur war vor genau 42 Tagen dem Tod von der Schippe gesprungen. Und dieser Arzt, der für Arthur eigentlich der Hauptverdächtige war, hatte ihm gesagt, dass Arthur nur eine Chance hatte. Er müsse sich gesünder ernähren und das Rauchen aufgeben.

Arthur hatte sich, zumindest was seine Ernährung betraf, nach seinem Herzinfarkt tatsächlich im Griff. Rohkost, viel Rohkost, weniger Fleisch und Fett (kein Schweinsbraten!) und mehr Bewegung. Okay, ab und zu eine Bockwurst. Was wirklich erstaunlich war, hatte er doch sonst nichts im Griff in seinem Leben. Er hatte seinen Sohn verloren, war noch immer zerstritten mit seinem Vater und war kurz davor, suspendiert zu werden, nachdem er diesen verdammten Arzt später in der Vernehmung verprügelt hatte.

Doch das Rauchen, das hatte Arthur nicht im Griff. Bis jetzt zumindest. Ja, er hatte es sogar immer mal wieder geschafft, damit aufzuhören. Aber als seine Frau Inge ihn verlassen hatte, da hatte er komplett kapituliert und wieder zur Kippe gegriffen. Diese flüchtigen Inseln tiefster Entspannung, die ihm halfen, sein Leben zu nehmen, wie es eben war.

Als Arthur die Tür zum Bahnhof öffnete, hörte er seinen Partner hinter sich stöhnen. Und aus diesem Stöhnen hörte er heraus: Andi würde mit ihm in diesen Zug steigen. Er kannte ihn!

Als Arthur am Bahnsteig ankam, hatten sich die Menschenmengen am Gleis schon gelichtet. Er drehte sich um und, tatsächlich, Andi hatte ihn fast eingeholt.

«Wir untersuchen erst mal die Toiletten. Du den hinteren Teil, ich den vorderen!», rief er seinem Partner zu und stieg eilig in den Zug.

Arthur sah, wie sein Kollege am doch verdammt langen Zug entlangrannte. Er war froh, dass Andi auch hier war. Denn was Arthur suchte, war sprichwörtlich die Nadel im Heuhaufen. Irgendeine pharmazeutische Schweinerei, versteckt in einem D-Zug, der obendrein bald ihren Zuständigkeitsbereich verlassen würde, in Richtung DDR.

15 | CARLA
München, Hauptbahnhof, Eingangshalle, 8:10 Uhr

Carla rannte barfuß quer durch die Eingangshalle, die Pumps in ihrer Hand. Die große Bahnhofsuhr an der Stirnseite zeigte bereits 8:10, die Abfahrtszeit des Zuges.

Ihre Lunge brannte lichterloh, als sie Bahnsteig 13 endlich erreichte. Der Schaffner hob gerade die Kelle. «Nein, bitte! Warten Sie!», schrie sie und blieb stehen.

Ein paar Leute drehten sich nach ihr um. Doch der

Schaffner reagierte nicht. Er musste sie gehört haben! Auch wenn Carla völlig außer Atem war, sie konnte mit ihrer Stimme eine ganze Konzerthalle zum Beben bringen. Zur Not auch ohne Mikrophon. Aber der Schaffner hatte offensichtlich keine Lust, sie zu hören.

Carla blickte panisch zurück: Peter und Siggi konnte sie ausmachen, irgendwo hinter sich im Gewühl der Haupthalle. Sascha jedoch war noch nicht zu sehen.

Carla rannte die letzten Schritte auf den Schaffner zu, der mit dem Rücken zu ihr stand, und riss ihm die Kelle aus der Hand, genau in dem Augenblick, als dieser pfeifen wollte.

«Herrschaftszeiten», fluchte der Mann und drehte sich wütend um.

Als er Carla sah, geschminkt wie für einen Bühnenauftritt, stockte er. Carla schenkte ihm ein, wie sie wusste, unwiderstehliches Lächeln und war erfreut, dass der Mann eine ganze Weile brauchte, um überhaupt reagieren zu können.

«Geben Sie mir die Kelle her, das ist verboten.»

«Verbotenes mag ich am liebsten.» Carla presste die Kelle an ihre Brust. Dort war diese hoffentlich sicher.

«Geben Sie mir die Kelle wieder, sofort!» Der Ton des Mannes wurde schärfer, auch wenn er es nicht wagte, Carla an die Brust zu greifen. «Wir sind schon zwei Minuten über die Zeit!»

Carla wich einen Schritt zurück, blickte ihm in die Augen und merkte: Der Mann schien keinen Spaß zu verstehen. In diesem Augenblick rannten Siggi und Peter an ihnen vorbei und rissen die Tür des ersten Waggons wieder auf. Carla schaute sich schnell um und entdeckte nun auch

Sascha, der sich humpelnd durch die Menschen kämpfte. Aber er war zu weit weg.

Der Schaffner griff nun doch nach der Kelle, aber Carla ließ nicht los. «Waren Sie auch im Krieg?», fragte sie ihn.

Der Schaffner sah sie einen Moment verdutzt an. Dann hatte er sich wieder im Griff. «Was geht Sie das an?», blaffte er. «Geben Sie die Kelle wieder!»

Carla deutete mit dem Kopf nach hinten Richtung Sascha und ließ die Kelle immer noch nicht los. «Sehen Sie den jungen Mann? Bitte, seien Sie gnädig.»

Nun entdeckte auch der Schaffner den humpelnden Sascha in der Menge und zögerte. Hatte sie es geschafft? Carla drehte sich um.

In diesem Augenblick stürzte Sascha und schlug hart auf den Betonboden auf.

Carla ließ die Kelle fallen und rannte zurück. «Sascha!»

16 | MARLIS
München, Hauptbahnhof, Gleis 13, D 151, 8:10 Uhr

Marlis legte die Hand auf den Griff der Abteiltür. Das kalte Metall holte sie ins Hier und Jetzt zurück. Ihr Puls raste noch immer. Noch konnten sie wieder aussteigen.

Marlis drehte den Kopf und sah Gerd direkt in die Augen. Er schenkte ihr ein zärtliches Lächeln. Der Moment am Bahnsteig lebte noch zwischen ihnen. Und das machte es ihr noch schwerer.

Marlis wandte sich von ihm ab und zog die Tür zum Abteil auf. Der leichte Geruch nach Erbrochenem wehte ihr entgegen. *Anders als die frische Brise vom Starnberger Flügelbahnhof,* dachte Marlis, *die frische Brise aus dem Osten.*

Kurz zögerte sie, doch ihre Kinder quetschten sich schon an ihr vorbei.

«Ich will ans Fenster», sagte Willi und setzte sich auf den Platz, den Elke gerade nehmen wollte.

«Kannst du dich nicht dahin setzen?» Elke zeigte auf den anderen Fensterplatz. «Wenn ich gegen die Fahrtrichtung sitze, wird mir immer schlecht.»

Willi verschränkte die Arme. «Pech gehabt.»

Elke schickte Marlis einen fragenden Blick, doch Marlis war gar nicht in der Lage, angemessen zu reagieren, also ließ Elke sich mit dem Flieger auf den Platz neben Willi plumpsen.

«He!», sagte Willi und schob entnervt den Flieger beiseite. Und schon ging es wieder los.

«Ey, spinnst du?!» Elke rempelte zurück.

«Willi, setz dich rüber zu Mama», sagte Gerd, der nun auch das Abteil betreten hatte.

«Ich will aber ans Fenster!»

«Du hast gehört, was ich gesagt habe!»

Willi folgte maulend dem Befehl seines Vaters und setzte sich neben Marlis. Elke rutschte ans Fenster und schickte Willi einen schadenfrohen Blick.

Unter normalen Umständen hätte Marlis Elke dafür gescholten, doch sie war noch immer in Gedanken. Sie sah zu ihrem Mann. *Du musst es ihm sagen! Was, wenn er es hier im Zug erfährt, was, wenn er erfährt, dass du es wusstest? Geh raus mit ihm auf den Gang und sag es ihm!*

«Kinder, wollt ihr was essen?», sagte sie stattdessen.

Nein, wollten sie nicht. Gerd blickte Marlis fragend an. *Ahnte er etwas?* Marlis musste schlucken.

Doch bevor Gerd etwas sagen konnte, ging die Abteiltür wieder auf. Und da standen sie: Großeltern wie aus dem Bilderbuch. Er ein fast schon zierlich wirkender Mann mit einem akkurat gestutzten grauen Schnauzbart, sie eine stämmige Frau, die eine mütterliche Wärme verströmte. Diese Frau war Marlis sofort sympathisch.

Die beiden hatten unendlich viele Koffer dabei, dazu noch eine Stehlampe und ein Radio. Marlis glaubte, die beiden schon auf dem Bahnsteig gesehen zu haben. Er etwas mürrisch, sie mit einem neugierigen Blick unter einem frechen Pony, der ungewöhnlich war für eine Dame ihres Alters. Die beiden waren in Schwarz gekleidet, wahrscheinlich trauerten sie.

«Ich mache Ihnen Platz.» Gerd schob ihr Familiengepäck zusammen, und Marlis half den beiden, ihres zu verstauen.

Dann setzten sich alle. Sie ihr gegenüber. Mit einer Tasche auf dem Schoß. *Wie meine Großmutter, die hat ihre Handtasche auch niemals auf den Boden gestellt*, dachte Marlis, *denn das brachte Unglück.*

Die alte Frau lächelte, und Marlis merkte, dass sich die Stimmung im Abteil, die Stimmung in ihrer Familie sofort änderte. Ihre Kinder wurden ruhiger. Sie wurde ruhiger. Ja, Marlis konnte das erste Mal wieder einen klaren Gedanken fassen. Die Augen dieser Frau schienen Marlis zu sagen: *Alles ist gut, so wie es ist.*

Sie nahm noch ein paar Atemzüge und kam an, in diesem Gedanken. *Alles ist gut, so wie es ist.* Marlis spürte ihren Sohn an ihrer Seite, sie sah Gerd und Elke auf der Bank ihr gegenüber, die ihren Flieger wie ein Kleinod quer über die Oberschenkel gelegt hatten. Sie waren eine kleine, glückliche Familie, Vater, Mutter und zwei Kinder, auf dem Weg nach Hause. Und es war ein gutes Zuhause. Ein Zuhause, für das es sich zu kämpfen lohnte.

Marlis sah noch einmal zu dieser Frau, und ein warmes Gefühl der Dankbarkeit breitete sich in ihr aus. Und dann wusste sie, was sie machen würde. Sie würde es ihm nicht sagen. Irgendwann würde er es verstehen. Vielleicht würde ihr Mann ihr eines Tages sogar dankbar sein, dass sie so gehandelt hatte.

17 | CARLA
München, Hauptbahnhof, Gleis 13, 8:11 Uhr

Sascha lag am Boden, seine Nase blutete. Niemand half ihm, alle glotzten nur.

Carla schob sich durch die Schaulustigen, griff nach Saschas Hand und versuchte, ihn hochzuziehen. «Komm.»

Doch Saschas Körper wehrte sich, als würde er sagen: *Vergiss die Männer, die dich peinigen.* Schließlich stand er vornübergebeugt da. Blut tropfte aus seiner Nase auf den Beton.

«Bitte, Sascha, wir müssen!»

Doch Sascha rührte sich nicht von der Stelle. Carla sah panisch zum Schaffner. Der stand unschlüssig am Zug und sah auf seine Uhr.

«Sascha, bitte!»

Sascha hielt den Arm vor Mund und Nase, dann hob er

den Kopf und nickte. Carla griff nach seiner Hand. Doch Sascha drehte sich noch einmal um. «Meine Gitarre!» Er klaubte den schwarzen Instrumentenkoffer vom Boden auf und humpelte an Carlas Hand eilig neben ihr her.

Carla sah den Schaffner flehend an, *bitte lass uns mitfahren*, und der Mann ließ tatsächlich die Kelle unten. Die beiden erreichten die erste Tür, an der Siggi auf sie wartete und den beiden in den Zug half.

«Danke!», sagte sie atemlos zu Siggi, und der schüttelte nur den Kopf.

Carla nahm ein paar tiefe Atemzüge. Sie streckte den Kopf aus der Tür, schaute noch ein letztes Mal auf den Bahnsteig und schickte dem Schaffner einen Luftkuss.

Er hob die Kelle und pfiff.

Carla schloss schnell die Tür und sah, wie sich der Bahnsteig langsam an ihnen vorbeischob. Sie hatten es tatsächlich geschafft! Sie blickte zu Sascha, der neben ihr atemlos am Fenster lehnte. Sein Gesicht spiegelte sich in der Scheibe. Es war blutverschmiert. Doch Sascha lächelte. Er lächelte sie an. Erschöpft, verwegen und verliebt. Carla nahm ihn in den Arm.

«Monos Musos», flüsterte er. Es war ihr ganz eigener Liebesschwur, in einer Sprache, die nur sie beide kannten. *Du bist meine Muse, meine Liebe.* Carla strich über das Blut in Saschas Gesicht und musste grinsen.

Der Zug fuhr aus der Bahnhofshalle ins trübe Licht des Tages. Einige Menschen, die ihre Liebsten zum Zug gebracht hatten, blickten ihm noch eine Weile nach, dann gingen auch sie, und Gleis 13 blieb menschenleer zurück.

18 | KURT
Saalfeld (Saale), Personenzug 3488, 8:20 Uhr

Kurt saß in einem Bummelzug der Deutschen Reichsbahn in Richtung Probstzella. Er hatte die beiden Bänke in seinem Abteil für sich allein und blickte aus dem Fenster.

Die eingefallenen Häuserfassaden von Saalfeld halfen nicht, seine schlechte Laune zu verbessern. Auch sein Spiegelbild versetzte ihm einen Stich. Er hatte gestern Abend mal wieder viel zu viel getrunken. Für seine fünfundzwanzig Jahre sah er ziemlich verlebt aus. Seine Geheimratsecken ließen Schlimmstes befürchten, und selbst in der diffusen Reflexion erkannte er die Ringe unter seinen Augen. Er arbeitete zu viel. Und auch noch auf der falschen Baustelle. So wie heute. Er hatte einen Auftrag, auf den er keine Lust hatte. Aber auch kein anderer Regisseur aus seiner Abteilung hatte Lust darauf, und da er der Frischling war, musste er ran.

Im Endeffekt war er selber schuld. Er hatte Nein gesagt zu den Mächtigen in diesem Land, und sie hatten ihm daraufhin ihre «Hilfe» verweigert. Die ostdeutsche Filmgesellschaft DEFA hatte ihn zwar nach seinem Filmstudium übernommen, aber nicht das DEFA-Studio für Spielfilm in Babelsberg, sondern das für Wochenschau und Dokumentarfilme in Berlin. Das war der Preis, den er für sein Nein gezahlt hatte.

«Das ist aber ungezogen», sagte eine Stimme hinter ihm.

Kurt hatte die Schaffnerin gar nicht bemerkt, die nun böse auf seine Filmausrüstung blickte, die er auf die Bänke gelegt hatte. *Ungezogen ... was für ein infantiles Wort*, dachte Kurt.

«Sie blockieren fünf Sitzplätze mit ihrem Zeug!», sagte die Frau scharf. Sie war klein, höchstens einen Meter fünfzig groß, und hatte aufgequollene Beine; ihre Fesseln waren fast doppelt so breit wie ihre Füße.

Kurt blickte sich um, der Zug war fast leer. Kurz dachte er darüber nach, ob er mit der Frau diskutieren sollte. Doch dann kniff er und hob seinen Rucksack und das Filmstativ in das Gepäckfach über seiner Bank. Seine Kamera ließ er allerdings demonstrativ neben sich liegen. Ihretwegen würde er mit der Frau diskutieren, das nahm er sich vor. Seine Kamera war ihm heilig.

Die Frau tat ihm nicht den Gefallen, sondern knipste nur zufrieden seine Fahrkarte ab und ging kommentarlos weiter.

Kurt blickte ihr hinterher, das Ruckeln des Zuges schien ihr nichts auszumachen, und seine Laune sank auf den Tiefpunkt. Das Einzige, was ihm noch zu einem letzten Funken Selbstwert verhalf, war der Gedanke an das Tonband, das er seit damals immer bei sich trug. Eine 180-Meter-Spule, die er zur Vorsicht mit *Löschband* beschriftet hatte. Notfalls würde er sagen, dass die Aufnahmen aus einer Spielfilmprobe stammten, was freilich nicht der Wahrheit entsprach. Auf dem Band war jene Begebenheit aufgezeichnet. Das Nein, das Kurts Berufsleben so eine unschöne Richtung gegeben hatte.

19 | EDITH
Probstzella, Bahnbetriebswerk, 8:45 Uhr

Fünf Waschbecken nebeneinander, jedes gesprungen. Schwarze, zackige Linien zogen sich durch die vergilbte Keramik. Linien, die wie Grenzen auf einer Landkarte ferner Länder aussahen. Und jeder Arbeitstag rief nach einem anderen Land. Deshalb wusch sich Edith nach Schichtende auch immer an einem anderen Waschbecken.

Seit dem Sommerfest ihrer Bahnbrigade vor zwei Wochen hatte das Waschbecken in der Mitte ein neues Land dazubekommen. Die Grenzen waren frisch, nicht so schwarz wie die anderen. *Frische Grenzen.*

Edith fuhr mit ihren nassen Fingern die neuen Risse nach, und eine wohlige Wärme stieg in ihr auf. Sie hatte im Atlas nach einem Land oder einem Staat gesucht, dessen Grenzen diesen neuen Rissen ähnelten. Am Ende hatte sie sich für Texas entschieden. *Texas.*

Es war nicht wirklich Fernweh, das da in ihr aufstieg. Es war eher die wohlige Magie des Unbekannten.

Edith musste schmunzeln. Die Western waren schuld. Wenn sie ehrlich war, suchte sie immer erst einmal in Amerika nach einem neuen Staat. Die Western waren ihr die Liebsten.

Edith blickte wieder in den Spiegel, rang mit sich, dann holte sie ihr Schminkzeug aus der kleinen Tasche, die sie heute früh mit in das Bahnbetriebswerk geschmuggelt hatte. Nicht, dass es ihr verboten war, sich für den Dienst zu schminken. Sie wollte einfach nur nicht jedem hier auf die Nase binden, dass sie es ausgerechnet heute tat.

Edith öffnete das verbeulte Döschen mit dem Rouge. Und zögerte wieder. Sollte sie wirklich?

Sie sah noch einmal in den Spiegel. Ihre halblangen blonden Locken hatte sie einigermaßen in den Griff bekommen, obwohl sie mit dem Rad gefahren war. Aber ihre markanten hohen Wangen erschienen ihr heute blass, viel zu blass, der Schatten unter ihren Augen war zu dunkel, ihr ohnehin viel zu breiter Mund zu unförmig. Einzig ihre grünen Augen gefielen ihr, selbst unter diesem strengen Blick. Sie erzählten unverhohlen von der Neugierde, die heute in ihr brannte.

Edith trug mit dem Finger das forsche Rot auf ihre Wangen und hielt wieder inne. Sie hörte Schritte auf dem Gang, verbarg das Döschen und lauschte wie eine Diebin.

Edith, alles ist gut, du begehst kein Verbrechen. Nur eine Albernheit.

Sie starrte auf den Boden, auf die blassgelben Kacheln, wartete, bis die Schritte im Gang verhallten und sie nur noch das Knacken der mächtigen silbernen Heizkörper hörte, die auch im Sommer auf vollen Touren liefen, weil die Regler kaputt waren.

Auch die Heizkörper erzählen eine Geschichte, dachte sie, *so wie die Waschbecken eben ihre Geschichten erzählen.*

Knack. Knack. Knack.

Als sie vom Gang nichts mehr hörte, holte Edith die kleine Dose wieder hervor. Das Rot gefiel ihr. Sie sah wieder in den Spiegel und musste schmunzeln. Auch der Spiegel hatte seit dem Sommerfest einen neuen Sprung. Der verlief jetzt quer über ihr Gesicht. Und Edith gestand sich endlich ein: Es war ihr einfach nicht egal, wie sie heute aussah.

«Guten Morgen, Fräulein Salzmann», sagte Frau Renner und hob wissend eine Augenbraue, als Edith das Büro des Bahnbetriebswerks betrat. «So ein bisschen Farbe im Gesicht steht Ihnen gut», raunte sie. Frau Renner war die Chefin vom Dienst und herrschte wie ein Zerberus über das Bahnwerk in Probstzella. Ohne Frau Renner ging hier nichts, nicht mal die Sommerfeste. Sie war eine korpulente Frau, etwas zwischen herrischer Mutter und liebevoller Großmutter. Ein Urgestein der Reichsbahn, wie sie selbst immer sagte.

Sie grinste frech und wedelte mit ihrer Hand vorm Gesicht, vor ihrem völlig überschminkten Gesicht. *Diese unbeschreibliche Mischung aus Lob und Hohn bekommt nur Frau Renner hin*, dachte Edith und versuchte, nicht rot zu werden. Sie griff nach dem Dienstplan, den ihr Frau Renner über die Theke schob. *Bitte nicht rot werden, wo auch die anderen am Pausentisch die Hälse recken.*

«Doppelschicht?», fragte Edith erstaunt. «Schon wieder?»

Frau Renner deutete nur auf die Wandtafel mit den Fotos der besten Mitarbeiter des Monats und steckte sich eine Zigarette an.

Ediths Foto prangte gleich zweimal an der Tafel. Januar und Mai 1961, das waren ihre Monate gewesen. Ein Bahnarbeiter, den sie nicht kannte, stand auf der Leiter neben der Tafel und griff gerade nach dem Porträt, das für den Monat Februar stand: Es war das Foto von Alfred Kluge. Den mochte Edith. Fredl war eine Instanz, er war Brigadelokführer. Bei ihm hatte sie gelernt.

«Fredl und Albrecht ... Sind beide gestern rüber.» Frau Renner blieb bei ihrem freundlichen Blick, so als könnte sie die beiden damit wieder zurückholen.

Wieder zwei weg, dachte Edith und starrte auf das große rote Banner, das über der Tafel thronte. *Der Sozialismus siegt*, stand darauf.

Jetzt sind es schon vier, die weg sind.

Plötzlich sah sich Edith wieder im Spiegel, mit ihrem zarten Rouge auf den Wangen und dem Lippenstift, und schämte sich. Wie konnte sie sich nur um ihr Aussehen kümmern in solch einer Situation?

Der Bahnarbeiter stieg schwerfällig von der Leiter und schickte ihr einen prüfenden Blick, als wolle er ergründen, ob er bald auch würde Ediths Bilder abnehmen müssen. Dann ging er. *Er räumt die Leiter gar nicht erst weg*, dachte Edith.

Sie hatte die Prüfung offensichtlich nicht bestanden.

Wieder Doppelschicht. Edith starrte noch einmal auf die Wandtafel, und die Lücken in der Galerie der Besten machten ihr Angst. *Das System kollabiert.*

Edith stand eine Weile unschlüssig in der Halle und versuchte wieder runterzukommen. Die Bahnarbeiter von der Frühschicht saßen rauchend an den vier Tischen, so als wäre es ein Tag wie jeder andere. Frau Renner feilte sich mit einer Zigarette im Mundwinkel die Fingernägel, auch so wie jeden Tag. Doch das Gefühl von Normalität war Edith für diesen Moment einfach abhandengekommen. Und dieses Gefühl ließ sich auch nicht so einfach wieder einfangen.

Edith trat einen Schritt an die heilige Wandtafel heran: Ihr eigenes Bild vom Mai, ungeschminkt, aber voller Zuversicht strahlte sie an. *Niemand wird dich abnehmen müssen*, schwor sie ihrem Porträt, *niemand*. Das Bild hatte ausgerechnet Fredl gemacht, vor zwei Jahren, an ihrem einundzwanzigsten Geburtstag, auf einem Betriebsausflug in

Moskau. Hinter ihrem lachenden Gesicht thronte das Lenin-Mausoleum auf dem Roten Platz. Fast zwei Stunden mussten sie damals anstehen, sie und die anderen Lokführerinnen und Lokführer, um den toten Revolutionsführer sehen zu können. *Eine Mumie in Panzerglas.* Auch diese Mumie hatte ihr damals schon irgendwie zugerufen: *Das System kollabiert.*

Edith hielt den Anblick nicht mehr aus. Sie musste weg hier. Schwungvoll trat sie die Schwingtür auf, die hinaus zur Montagehalle führte. Es krachte auf der anderen Seite. Edith hielt erschrocken inne und sah durch die schwingenden Türen ein Stativ und eine Filmkamera auf dem Betonboden aufschlagen. Erst dann entdeckte sie auch ihn. Er stand gerade vom Boden auf.

«Entschuldigung. Habe ich Ihnen wehgetan?» Edith half ihm auf und realisierte erst, als sie das Raunen aus dem Pausenraum hörte, mit wem sie da zusammengestoßen war. Es war der Mann, für den sie sich geschminkt hatte. Er war vielleicht Mitte zwanzig, hatte freundliche, neugierige Augen, die von ein paar Lachfältchen gesäumt waren. Geheimratsecken verliehen ihm einen intellektuellen Touch. Er trug eine schwarze Lederjacke über einem karierten Hemd und einer Khakihose, *fast wie ein Pilot oder Cowboy*, dachte Edith, *ein intellektueller Cowboy*.

Der Mann griff dankend nach Ediths Hand. Als er wieder stand, starrte er auf ihre Uniform, und ein Erkennen glomm in seinen Augen auf. «Sie müssen Fräulein Salzmann sein!»

Edith nickte nur und schwieg, völlig überfordert. Sie sah von ihm zurück in den Raum. Frau Renner glotzte, die Männer am Pausentisch glotzten.

Schnell sah sie wieder zu ihm. «Äh, ja.» Mehr brachte sie nicht hervor.

«Kurt Blochwitz, angenehm», sagte der Mann, und seine warme Stimme gefiel ihr sofort.

Er lächelte Edith offen an. Dann hob er seine Kamera so vorsichtig auf, wie man ein Baby aufheben würde, das von der Wickelkommode gefallen war. Edith blickte noch einmal ertappt zurück zu ihren Kollegen und hätte im Boden versinken können.

20 | MARLIS
München Stadtrand, Interzonenzug D 151, 8:25 Uhr

Marlis hatte ihre Entscheidung getroffen, und endlich schien ihr Herz wieder im normalen Rhythmus zu schlagen.

Ihr Zug rumpelte über die Gleise auf seinem Weg aus der Stadt. Der D 151 fuhr gen Westen, das hatte Marlis auf dem Stadtplan von München gesehen. Alle Züge mussten erst einmal nach Westen. Das war der einzige Weg, diese Stadt zu verlassen. München hatte einen Sackbahnhof.

«Wir begrüßen Sie im D-Zug 151 nach Berlin-Ostbahnhof über Augsburg, Nürnberg, Ludwigsstadt, Erfurt und Leipzig», knarzte es aus den Lautsprechern.

Nun würde sie diese Stadt vielleicht nie wiedersehen. Was machte dieser Gedanke mit ihr? Marlis sah aus dem Fenster. Riesige Brücken zogen über sie hinweg. Ein Meer aus Gleisen, überspannt von einem Himmel voller Stromleitungen. Alles atmete Kraft aus. Schöpferkraft. Vielleicht musste sie eben diesen Preis zahlen, damit ihre Heimat auch eines Tages diese Kraft ausstrahlen würde. Und wenn ihnen das gelingen sollte, dann würde diese Kraft nicht aus einem sozialen Ungleichgewicht gespeist werden. Niemand würde ausgebeutet werden von einer herrschenden Klasse. Von Menschen, die einfach nur deswegen das Sagen hatten, weil sie Geld hatten und die Produktionsmittel besaßen. Niemand müsste mehr um sein Überleben kämpfen. Ja, dieses Ziel war es wert.

Der Geruch nach Erbrochenem war einem Bouquet von Großeltern gewichen. *Kölnisch Wasser* – der Duft ihrer Mutter.

Marlis schaute zu ihrem Mann. Der sah in Gedanken versunken aus dem Fenster. Sie kannte diesen Blick und ahnte, was er dachte: Er wäre lieber in München geblieben. Und doch war er hier bei ihnen im Zug, bei seiner Frau und seinen Kindern.

Gerd hielt den vorderen Teil des Fliegers auf seinem Schoß, den Teil, der die Spuren des Absturzes trug. Der gebrochene Propeller hing traurig an der Spitze des neuen Motors. Der Tank war verbeult. Aber ihr Mann würde zu Hause alles wieder reparieren – zusammen mit seiner Tochter. Und er würde seine Aufgabe mit aller Sorgfalt verrichten. Es war schließlich ihr Flugzeug.

Elke saß neben Gerd und umklammerte das Heck der Maschine. So als würde es abfallen, wenn sie losließe. In ihren kleinen Händen erschien Marlis der Flieger viel größer, als er war. Fast so, als sei die Mustang kein Modell.

Marlis konnte nun ihrer Tochter wieder ein Lächeln schenken. Elke lächelte zurück und lehnte dann den Kopf an die Schulter ihres Vaters. Gerne wäre Marlis jetzt an ihrer Stelle.

Ihr Mann sah zu ihr, als habe er ihre Gedanken gelesen. Wie er sie doch kannte! Das rührte Marlis. Ja, sie war tief gerührt von seiner Liebe zu ihr und seiner Liebe zu ihrer Familie. *Kölnisch Wasser* ... Was für ein Glück.

Gerd griff nach ihrer Hand. Seine Hand war warm und weich. Eine Weile hielt Marlis seinem Blick stand, doch plötzlich konnte sie ihm nicht mehr in die Augen sehen. Dieses Unvermögen kam heftig und völlig unvermittelt.

Sie ließ seine Hand wieder los. «Ich muss mal auf die Toilette», murmelte sie, dann stand sie auf.

Unter normalen Umständen hätte Marlis alles getan, um die beiden Alten in Schwarz nicht zu belästigen. Beine zurück. Er hatte gerade angefangen zu essen. Doch Marlis musste raus hier.

Ihr Mann sah ihr fragend hinterher. *Jetzt bloß nicht zögern.*

Mit seinem Blick im Nacken floh Marlis aus dem Abteil.

21 | ARTHUR

Der Kommissar klopfte die Verkleidung um den Spülkasten in der Zugtoilette ab, dann die Fläche um den Spiegel herum. Keine Spuren deuteten darauf hin, dass hier jemand Hand angelegt hatte. Im Toiletten-Papierkasten auch nichts. Ja, das Zeug konnte theoretisch überall sein, in jedem Koffer, bei jedem Fahrgast. Aber der Schmuggler musste über die Grenze, und würde er es dann in seinem Gepäck transportieren – da, wo die DDR-Grenzer es finden konnten?

Er, Arthur, würde den Stoff irgendwo im Zug verstecken. Und wo war man ungestört, um so etwas zu tun? Auf der Toilette! Arthur trat wieder auf den Gang und kämpfte gegen seine aufkommende schlechte Laune an.

«Arthur Koch, Kripo München, dürfte ich mal sehen, was Sie da drin haben?»

Die Frau im Gang vor ihm war Mitte sechzig, schätzte er, eine Bäuerin vielleicht? Sie trug Schwarz. War sie religiös? Oder trauerte sie?

Was Arthur dazu gebracht hatte, sie anzusprechen, waren Frisur und Haltung dieser Frau. Sie trug einen modernen Pony, der so gar nicht zu ihr passen wollte, und drückte mit einer seltsam schuldbewussten Haltung eine schwarze Tasche an die Brust.

«Bitte, reine Routine», sagte Arthur.

Noch immer starrte die Dame ihn nur an, und Arthur war sich sicher: Sie hatte Angst vor ihm.

Fast schon sanft nahm der Kommissar ihr die Tasche aus der Hand und blickte hinein. Ein paar Tischdecken. *Vielleicht ihre alte Aussteuer*, dachte er. Aber darin war etwas eingewickelt: eine Urne! Das perfekte Versteck für Drogen im Wert von 10 000 Mark. Sollte er so schnell einen Volltreffer gelandet haben?

In diesem Augenblick quetschten sich vier Musiker an ihm vorbei. Viel Gepäck, Mittzwanziger, schätzte Arthur. Eine Frau, drei Männer.

«Entschuldigung.» Die junge Frau schickte Arthur ein freches Lächeln. Wilde Frisur, schwarz umrandete Augen, ein enger Rock, große Ohrringe. Entschlossenheit im Blick. Wohl die Sängerin, denn sie trug kein Instrument bei sich. Arthur musterte die anderen Musiker. Der Bassist hatte ein rundes, freundliches Gesicht, fast schon gütig. Er war etwas kleiner als Arthur, aber sein ganzes Wesen strahlte eine seltsame Größe aus, passend zu seinem riesigen Kontrabass. *Und er ist schwul*, dachte Arthur, *mindestens er. Vielleicht aber auch der schräge Vogel mit dem Trommelkoffer am Ende der Truppe.* Er trug einen speckigen Hut von unbestimmter Farbe, einen Borsalino wie Al Capone, hatte dunkelblonde lange Haare, war unrasiert (so wie Arthur) und sein Körper hatte die Spannung eines Tänzers. *Wenn er tatsächlich Tänzer ist, dann muss er Disziplin haben.* Doch Arthur glaubte noch etwas anderes zu sehen. Der Typ hatte eine kurze Zündschnur, ja, den nervösen Blick eines Cholerikers. *Vielleicht sind die beiden Jungs ja sogar zusammen.* Solche Gedanken gaben Arthur das Gefühl, noch am Leben zu sein. Er selbst war ein unordentlicher Mensch, der seinen Sinn darin fand, die Welt da draußen für sich zu ordnen.

Er blickte wieder zu der älteren Frau in Schwarz. Sah so wirklich eine Verbrecherin aus?

«Ich muss da hineinschauen.» Arthur griff in die Tasche und öffnete vorsichtig den Deckel der Urne.

Die Frau erstarrte. «Mein Bruder ...», brachte sie stockend hervor.

«So, Ihr Bruder. Entschuldigen Sie bitte.» Arthur zögerte kurz, dann zückte er einen Stift. «Ich muss das jetzt leider tun.» Er stocherte in der Asche herum. Vergebens. Und dass es Asche war, dessen war er sich sicher. Behutsam zog er den Stift wieder heraus, putzte ihn verlegen an seinem Taschentuch ab, steckte ihn in die Innentasche seiner Manteljacke und schloss die Urne wieder. «Sie wissen, dass das verboten ist?», sagte er und gab ihr die Urne zurück.

Sie nickte schuldbewusst, während sie das Gefäß gewissenhaft wieder in ihrer Tasche verstaute.

«Wie weit fahren Sie?»

«Bis nach Leipzig, dort steigen wir um.»

Arthur deutete auf die Tasche. «Mein Beileid.»

Die Frau nickte nur, drückte die Tasche wieder an sich und ging.

Arthur sah ihr eine Weile hinterher und ärgerte sich über sich selbst, dass er der Frau das angetan hatte. Sein Instinkt hatte ihm gesagt, dass sie unschuldig war. Die Ärmste! Aber heute war Sonntag, er hatte kaum geschlafen, und die Nacht hing ihm nach. Kein guter Tag für seinen Instinkt.

22 | INGRID

Ingrid saß am Fenster ihres Abteils und war in die Tischordnung für ihre Hochzeit vertieft. «Hubert neben Edeltraut. Das passt. Aber wohin mit Tante Thea?» Sie nahm den Stift vom Papier und hielt inne. Da war etwas in ihr, das sie so schon lange nicht mehr gespürt hatte. Es war Glück. Ja, wenn Ingrid ganz tief in sich hineinhorchte – vielleicht war dieser Moment, hier in diesem Zug, auf dem Weg zurück in ihre Heimatstadt, mit ihren beiden Männern, dieser Moment war vielleicht der glücklichste in ihrem Leben.

Ingrid hob den Blick. Ihr gegenüber saß ihr Sohn Hans, der sich zur Feier des Tages sein gutes weißes Leinenhemd angezogen hatte (er hatte es selbst gebügelt) und die gute kurze Lederhose. Ihr Sohn spielte Schach mit Rudolf, dem

Mann, den Ingrid heiraten würde, morgen. Sie lächelte in sich hinein. Ihre beiden Männer waren so in das Spiel vertieft, dass sie ihren Blick nicht bemerkten.

Hans zog seinen weißen Läufer quer über das Feld und schlug mit ihm einen schwarzen Turm.

«Mist!», Rudolf ärgerte sich gebührend, und Hans stellte zufrieden den Turm auf den Rand des Spielfelds.

Rudolf war ein Guter. Und er war ein attraktiver Mann, mit feinen Gesichtszügen und gleichzeitig markantem Kinn, das eine gewisse Entschlossenheit ausstrahlte. Selbst die Narbe auf seiner Wange tat seinem ansprechenden Äußeren keinen Abbruch. Gut, sein fast schwarzes Kopfhaar wurde bereits lichter, aber das mochte Ingrid sehr. Rudolf war einer der wenigen Menschen, in deren Gegenwart sie sich einfach wohlfühlte.

Sie ertappte sich dabei, wieder einmal, dass sie es gar nicht glauben konnte, dass dieser Mann sie wollte. Sie, die sich selbst für wenig attraktiv hielt, zu dick, zu klein, und das Schlimmste: mit einem schwarzen Sohn an der Seite. Weithin sichtbar nicht seiner. Doch Rudolf schien das egal zu sein. Sie hatte ihn sogar dabei ertappt, dass er seine Freude daran hatte, die Leute mit Hans zu provozieren.

Ingrid hatte ihren Sohn Hans genannt, schon aus Protest. Sein Vater hieß Matthew. Nein, er hatte sie nicht vergewaltigt, wie man sich erzählte. Ingrid hatte ihn verführt. Sie war hoffnungslos verknallt gewesen in diesen schwarzen G. I. Genau genommen war er Polizist der United States Constabulary gewesen, einer amerikanischen Gendarmerie-Einheit, die in Hof stationiert gewesen war. Matthew war freundlich und unglaublich kultiviert. So einen kultivierten Mann hatte sie noch nie vorher gesehen. Und er erschien ihr unerreichbar. Das war auch der Grund, warum sie sich so hemmungslos in ihn verliebte. Die Liebe zu ihm war eine sichere Bank, das hatte sie später, viel später begriffen. Einen Mann zu begehren, der nicht zu haben war, das war sicher. Und dass er nicht zu haben war, also *richtig* zu haben, das wusste Ingrid instinktiv. Und so probierte sie sich aus. Jeden Tag, an dem sie sich heimlich trafen, ein bisschen mehr. Jeden Tag wagte sie ein bisschen mehr. Irgendwann hatte sie ihn so weit.

Es war im Grunde absurd gewesen. Er brachte ihr an jenem Abend fünf Hühner, die die amerikanischen Polizisten ihrem Nachbarn, dem bösen Theo Botin, abgenommen hatten.

«Please prepare a soup for us», sagte er zu ihr.

In der Waschküche setzte Ingrid einen großen Wäschetrog auf die Feuerstelle. Diese hatten sie für die Amerikaner eingerichtet, die damals, nach dem Krieg, bei ihnen eingezogen waren.

Ihre Mutter hatte immer gesagt: «Wenn du in die amerikanische Küche gehst, dann geh nie allein.» Und Ingrid hatte sich strikt daran gehalten. Doch das war schon lange her. Genau genommen sieben Jahre.

Jetzt war Ingrid einundzwanzig Jahre alt. Und nun traute sie es sich: Sie ging die dunklen Stufen zur Waschküche hinunter, allein mit fünf Hühnern, Möhren, Tomaten, Zwiebeln, Pfeffer und Salz – und eben Matthew.

«I'm going back home tomorrow, you know», sagte Matthew und lehnte sich lässig an die Wand der Waschküche, neben das kleine Fenster, die Arme vor der Brust verschränkt. Ingrid konnte sehen, wie Brustmuskeln und Bizeps unter dem Hemd seiner Uniform spannten. «I'm going back home tomorrow, you know.» Dieser Satz war schuld, besser gesagt, *wie* er diesen Satz gesagt hatte. In seiner Stimme lag ein verheißungsvolles Versprechen. Ein doppeltes Versprechen. Die hoffnungslos verliebte junge Frau in ihr verstand: *Wenn du willst, nehme ich dich mit!* Die bindungsscheue Realistin in ihr hingegen hörte: *Keine Angst, wir werden uns nie wiedersehen.* Und so bekamen beide Stimmen in ihr zu hören, was sie hören wollten.

Ingrid hängte den Tauchsieder in den Wäschetrog, drehte sich zu ihm um und öffnete den obersten Knopf ihrer Bluse. Nur diesen. Weiter kam sie nicht, so sehr pochte ihr Herz. Matthew sah sie eine Weile regungslos an, dann verschloss er die Tür der Waschküche.

Ja, sie hatte ihn verführt. Sie, das junge Ding aus Ludwigsstadt, den schwarzen Mann aus Minnesota, der einen Kopf größer war als sie und doppelt so schwer. Es war ihr erstes Mal gewesen. Und es hatte wehgetan. Es tat noch heute weh.

Am nächsten Tag, es war der 15.10.1952, las Ingrid in der Zeitung, dass Matthews Einheit aufgelöst worden war. Die United States Constabulary hatte ihre Aufgaben an die deutsche Polizei übergeben. Matthew hatte Wort gehalten, wie die bindungsscheue Realistin in ihr fand: Er war verschwunden, einfach weg aus ihrem Leben. Kein Brief, keine Nachricht. Keine Adresse. Einzig den Aufnäher seiner Einheit hatte er von seiner Uniformjacke gerissen und ihr in der amerikanischen Küche geschenkt, bevor er gegangen war. Ein gelber Kreis mit einem blauen C in der Mitte und einem roten Blitz darüber, von links oben nach rechts unten. Der Blitz hatte dadurch etwas Rückgewandtes, wie Ingrid fand.

Und sie kannte nur seinen Vornamen. *Matthew.*

Vor zwei Jahren dann, da war Hans sieben Jahre alt und Ingrid genauso viele Jahre eine Aussätzige mit einem schwarzen Bastard, hatte sie über das Amt Matthews Adresse herausbekommen und ihm geschrieben – nach Minnesota.

Und Matthew hatte geantwortet: «I already have a son.»

Damit war die Sache für ihn erledigt gewesen, und er hatte auf keinen ihrer weiteren Briefe geantwortet. Ingrid blieb die Aussätzige mit dem schwarzen Bastard und war aus ihrer Heimatstadt Ludwigsstadt geflohen, nach München. Dort kannte sie niemand.

Dann hatte sie Rudolf kennengelernt, und alles war anders geworden. Besser. Viel besser.

«Neben Hans. Der Platz neben Hans ist doch noch frei», sagte Rudolf jetzt und deutete auf die Tischordnung.

Ingrid brauchte eine ganze Weile, um zu verstehen, was er damit meinte. Es war seine Antwort auf die Frage, die sie gestellt hatte: «Wohin mit Tante Thea?»

«Das geht nicht», antwortete Ingrid leise. Rudolf blickte sie fragend an, *warum nicht?*

Ingrid deutete auf ihren Sohn, der gerade damit kämpfte, seine Dame nicht zu verlieren – und Rudolf schien zu begreifen, was Ingrid damit sagen wollte: *Tante Thea würde sich niemals neben einen schwarzen Jungen setzen.*

«Dann soll sie halt bleiben, wo der Pfeffer wächst», sagte Rudolf. Er sagte es mit jener unerhörten Selbstverständlichkeit, für die sie ihn so liebte.

«Aber wir können doch nicht Tante Thea ausladen, es ist unsere Hochzeit.»

«So, können wir nicht?»

Rudolf nahm Hans die Dame ab und schmunzelte. Die Welt gehörte ihm. *Die Welt gehört uns.* Und es war für Ingrid, als hätte Rudolf den Vorhang geöffnet zu einer anderen Welt. Freiheit ... Unerhört. Aber er meinte es so.

Ingrid nahm all ihren Mut zusammen – und strich Tante Thea tatsächlich von der Liste. Sie schüttelte dabei den Kopf, so unerhört fühlte sich das an. So unerhört gut.

Ingrid blickte auf ihren Sohn, der seine Dame nun verloren hatte. Er hasste es zu verlieren, und dafür liebte sie ihn umso mehr. Für Hans würde sie durchs Feuer gehen.

Dann widmete sie sich wieder der Tischordnung. «Neben Oma, das geht nicht.» Sie hob den Blick. «Wir brauchen noch einen Platz für Onkel Richard.»

In diesem Augenblick öffnete sich die Tür. Ein Mann stand in der Abteiltür, und Ingrid verschlug es den Atem. Alles an diesem Menschen irritierte sie. Er trug einen dunklen Hut, war unrasiert, sein Hemd war bis zur Brust geöffnet und ließ ein Tattoo erahnen. Ein Tattoo! Das hatten doch sonst nur Matrosen oder Männer aus dem Gefängnis!

«Kein Platz für Onkel Richard und auch kein Platz für unsere Koffer», sagte er nun.

Die Koffer waren große schwarze Dinger. Instrumentenkoffer.

Ingrid wusste nicht, wie sie reagieren sollte, suchte den Blick ihres zukünftigen Mannes, doch den schien der Neuankömmling wenig aus der Fassung zu bringen. Rudolf lächelte Ingrid nur an, dann setzte er einen Läufer.

«Schach.»

Sie erwachte aus ihrer Starre und begann, diesem angsteinflößenden Musiker beflissen Platz zu machen.

«Lassen Sie mal», sagte der bunte Vogel, lächelte überraschend nett, bevor er unmerklich zögerte, während er die drei musterte. Ingrid konnte seine Gedanken lesen. Tausendmal schon hatte sie diese Gedanken gelesen. Sie, Rudolf und ein schwarzer Junge. Doch Ingrid konnte keine Verachtung erkennen wie sonst so oft. Eher lag Respekt in seinem Blick.

Ingrid vergaß für einen Moment, was sie machen wollte. Dann hob sie wie ferngesteuert die große weiße Schachtel mit ihrem Brautkleid ins Gepäcknetz.

Doch der Mann mit dem Tattoo wandte sich ab.

«Komm, wir gucken mal gegenüber. Vielleicht könnt ihr hier sitzen», sagte der Zweite aus der Band, der hinter ihm stand. Die beiden gingen weiter und gaben den Blick frei auf zwei weitere Musiker, die auch noch im Gang standen. Ein stattlicher, blond gelockter Mann stand seltsam schief in der Tür. *Ist etwas mit seinem Bein?* Der Mann erschien Ingrid ansonsten fast schon *normal*. Neben ihm stand eine exaltierte Frau mit großen Ohrringen.

Als der Blondgelockte ihr Abteil betrat, passierte etwas Seltsames. Sein Blick traf auf Rudolf, und er hielt inne. Für den Bruchteil einer Sekunde entglitten dem blonden Musiker die Gesichtszüge, ein flüchtiger Moment nur, doch Ingrid hatte es gesehen.

Sofort schien sich der Blonde wieder im Griff zu haben. Er humpelte ein paar Schritte zurück und verließ das Abteil. Ingrid konnte nicht sagen, was da gerade passiert war. Sie sah zu Rudolf. Doch der schien von alldem nichts mitbekommen zu haben.

Ingrid hatte den Eindruck, dass auch die Frau aus der Musikgruppe etwas bemerkt zu haben schien. Sie sah diesen Blonden fragend an. So wie Ingrid Rudolf. Doch der Blonde starrte nur den Gang hinab und blieb ihr die Antwort schuldig.

«Ich gehe in den Speisewagen.» Mit diesen Worten hinkte er davon, und die beiden Frauen sahen einander fragend an. Auch dieser Blick währte nur einen Wimpernschlag, aber etwas war geschehen, dessen war sich Ingrid sicher.

23 | SASCHA

Sascha blieb im dunklen Verbindungsstück zwischen zwei Waggons stehen und brauchte eine ganze Weile, um überhaupt wieder einen klaren Gedanken fassen zu können. *Die Narbe!* Oder hatte er sich getäuscht?

Der Zug fuhr über eine Weiche. Die beiden Metallplatten am Boden verdrehten sich ineinander, und er verlor beinahe den Halt. Sascha humpelte weiter, durch den nächsten Waggon und den übernächsten, immer weiter. *Verdammt, die Narbe!* Sein Stumpf schmerzte. Aber der Schmerz war ihm willkommen.

24 | MARLIS

Als Marlis die Toilettenspülung zog, gab die Klappe im Toilettenbecken den Blick auf die Gleise frei. Die Schwellen rasten dahin, zählten die Meter, die sie hinter sich ließen, auf dem Weg nach Hause. Marlis sah auf die Uhr und rechnete nach. Nur noch dreieinhalb Stunden bis nach Ludwigsstadt. Das war der letzte Halt vor der Grenze. Der letzte Halt im Westen.

Nur noch dreieinhalb Stunden, dann sind wir in Sicherheit.

Der Rhythmus der Räder, das Flirren der Schwellen. Das alles beruhigte sie. Der Zug rauschte unaufhaltsam auf seinem Weg, dieser Sicherheit entgegen. Sie tat das Richtige, sie hielt die Familie zusammen, sie nahm allein das Gewicht der Entscheidung auf sich. Sie konnte das aushalten. Nicht nur heute, sondern auch in Zukunft. Das hatte sie beschlossen, als diese Frau mit dem Kölnisch Wasser in ihr Abteil gekommen war.

Marlis ließ die Spülung los. Die Klappe im Toilettenbecken schloss sich wieder, und die flirrenden Gleise verschwanden.

Noch dreieinhalb Stunden, dann hast du es geschafft.

Marlis kippte das Fenster und sog die frische Luft ein, die in ihre kleine Zelle drängte. Nun würde sie ihrem Mann wieder gegenübersitzen können. Ihm in die Augen blicken können. Seine Hand nehmen können. Marlis nahm noch ein paar tiefe Atemzüge, dann war sie bereit.

Als sie die Toilette verließ, stand plötzlich ein Mann vor ihr. Seine Augen hatten etwas Stechendes, Kaputtes. *Suchende Augen in der Hülle eines gebrochenen Wesens*, dachte Marlis, *eines gefährlichen Wesens.* Er hatte Nikotinflecken in den Mundwinkeln, sein Haar war ölig. Einzig ein kleines Pflaster auf dem linken Ohr brach das Bild, gab dem Mann etwas irritierend Verletzliches. Warum das Pflaster dort wohl war?

Der Mann nickte zum Gruß und betrachtete Marlis unverhohlen. Dann trat er zur Seite, nahm ihr buchstäblich die Klinke aus der Hand und verschwand in der Toilette. Marlis blieb auf dem Gang stehen und brauchte eine Weile, um diese seltsame Begegnung abzuschütteln, dann wandte sie sich zum Gehen.

Doch sie kam nur ein paar Meter, dann war ihre Unruhe zurück. Am Ende des Ganges sah sie eine kleine Gruppe von Menschen um ein Kofferradio stehen, drei Frauen, zwei Männer, ungefähr so alt wie sie. *Dreimal sie*, dachte sie. *Und zweimal Gerd.*

Die fünf starrten gespannt auf das Radio. Marlis war zu weit weg, um wirklich verstehen zu können, was diese Menschen so in dessen Bann zog. War es möglich, dass sie davon hörten, was in Berlin gerade geschah? War es möglich, dass die Nachricht schon im Zug angekommen war? Marlis spürte, wie ihre rechte Hand anfing zu zittern.

25 | MELDUNG
AN DAS PRÄSIDIUM DER
VOLKSPOLIZEI BERLIN, 9:40 UHR

Transportpolizei: West-Berliner Lokführer hat sich geweigert, die Lok von Moabit nach Pankow zu fahren.

Information Mitte: Am Brandenburger Tor sind auf westlicher Seite zwei Ballons aufgestiegen, die Flugblätter in Richtung demokratisches Berlin verstreuen.

26 | PAUL
Ost-Berlin, Einsatzzentrale Volkspolizei, 9:45 Uhr

Ich will wissen, was auf diesen verdammten Flugblättern steht!», schrie Paul ins Telefon.

Er schrie nicht wegen der Presslufthämmer, die von der Straße her in sein Büro lärmten, nein, er schrie, weil er das brauchte. Sie, die Feinde des demokratischen Berlins, hatten Ballons auf der Westseite aufsteigen lassen, und weil eben heute ein zarter Westwind blies, waren die Dinger brav über das deutsche demokratische Berlin geflogen. Irgendwie hatten die Feinde es geschafft, dass die Ballons dann geplatzt waren. *Haben sie auf die Ballons geschossen? Waren es die Westberliner oder gar die Amerikaner?*

Die Flugblätter waren zu den Menschen heruntergesegelt, die sie vom imperialistischen Westen befreien wollten.

Schon mehrere Berichte hatte Pauls Fernschreiber ausgespuckt, die Flugblätter mussten über ganz Ost-Berlin vom Himmel geregnet sein. Aber noch immer wusste Paul nicht, was auf ihnen stand.

Sein Puls stieg.

Der Unteroffizier am Telefon redete und redete, aber Paul wollte nicht hören, wie schlau der Feind war. Paul versuchte, sich auf das Geräusch der Presslufthämmer zu konzentrieren. Auf eine seltsame Art half es ihm. Jeder Schlag war ein Schritt in Richtung Erfolg.

Heute Abend werden die Presslufthämmer verstummen. Und es würde vollbracht sein oder eben auch nicht. Keiner wusste, wie die Menschen am Ende reagieren würden, nicht, wie die Westalliierten sich verhalten würden. Auch die hatten Panzer in Berlin.

Das Geräusch verstummte. Paul blickte aus dem Fenster. Draußen machten die Arbeiter Pause, gemeinsam mit den Soldaten. *Wie könnt ihr jetzt Pause machen?*

Es klopfte, und Paul fuhr herum. Ulrike stand im Türrahmen, im Halbschatten. Warum blieb sie im Dunkeln stehen?

«Soll ich wieder gehen?», fragte Ulrike seltsam scheu.

Was ist mit ihr? Wieso klopft sie, wieso bleibt sie in der Tür stehen? Die kleinste Abweichung von der Norm trieb augenblicklich seinen Puls wieder in die Höhe. Dann sah er, was Ulrike in der Hand hielt.

«Ich rufe zurück!», blaffte Paul ins Telefon. Er legte er auf und gab Ulrike das Zeichen einzutreten.

«Alles Gute zum Sechzigsten», sagte sie sanft. «Alles Gute.»

Sie zündete eine Kerze an und steckte sie auf den kleinen Kuchen, den sie vor sich hertrug. *Dresdner Bebe.* Ulrike wusste einfach, was sie tat. Paul liebte Dresdner Bebe. Auch wenn Ulrike Zitrone mit in den Teig gab. Etwas von der Schale und etwas vom Saft. Das hätte seine Frau Frieda niemals getan.

«Danke.» Paul seufzte und schüttelte den Kopf über sich.

Er hatte seinen eigenen Geburtstag vergessen. 13. August 1901. Heute war Pauls sechzigster Geburtstag. Ja, in Italien war die Dreizehn eine Glückszahl. Das hatte seine Tochter Marlis irgendwann mal ausgegraben. Welch Ironie. Der Ulbricht ließ an einem Dreizehnten die Mauer bauen. *Dem war die Dreizehn wurscht*, dachte Paul, *aber vielleicht bringt sie unserer Mauer ja auch Glück.*

Wie eine Leuchtfackel stellte Ulrike den Kuchen mitten auf seinen Schreibtisch: brauner Tisch, braune Schreibunterlage, schwarzes Telefon, der Marmorbriefbeschwerer von Pauls Vater in Schwarz, akkurat an der Geometrie der Platte ausgerichtet. Und nun dazwischen, exakt in der Mitte, der Kuchenteller: Zwiebelmuster. Schon etwas abgewetzt. Paul hatte das Service nach dem Suizid seiner Frau mit ins Büro genommen. Er wollte es nicht mehr zu Hause haben. In der Gegenwart seiner Kollegen war er sicher vor den Erinnerungen.

Zu Ulrike hatte er jedoch gesagt, dass er das Zwiebelmuster im Büro öfter benutzen würde als zu Hause. Deswegen hatte Ulrike es heute wohl ausgesucht, als Andenken an seine Frau. Als Andenken an eine Zeit, da Paul eine Familie hatte und auch seine Tochter Marlis noch bei ihnen war, bei *ihm* war.

«Wünsch dir was.» Ulrike lächelte Paul an, dann drehte sie sich um und klebte wieder einen gelben Zettel an die Karte mit der Zahl der Demonstranten, mit der Zahl der Konterrevolutionäre. Eine Dreihundert.

Paul starrte auf die Zahl, dann wieder auf die Bebe. «Vielen Dank. Ich bin wunschlos glücklich», log er. Er war ein mieser Lügner.

Ulrike lachte nur. «Klar.» Dann setzte sie sich auf den Stuhl vor seinem Schreibtisch, und ihre Augen sagten: *Ich werde erst gehen, wenn du dir was gewünscht und diese Kerze ausgeblasen hast.*

Paul blickte unwillkürlich auf das Bild von seiner Tochter. Ulrike schmunzelte. *Ertappt!*

«Na komm, wünsch es dir.» Sie konnte ihn wirklich in Verlegenheit bringen.

Das Telefon läutete wieder. Einmal, zweimal ... Paul zählte mit – und tatsächlich, nach dem dreizehnten Mal verstummte es, und einer der Presslufthämmer begann zu singen.

Ein gutes Zeichen.

Paul blies die Kerze aus. Er hatte seinen Wunsch geäußert. Es war ein guter Wunsch, denn er liebte seine Tochter über alles.

Möge Marlis wieder nach Hause kommen.

27 | MARLIS
Vor Georgensgmünd, Interzonenzug D 151, 09:50 Uhr

Marlis stand nur ein paar Schritte von den Menschen mit dem Radio entfernt im Gang und starrte geschockt aus dem Fenster. Die sattgrünen, sanften Hügel, die an ihr vorbeizogen, nahm sie nicht wahr. Das Einzige, was zu ihr durchdrang, waren Wortfetzen, die das kleine Radio in den Gang spie, wie Wellen in einer gefährlichen Brandung. Die Nachricht war im Zug angekommen!

Gerade hörte sie die Worte von DDR-Staatschef Walter Ulbricht, undeutlich zwar, aber sie kannte den Satz: «Niemand hat die Absicht, eine Mauer zu errichten.» Diesen Satz hatte Ulbricht in seinem unverwechselbaren sächsischen Dialekt auf einer Pressekonferenz im Juni gesagt, das wusste Marlis, also nur knapp zwei Monate zuvor. Erst in diesem Augenblick wurde ihr klar: Er musste damals bereits den Befehl zum Bau der Mauer gegeben haben. Wie sonst hätten sie dieses Vorhaben planen können? All die

Bauarbeiter nach Berlin und an die Grenze bringen. All das Material.

Die Ökonomin in ihr übernahm für ein paar Momente das Ruder. Der logistische Aufwand musste enorm gewesen sein. Dagegen mussten Planung und Bau des Eisenhüttenkombinats ein Kinderspiel gewesen sein. Und die Geheimhaltung – nicht einmal sie von der Plankommission hatte davon erfahren! Marlis überschlug die Topographie von Berlin, schätzte die Nord-Süd-Ausdehnung der Stadt auf fünfzig, vielleicht sechzig Kilometer. Die Mauer um West-Berlin müsste also mindestens hundertdreißig oder hundertvierzig Kilometer lang sein. Vielleicht sogar mehr. Sie bauten eine Mauer von hundertvierzig Kilometern innerhalb von wenigen Tagen! Ganz zu schweigen von der innerdeutschen Grenze, die sie mit Sicherheit verstärken würden. Was für ein Vorhaben! Und das alles unter höchster Geheimhaltung.

Eine Melodie riss sie aus ihren Gedanken. Es war ein Schlager, der nun aus dem Radio kam. *Wir wollen niemals auseinandergehn.*

Marlis musste kurz lachen. Welch bittere Ironie!

Dann übernahm wieder die Angst die Kontrolle. Die Nachricht war im Zug angekommen.

Wie lange war sie weg aus ihrem Abteil? Viel zu lange. Nicht, dass Gerd sie noch suchen würde. Sie musste zurück. So schnell wie möglich.

28 | INTERZONENZUG D 151

Die Sonne schickte einen einsamen Strahl über die hügelige Landschaft. Wiesen, Hopfenfelder, pittoreske Dörfer, hier und da eine Ruine, letzte Zeugnisse des Krieges.

Der Zug fuhr mittlerweile in Richtung Norden – über ein atemberaubendes Viadukt, vierundfünfzig Millionen doppelt gebrannte Klinker, 1845 von Emanuel Becker entworfen.

Der ungelernte Schuster hatte eine wahrlich atemberaubende Karriere hingelegt. Zwei Jahre Chefarzt in der Uniklinik in Bamberg, vier Jahre Planer im Amt für Straßenbau in Erlangen, dann vier Monate Chef der Post in Würzburg und, schließlich, sein absoluter Geniestreich: leitender Architekt bei der staatlichen Eisenbahnverwaltungsbehörde.

Nicht, dass Becker sich nicht vorbereitet hatte. Als Chefarzt konnte er noch «ungelernt» agieren. Die weiße Uniform füllte er mit vortrefflicher Autorität aus, und so stellte niemand Fragen. Lange Zeit zumindest nicht. Dass er verdammt gut aussah, half natürlich. Er war fast eins neunzig groß, *Gardemaß*, hatte pechschwarzes Haar und Haltung und Blick eines Aristokraten. Und Becker verstand es wahrlich zu führen, zu delegieren.

Als Architekt hatte er es nicht leicht. Aber er nutzte die vier Jahre Gefängnis, die er verbüßen musste, weil er ausgerechnet bei der Post aufgeflogen war. Der Zufall wollte es, dass er mit Berthold Krause, einem unglücklichen Baumeister, die Zelle teilte. Der arme Mann hatte sich mit seiner Firma völlig überhoben und am Ende seine Bilanzen gefälscht.

So schickte das Schicksal dem Hochstapler einen erstklassigen Mentor für Architektur ins Zellenbett über sich. Emanuel Becker lernte schnell. Das Zeichnen gefiel ihm besonders. Die ganze Mathematik, die Statik, die waren ihm ein Graus. Aber glücklicherweise lernte er auch, dass er diesen Zweig seiner neuen Kunst delegieren konnte. Am besten an einen Statiker und Baumeister, wie es eben Berthold war.

Als Emanuel dann am 17. März 1843 seine neue Stelle in Nürnberg antrat, war seine erste Tat, einen Statiker einzustellen. Und dann machte Emanuel Becker sich mit diebischer Freude an sein Jahrhundertwerk. Er hoffte regelrecht, dass er nach vollbrachter Tat erwischt werden würde. Denn seine simple Rechnung war: *Sie werden das Viadukt niemals abreißen, auch nicht, wenn rauskommt, dass es von einem ungelernten Schuster entworfen wurde.*

So stand dieses prächtige Bauwerk noch hundertsechsundzwanzig Jahre später in der fränkischen Tiefebene. Und alle Züge gen Norden fuhren darüber hinweg. Auch der Interzonenzug nach Ost-Berlin.

29 | CARLA

Carla trat als letzte der vier *Finders* an den Tresen des Speisewagens. Der Wagen war blankgewienert, die Haltestangen glänzten, als hätte sie noch nie ein Mensch berührt. Gestärkte schneeweiße Tischdecken, türkisgrüne Vorhänge. Man hätte vom Fußboden essen können, so sauber war es hier.

Carla blickte zu Sascha. Was nur war los mit ihm? Kurz war sie versucht, sich an ihn zu lehnen, doch Sascha mochte Zärtlichkeiten in der Öffentlichkeit nicht. So stellte sie sich zwischen Siggi und Peter in die «sichere» Zone.

Der Kellner kam und wischte mit einem weißen Tuch vor ihnen herum. Aus seinem ganzen Wesen quoll Abneigung. *Ungeziefer aus dem Osten*, sagte sein Blick.

Eine Weile noch wischte der Kellner den längst sauberen Tresen ab, dann legte er das Tuch über seinen Unterarm und wandte sich an die Band, genau genommen an Peter. Der erschien dem Kellner mit seiner einigermaßen ordentlichen Kleidung – weißes gebügeltes (!) Hemd, braune Wildlederjacke, altweiße Popeline-Hose – und seinem jungenhaften Gesicht wohl noch am ehesten einer Ansprache würdig.

Wenn der wüsste, dass Peter vom anderen Ufer ist ..., dachte Carla.

«Was wollen die Herrschaften denn?», fragte der Kellner und vermied tatsächlich, die anderen anzublicken.

Peter ließ die offensichtliche Abscheu mit einem Lächeln an sich abperlen. Er war eine alte Seele. Eine alte Seele im Körper eines jungen Bassisten.

«Kaffee?» Peter drehte sich fragend zu den anderen um.

«Haste noch Westgeld?» Siggi griff Peter an den Hintern, so als würde er nach dessen Portemonnaie tasten, ließ die Hand aber dort liegen.

Der Kellner hob misstrauisch den Blick, und Peter starrte Siggi an: *Spinnst du! Wir landen noch im Knast.* Siggi hob theatralisch die Hände, und sein Hemd gab den Blick auf das Brusttattoo frei. Der stilisierte Kopf eines Wolfes. Der Kellner wirkte beeindruckt.

«Wollte nur sehen, ob du noch Kohle hast», sagte Siggi zu Peter.

«Ich? Ich hab keine Kohle mehr!», sagte Peter, und Siggi stöhnte.

«*Du* hast doch gestern Abend alles versoffen», sagte Carla und gab Siggi einen Klaps auf den Hinterkopf, sodass ihm der Hut in die Stirn rutschte.

«He!», gab Siggi exaltiert wie eine Operndiva zurück – und der Kellner roch Lunte. Genau das, wusste Carla, war Siggis Ziel gewesen: *Sieh her, du Spießer, ich vögel mit Männern.*

Der Kellner schüttelte den Kopf, ruhig und angewidert. *Die Abscheu des kleinen Mannes*, dachte Carla. Er war wie diese Männer im Osten, die alle in ihrem eisernen Griff hielten. Die meisten von denen waren auch so klein.

«Hast *du* noch was?» Peter wandte sich nun an Sascha.

Der erwachte wie aus einer Trance. «Was?», murmelte er.

«Na ja, hast du noch Geld?»

«Was, ich?», sagte Sascha verwirrt. Er schüttelte den Kopf und versank wieder in irgendwelchen trüben Untiefen. Seine Augen waren glanzlos, seine Lippen blutleer. Irgendetwas war mit ihm los.

Carla zögerte noch einen Moment, dann wagte sie es doch. Sie strich Sascha sanft über das Haar, fing eine Locke von ihm ein und wickelte sie sich um den Finger. Sascha reagiert entgegen ihrer Erwartung gar nicht und blieb komplett abwesend.

«Na, dann seh ich schwarz für'n Kaffee», meinte Peter.

«Dann dürfte ich Sie bitten, den Speisewagen zu verlassen!» Die Genugtuung quoll dem Kellner aus allen Poren, und Carla wurde wütend.

Peter legte ihr beruhigend die Hand auf den Unterarm.

Siggi schmunzelte nur. «Ich seh da nicht schwarz.» Er straffte sich, setzte seinen speckigen Hut ab und legte ihn verkehrt herum auf die Theke. Der Kellner, der immer noch auf dem blitzblanken Tresen herumwischte, hielt empört mitten in der Putzbewegung.

Carla musste grinsen. Was Siggi vorhatte, gefiel ihr. Genügend Publikum hatten sie ja.

30 | MARLIS

Marlis betrat das Abteil und setzte sich ihrem Mann gegenüber.

Willi döste ans Fenster gelehnt, die beiden älteren Herrschaften aßen ihren mitgebrachten Proviant. Gerd las mit Elke im Fliegerjahrbuch von 1960. Die gelbe Mustang hatten sie immer noch über ihre Beine gelegt.

Ganz ruhig, ermahnte Marlis sich. Doch ihre Gedanken rasten.

Gerd hob den Kopf und sah sie prüfend an.

«Geht es dir gut, Schatz?», fragte Gerd.

Marlis blickte auf die Uhr, und ihr Puls ging wieder schneller. Es war kurz vor zehn. Um kurz vor halb zwei würde der Zug über die Grenze fahren. Noch gute dreieinhalb Stunden.

«Ja, mir geht es gut. Wenn der Zug pünktlich ist, können wir vielleicht heute Abend noch in den See hüpfen.»

Gerd legte die Stirn in Falten. «Und was ist mit dem

Geburtstag von deinem Vater? Du wolltest doch deswegen extra heute schon nach Hause.»

Marlis starrte ihren Mann geschockt an. «Ich war in Gedanken», hörte sie sich sagen.

Nicht denken. Nur nicht denken. Das hatte sie sich immer wieder gesagt, damals schon, als sie die Reisetasche mit den vier kleinen Stahlstiften auf der Unterseite auf den neuen Opel Olympia ihres Vaters Paul gestellt hatte, bevor sie in den Urlaub an die Ostsee gefahren waren. Da war sie fünf Jahre alt gewesen. Marlis hatte das Auto packen wollen, hatte die Tasche auf die Motorhaube gestellt, und dann war es passiert. Vier lange Kratzer in der heiligen Motorhaube des Vaters. Vier Kratzer.

Damals hatte sie auch ihr Zittern verraten. Ihr Vater hatte ihr sofort angesehen, dass sie etwas verbarg.

Nicht denken!

Marlis versuchte es mit einem Lächeln.

Gerd sah seine Frau besorgt an, dann widmete er sich wieder seiner Tochter und zeigte auf ein Schwarzweißfoto im Fliegerbuch. «Das ist die Pirna 014, diese Turbine hatten wir in unseren zweiten Prototypen eingebaut», sagte er zu Elke.

Gerds Augen leuchteten. Sein Lieblingsthema. Die Baade 152. Das erste deutsche Strahlturbinen-Verkehrsflugzeug. Entwickelt und gebaut nicht etwa in der Bundesrepublik, nein, vom VEB Flugzeugwerke in Dresden-Klotzsche. Abgestürzt am 4. März 1959. Und beinahe hätte ihr Mann mit in dieser Maschine gesessen.

Ihre Tochter Elke kannte alle Geschichten über dieses Flugzeug. Und dennoch, jedes Mal wieder hörte sie ihrem Vater gebannt zu. Auch wenn es Marlis in letzter Zeit störte, dass ihre Tochter so sehr an den Lippen ihres Mannes hing – sie drang ja als Mutter kaum noch zu ihrer Tochter durch! –, jetzt gerade war es ihre Rettung. Es verschaffte ihr etwas Luft, um ihre Panik in den Griff zu bekommen.

Ihr Mann blätterte auf die nächste Seite zu einer doppelseitigen Werbeanzeige für die Baade 152 in Farbe. Die Maschine war ein «Schulterdecker»: Die Flügel der Maschine waren an der Oberseite des Rumpfes angebracht und verliehen ihr ein dynamisches Aussehen – wie ein Pegasus, wie Gerd immer sagte. Und die Maschine ihres Mannes hatte tatsächlich etwas Magisches.

«Die Pirna 014 hat dreiunddreißigtausend Kilonewton», sagte Gerd.

Elke begann zu rechnen. «Bei vier Stück und einer Reisegeschwindigkeit von siebenhundertachtzig ... Dann hatte die 152 ja fünfundvierzigtausend PS!»

Jetzt musste selbst Gerd nachrechnen. Und was er herausbekam, ließ ihn staunen. Ihre Tochter hatte offensichtlich recht. «Fünfundvierzigtausend PS», wiederholte er anerkennend. Und diesmal fehlte etwas in seiner Stimme, das in letzter Zeit immer mit von der Partie gewesen war, seit dem Absturz zumindest.

Marlis stutzte. Ihr Gedankenstrom stoppte für einen kleinen Moment. Da war etwas. Ein Etwas, das sie schon ewig nicht mehr bei Gerd gesehen hatte. Nicht mehr seit dem 4. März vor zwei Jahren. Begeisterung? Euphorie?

In diesem Augenblick erhob sich Willi. «Ich muss auch mal.»

«Nein.» Erst als das schneidende Wort verhallt war, das ihr ungewollt entglitten war, kam Marlis wieder zu Verstand. Sie sah sich, wie sie Willi zurückhielt, am Ärmel. Sie sah die fragenden Blicke von Gerd und Willi. Das ältere Ehepaar, mit dem sie das Abteil teilten, sah geradezu erschrocken drein. Was sollte sie tun? Wie konnte sie nur verhindern, dass Willi den Menschen mit dem Radio begegnen würde?

«Schon in Ordnung, geh ruhig ... Aber geh da lang», sagte sie betont ruhig und zeigte in Fahrtrichtung, weg vom Radio. «Da vorn stehen so viele Menschen an der Toilette.»

Willi zog die Stirn kraus und sah sie fragend an.

«Alles gut, ich war nur in Gedanken», murmelte Marlis und merkte selbst, dass es nicht besonders überzeugend rüberkam. Gerd blickte seine Frau besorgt an. «Geht es dir wirklich gut?»

«Ja», sagte sie und vergrub ihre rechte Hand unter ihrem Bein.

Willi zumindest schien sie überzeugt zu haben. Er verließ das Abteil in die von ihr empfohlene Richtung.

«Alles gut», sagte sie noch einmal und spürte, dass ihr Mann ihr nicht mehr glaubte.

Fünfundvierzigtausend PS. Vor dem Absturz.

Nun fing auch ihre linke Hand an zu zittern.

31 | EDITH
Probstzella, Bahnbetriebswerk, 10:00 Uhr

Die junge Lokführerin öffnete ihren Spind – und Amerika empfing sie. Edith hatte es gewagt, Bilder von den Rockys in die Innenseite ihrer Tür zu kleben, da sie auf der Frauenseite im Reichsbahnwerk fast allein war. Da war außer ihr nur noch Ruth Flunkert. Sie fuhr seit einem Jahr mit ihrem Mann Adolf auf der Lok. Die beiden waren seit dreißig Jahren verheiratet, und nun, kurz vor der Rente, durften sie zusammen auf einer E-Lok fahren. *Plauener Spitzendecken auf dem Schaltpult.*

Aber Ruth zog sich nie in der Umkleide um. Sie kam bereits in Uniform. So wie ihr Mann. *Frisch gebügelt und lange vermählt.*

Alberne Gedanken. Aber diese Gedanken schützten Edith. Vor dem Mann, der da an der Stirnseite der Spindreihe am Eingang der Umkleide wartete. Auch wenn er sich akkurat zurückhielt, er machte sie nervös mit seiner Kamera.

Edith zögerte. Welche Bluse sollte sie anziehen? Sie hatte zu Hause lange rumprobiert, aber sich nicht entscheiden können. Und so hatte sie drei Blusen mitgebracht. Zwei, die sie schon länger trug, und die neue, figurbetonende, die sie in einem albernen Moment extra für diesen Tag aus einem Bettlaken ihrer Mutter genäht hatte.

«Und, wie läuft das jetzt ab mit diesem Film?», fragte sie so beiläufig wie möglich und griff nach der eierschalenfarbenen Bluse, die ihr eigentlich etwas zu weit war.

«Nun, das Beste wäre, ich laufe erst mal mit, und Sie zeigen mir alles, was Sie so an einem normalen Tag machen müssen. Ich habe ja keine Ahnung von Zügen», sagte er.

Edith musste grinsen. Ein Mann, der keine Ahnung von Zügen hatte? Und das auch noch zugab?

«Nicht mal als Kind mit der Eisenbahn gespielt?», fragte sie frech.

«Nein», antwortete er trocken.

«Sondern?»

«Gelesen.»

Edith musste wieder grinsen und griff dann doch nach der neuen Bluse. Waren die Abnäher zu gewagt? Sie verscheuchte ihre Zweifel und zog die Bluse über. Sie passte perfekt. Und ja, die Abnäher waren gewagt.

Kurz blickte sie zu ihm und fragte sich, ob sie nur des Filmes wegen so nervös war.

«Und wieso drehen Sie dann ausgerechnet einen Film über *mich*?», fragte sie, schlüpfte in ihren Uniformrock und ertappte sich dabei, wie sie ihn hochzog, sodass er über den Knien endete.

«Parteiauftrag!», sagte er, und Edith hielt inne.

War sie enttäuscht? Was hatte sie erwartet, als sie seinen Anruf bekam? Ja, sie war eine der ersten Lokführerinnen des Landes. Und sie war Lokführerin aus Leidenschaft. Ganz besonders auf einer Dampflok. Sie hatte sich darum bemüht, heute auf einer fahren zu dürfen. Alle liebten Dampfloks. Für Edith waren sie wie mächtige, lebendige Wesen, die mit ihr sprachen.

«Das war jetzt gemein. Entschuldigung», sagte er mit einem frechen Lächeln in der Stimme. «Ich habe jedoch festgestellt, dass es gar nicht schlecht ist, wenn ich einen Dokumentarfilm drehe und von der Materie keine Ahnung habe. Dann stelle ich auch die dummen Fragen, die ich mich sonst nie trauen würde.»

«Verstehe.» Edith knöpfte ihre Bluse zu. *Bis oben hin? Klar bis oben hin.* Selbst wenn sie sonst den obersten Knopf geöffnet ließ. Oder manchmal sogar zwei. Jetzt würde sie ihn schließen. Zur Sicherheit? Doch wovor?

Edith lugte um die Ecke – und tatsächlich, Kurt Blochwitz wahrte weiter Anstand. Und Abstand.

«Warum ausgerechnet Zugführerin?», fragte er, offenbar, um höflich ihr entlarvendes Schweigen zu brechen.

Edith schloss den Spind, *Ciao Amerika*, und trat aus dem Schatten auf ihn zu.

«Lokführerin, *nicht Zugführerin*. Das ist ein großer Unterschied.»

«Entschuldigung. Lokführerin. Sehen Sie, die erste dumme Frage!», sagte Kurt, drehte sich um, und für einen Moment entdeckte sie in seinen Augen ein zartes Leuchten. Wie bei einem Kind, das nun endlich auf den Weihnachtsbaum blicken darf. War es Faszination? Oder mehr?

Egal, da war etwas, das sie schon lange nicht mehr in den Augen eines Mannes gesehen hatte. Und er gefiel ihr auch. Das merkte sie.

Eine Frau in enger, blauer Uniform, die strahlend weiße Bluse bis zum Hals geschlossen, die Beine frei.

Sie kannten sich seit nicht einmal einer Stunde.

32 | ARTHUR
Nach Unterheckenhofen, Interzonenzug D 151, 10:02 Uhr

Als der Kommissar die Toilette verließ, war er frustriert. Er hatte das Gefühl, dass er selbst schon danach roch. Er hatte ein reichliches Dutzend stinkende Toiletten untersucht. Doch nichts.

Dabei hätte er wetten können, dass er auf Aborten fündig würde. Wie sollte er weitermachen? Offensichtlich hatte auch sein Kollege Andi, der die andere Hälfte des

Zuges untersuchte, noch nichts gefunden. Er hatte jedenfalls noch nichts dergleichen vermeldet.

Arthur nahm einen tiefen Atemzug, und da vermisste er sie plötzlich – seine Kippen. *Dieser verdammte Arzt.* Ja, Arthur hatte, obwohl er aufhören wollte, eine frische Schachtel Marlboro in der Tasche. Dr. Schlesinger hatte ihm das empfohlen. «Kaufen Sie sich Ihre Lieblingszigaretten, und tragen Sie diese immer bei sich.»

Arthur schüttelte den Kopf ob der absurden Situation: Er war am Tag, nachdem sie das dritte Opfer gefunden hatten, inkognito zu Dr. Schlesinger in die Praxis gegangen. Und da Arthur einen Herzinfarkt zu bieten hatte, schöpfte der Arzt keinen Verdacht. Schlesinger hatte sich freundlich ans Werk gemacht. «Sie müssen Ihre Ernährung umstellen und mit dem Rauchen aufhören, entscheiden Sie sich jetzt», hatte er gesagt. Arthur hatte sich entschieden und Dr. Schlesinger ihm gegen das Rauchen ins Ohr gestochen – mit einer Akupunktur-Dauernadel. Traditionelle chinesische Medizin, zweitausend Jahre alt, wie Dr. Schlesinger Arthur belehrte, im Westen der neueste Schrei. *Dieser arrogante Arsch.*

Arthur ließ seine Finger auf der Schachtel ruhen und seufzte. *Nur mal riechen an den Kippen.* Dran riechen, das hatte ihm der Arzt ja nicht verboten.

«Sie werden den Kampf gegen die Zigaretten nur gewinnen, wenn Sie es lernen, der permanenten Versuchung zu widerstehen. Nur das ist langfristig von Erfolg!», hatte der Arzt gesagt. Und indem Arthur an den Kippen schnupperte, stellte er sich doch der Versuchung, oder?

Arthur blickte sich scheu um, wie ein Schuljunge, der ein Groschenheft klauen will, dann holte er die Schachtel aus der Manteltasche und öffnete sie. *Nur mal dran riechen.*

Arthur zog das Silberfähnchen heraus, und da lagen sie vor ihm, zwanzig jungfräuliche Marlboro. Zwanzig Möglichkeiten, für ein paar Minuten dem irdischen Dasein zu entfliehen. Pause zu machen von der Welt da draußen. Pause zu machen von den Wunden, die das Leben bei ihm gerissen hatte. Vor allem von der einen Wunde, die ihn in diesen Zug getrieben hatte. Gott sei Dank hatte Arthur keine Luckys bekommen, vor denen hätte er jetzt kapituliert.

Arthur beschlich ein seltsamer Gedanke, ein gewagter. Am Ende waren die Kippen nicht eine Gefahr für seine Gesundheit, für sein Leben, sondern reiner Schutz. Inseln des Glücks. Quasi lebensnotwendig.

Arthur führte die geöffnete Schachtel langsam zur Nase und sog den Duft ein. Zwanzig frische Marlboro. Der Himmel. Die Nadel, die unter dem kleinen Pflaster noch immer in seinem Ohr steckte, hämmerte wie wild. Arthur hatte sie fast vergessen. Gerade eben noch, als er sich im Klo im Spiegel angesehen hatte, da war er fast erschrocken über das kleine Pflaster am Ohrläppchen. Doch nun war die Nadel wieder da. Und sie schrie …

Arthur rang noch einen Moment mit sich, dann zog er eine Zigarette aus der Schachtel. Der Augenblick fühlte sich seltsam an. Er spürte keine Reue.

Arthur holte das Feuerzeug aus der anderen Tasche. Dr. Schlesinger hatte Arthur auch geraten, stets Feuer bei sich zu tragen, zumindest die nächsten vierzig Tage (so lange bräuchte ein Mensch, um sich eine neue Gewohnheit, so auch das Nichtrauchen, anzugewöhnen).

Es war ein altes, verkratztes Benzinfeuerzeug. Der gebürstete Chrom war längst einer matten Messingschicht gewichen. Das Feuerzeug trug eine schlecht gemachte Gravur *It's been a hard day, I've been working like a dog*, ein Geschenk eines amerikanischen Panzersoldaten, den Arthur während der Ardennenoffensive aus einem brennenden M4-Sherman-Panzer herausgezogen hatte.

Arthur ließ den Deckel des Feuerzeugs aufspringen. Dieses Geräusch: *Pling!* Allein dieses Geräusch machte das Sein wieder erträglich.

Arthur hatte eine Entscheidung getroffen. Er würde hier und jetzt diese Kippe rauchen. Eine unerhörte Entscheidung. Eine Befreiung. Wenn er diesem Arzt schon nicht auf die Schliche kam, so würde er wenigstens dessen Behandlung sabotieren.

Arthur steckte sich den Glimmstängel in den Mund. Und gerade als er die amerikanische Flamme an die Zigarettenspitze halten wollte, ertönte Livemusik aus dem Speisewagen.

Arthur hielt inne. Starrte auf die Flamme und hatte das Gefühl, Dr. Schlesinger, dieser verdammte Arzt aus der Augustenstraße in München, spräche zu ihm. Die Nadel brannte, die Kippe noch nicht.

Arthur erwachte aus seiner Starre. Er hätte nicht sagen können, wie lange er in dieser Pose verharrt hatte. Die Kippe im Mund. Die Augen auf die Flamme gerichtet.

Den Text der Musik konnte er aus der Entfernung nicht verstehen, aber es war eine tiefe, volle Frauenstimme, die da sang, von einem treibenden Gitarrenriff untermalt.

Arthur sah vor sich einen dunkelhäutigen Jungen in einem schlohweißen Hemd und Lederhose, vielleicht zehn oder elf Jahre alt, der ihn anstarrte wie einen Geist. Der Junge wollte offensichtlich auf die Toilette, traute sich aber nicht an Arthur vorbei, so seltsam schien ihm vermutlich der Mann, der da reglos auf die Flamme starrte und der eine Zigarette im Mundwinkel hängen hatte.

Arthur ließ ertappt das Feuerzeug zuklappen, *pling*, und klemmte sich die Kippe hinters Ohr.

«Buh!»

Der Junge zuckte zusammen.

Arthur musste lachen. «Willst du da rein?», fragte er.

Der Junge nickte schüchtern und trat von einem Bein auf das andere. Arthur grinste und machte den Weg frei.

Der schwarze Junge verschwand in der Toilette, und Arthur überlegte noch einen Moment, ob die Kippe hinterm Ohr tatsächlich eine so gute Idee war.

Sie müssen lernen, der Versuchung zu widerstehen.

Ein warmes Gefühl stieg in Arthur auf. Er hatte tatsächlich der Versuchung widerstanden. Doch bevor er womöglich auch noch dem Arzt dankbar sein würde, wischte Arthur den Gedanken beiseite. Er beschloss, etwas anderem den Erfolg zuzuschreiben: der Musik. Die Musik hatte ihn gerettet.

33 | MARLIS

Willi riss die Abteiltür auf, und Marlis sah ihrem Sohn augenblicklich an, dass er gleich die ganze Familie in den Abgrund reißen würde.

«Die bauen eine Mauer!», rief Willi atemlos.

«Was?» Ihren Mann Gerd schien die Nachricht wie ein Stromschlag zu treffen.

Und endlich hatte Willi einmal seine ungeteilte Aufmerksamkeit.

«Das kann doch nicht sein!», sagte ihr Mann.

«Doch. Auf dem Gang hat jemand erzählt, sie bauen in Berlin eine Mauer!»

Gerd starrte Willi an und dann Marlis, intensiv, fragend. Marlis hielt seinem Blick stand und schaute dann betont ruhig kurz nach draußen.

Der Moment war gekommen. Der Moment, vor dem sie solch eine Angst gehabt hatte. *Marlis, reiß dich zusammen. Noch fährt der Zug, noch sitzen wir alle in diesem Abteil.* Gerd, Marlis, Willi und Elke. Eine Familie, auf dem Weg zurück aus dem Urlaub.

«Die Leute reden viel, wenn der Tag lang ist», hörte sie sich sagen und schob ihre rechte Hand zur Sicherheit wieder unter ihren Oberschenkel.

«Aber Opa hat gesagt, dass eine Mauer vielleicht gar nicht so schlecht wäre», meinte Willi.

«So, hat er das?» Gerd sprach diesen Satz zu Willi, blickte aber Marlis an.

Ihre Gedanken rasten. Was nur sollte sie darauf jetzt sagen?

34 | GERD

Gerd suchte den Blick seiner Frau, doch die schaute zu Boden. Was nur hatte Marlis' Schweigen zu bedeuten? Ein Gedanke stieg in ihm auf, der ihm für einen Augenblick den Atem nahm.

«Du hast es gewusst, richtig?», sagte er schließlich leise. «Deswegen wolltest du unbedingt heute fahren.»

Bitte sag, dass das nicht stimmt.

Marlis schwieg, und Gerd verstand.

«Sollen sie doch ihre vermaledeite Mauer bauen!», sagte der grimmige Mann in ihrem Abteil schließlich halb zu seiner Frau, halb zu den anderen.

«So, Ihnen ist das also egal, dass die uns einmauern?», rief Gerd wütend.

«Gerd!», entgegnete Marlis, und der Mann zuckte nur mit den Schultern.

«Die mauern uns ein, verdammt noch mal! Dein Vater und seine Genossen!»

Marlis schwieg wieder. Gerd sah, wie sie gegen das Zittern in ihrer rechten Hand ankämpfte. Er sah, wie seine Tochter Elke verwirrt zu ihm blickte.

Er sah, wie sein Sohn tröstend die Hand seiner Mutter nahm.

«Hast du's auch gewusst?», fragte er Willi schließlich.

«Nein, habe ich nicht!»

Gerd hatte alle Hände voll zu tun, nicht auszuflippen.

Ganz ruhig. Noch können wir aussteigen.

«Wer hat das erzählt, auf dem Gang, dass sie eine Mauer bauen?», fragte Gerd seinen Sohn.

«Da waren zwei Männer, die darüber geredet haben.»

Gerd stand auf. «Wie sahen die aus?»

«Wie zwei Männer eben aussehen», sagte Willi trotzig und blickte seine schweigende Mutter an.

«Werd nicht frech, Willi. Sag mir jetzt, wie diese Männer aussahen.»

Willi schwieg, und Vater und Sohn maßen sich mit Blicken. Und gerade als Gerd das Abteil verlassen wollte, hielt ihn Elke zurück. Sie deutete auf das Kofferradio, das der alte Mann zwischen seine Füße geklemmt hatte.

Gerd begriff, was seine Tochter ihm damit sagen wollte. *Bitte geh jetzt nicht.* Er blieb einige Augenblicke verloren mitten im Abteil stehen und versuchte wieder runterzukommen.

«Dürfen wir das mal anmachen? Vielleicht bringen sie ja was im Radio», sagte Gerd schließlich zu dem Mann.

«Das ist kaputt. Ich hätte es gar nicht erst mitgenommen», sagte der alte Mann in Schwarz und warf seiner Frau einen strafenden Blick zu.

«Wir haben neue Batterien reingetan, aber ...», setzte diese an.

«Aber es funktioniert nicht mehr», vervollständigte ihr Mann.

Elke flüsterte ihrem Vater etwas ins Ohr.

«Darf ich es mir mal anschauen?», fragte Gerd betont ruhig und vermied es, seine Frau anzusehen.

«Mein Papa baut nämlich Flugzeuge!», schob Elke nach.

«Jetzt nicht mehr», gab Willi trocken hinterher.

Das traf Gerd. Und wie ihn das traf.

«Willi!» Marlis fiel kurz zurück in die Rolle der Erziehenden. Gerd schluckte den Torpedo, den sein Sohn ihm geschickt hatte, herunter, ohne etwas zu entgegnen – und der Alte reichte das Radio herüber.

Gerd betrachtete es. Gründlich.

35 | MARLIS

Marlis sah, wie ihr Mann vorsichtig das Batteriefach des Radios öffnete – mit einer Sorgfalt, die sie in diesem Augenblick fast schmerzte. Dann holte er sein kleines bronzefarbenes Taschenmesser, das ihm sein Großvater geschenkt hatte, aus dem Koffer und öffnete die vier Schrauben auf der Rückseite des Radios.

«Darf ich?» Elke nahm ihrem Vater das Taschenmesser ab und legte den Flieger vorsichtig auf den Boden.

Gerd überlegte kurz, dann legte er Elke das Radio auf den Schoß. «Sie kennt sich damit besser aus als ich», sagte er zu den beiden Alten.

Willi schnaubte. «Unser Wunderzwerg!»

«Es reicht jetzt, Willi», brachte Gerd ihn zum Schweigen. Und Willi sagte tatsächlich nichts mehr. Er hatte seinen Vater getroffen, das reichte ihm.

Elke begann zu schrauben. Und Marlis hörte das Rauschen in ihren Adern, wie damals, als ihr Vater die vier Kratzer auf der Motorhaube seines neuen Opels entdeckt hatte.

Damals hatte sie sich mit ihren fünf Jahren entschieden, ihrem Vater die Wahrheit zu sagen, was diesen sehr beeindruckt hatte. Und Paul hatte ihr verziehen.

Aber heute?

Heute hatte Marlis geschwiegen. War das vielleicht doch ein Fehler gewesen? Ein großer Fehler?

36 | ARTHUR

Der Kommissar blieb in der Tür zum Speisewagen stehen, die Kippe weiterhin warm und trocken hinterm Ohr – und staunte: Auf den Wagen verteilt spielten vier Musiker. Es waren die Leute, die Arthur auf dem Gang gesehen hatte.

«Fühlst du dich frei, spürst du die Freiheit?», sang die Frau und tanzte ohne jede Scheu zwischen den Tischen, als stünde sie auf einer großen Bühne. Sie hatte eine wirklich gute Stimme, wie Arthur fand.

Der Song zauberte ihm ein Lächeln auf die Lippen, auch wenn der Text leidlich naiv war.

«Fühlst du dich frei, spürst du die Freiheit?»

Und sie hatte ihr Publikum im Griff. Zwei Männer am Tresen glotzen mit offenen Mündern auf die Sängerin, als sei sie eine Stangentänzerin. Selbst drei ältere Frauen, die am letzten Tisch des Wagens saßen, waren sichtlich fasziniert von ihr, wenn auch wahrscheinlich gegen ihren Willen.

Arthurs Blick blieb an dem Typen mit dem Al-Capone-Hut und den dunkelblonden, langen Haaren hängen, dem unrasierten Choleriker, der den Takt schlug, in Ermangelung seines Schlagzeugs mit Löffeln auf den Tisch. Auch er schien talentiert. Und Arthur war sich nun sicher: eindeutig schwul. Der Musiker gehörte zu jener Kategorie Mann, die das nicht versteckten. Außerdem war der Choleriker mit dem Typen am Kontrabass zusammen. Arthur hatte für so etwas einen Blick. Mindestens vögelten sie miteinander, auch wenn die beiden wirklich sehr unterschiedlich waren. Der Schlagzeuger eine absolute Diva, der Mann am Kontrabass sah eher aus wie ein Mathelehrer. Wie ein freundlicher Mathelehrer, dachte Arthur.

Und er entdeckte noch einen anderen Menschen, der die beiden Jungs beobachtete. Der Kellner. Der Mann schien regelrecht schockiert von dem Spontanauftritt der Band zu sein. Doch hinter seiner Abscheu verbarg er sorgsam seine Faszination.

Nicht nur die beiden Schwulen hatten es Arthur angetan, auch die Sängerin. Sie war wirklich attraktiv. Schwarzer Pony, das Kleid verdammt kurz. Ihre Beine waren umwerfend! Ihre Stimme war kräftig, mit einer rauen Note. *Eine Löwin*, dachte Arthur. *Kriminelles Potenzial? Eindeutig!*

Sie war eine Überzeugungstäterin. Und die waren die Schlimmsten. Denn die waren bereit, alles für die Sache zu geben.

«Fühlst du dich frei, spürst du die Freiheit?»

Die Band ist einen Blick wert, definitiv, dachte der Kommissar. *Ganz besonders diese Sängerin und der cholerische Schlagzeuger. Der vielleicht sogar noch mehr! Vielleicht hatten sie eben ganz andere Dinge in ihren Instrumentenkoffern? Eine Drogenlieferung für 10 000 Mark?*

Arthur kratzte sich am Ohr und musste schmunzeln. Er hatte die Kippe ganz vergessen, denn er hatte wieder eine Spur!

37 | PETER

Hier im Speisewagen hatte Peter mehr Spaß als gestern Nacht in dem Club. Hier sah er die Menschen. Er konnte in ihren Gesichtern lesen. Lesen, was seine Worte und ihre Musik mit ihnen machten. Und das, was Peter las, war wunderschön. Ihr Song kam an. So sehr, dass sogar der Kellner sie in Ruhe ließ. Wenngleich nur ungern.

Aber die anderen Zuhörerinnen und Zuhörer hier im Wagen hatten sie am Wickel. Das war umso schöner, als dass die Leute bei den ersten Takten noch die Nase gerümpft hatten.

Doch noch etwas anderes ließ Peters Herz hüpfen. Die Akustik in diesem Waggon war fast schon magisch. Die Bässe seiner Saiten prallten an den Wänden des Wagens ab und rollten in warmen, weichen Wellen zurück zu ihm. *Bum. Bum. Bum.*

Auf der Bühne verlor Peter sich oft in den rauen Drums von Siggi. Doch hier lebte sein Kontrabass ein wunderschönes Eigenleben. Hier standen die Schläge von Siggi und das Schwingen seiner Seiten in einer *Beziehung*. Sie erzählten einander von ihrer Liebe. *Bum. Bum. Bum.* Und als Sahnehaube obendrauf das sanfte Schlagen der Räder des Zuges, in einem ruhigen, gleichbleibenden Takt. Freilich nicht in ihrem Takt, aber diese Disharmonie reizte Peter, sie forderte ihn auf eine gute Art und Weise heraus, fügte zu ihrem Song noch etwas hinzu, das nur der Zufall schaffen konnte.

Gestern Abend in diesem kleinen Club in Giesing hatten *The Finders* weniger Zuschauer als hier im Speisewagen gehabt. Die Leute dort waren zwar *freiwillig* gekommen, um ihre Musik zu hören. Doch nur hier, auf dem Weg zurück nach Hause, war jene Magie zu spüren, derentwegen Peter Musik machte.

> «*Fühlst du dich frei …*
> *Spürst du die Freiheeeeiheeeeit.*»

Peter freute sich auf zu Hause, die Wohnung, die er mit Siggi zusammen bewohnte, in Marzahn. Auf ihren Probenkeller im Haus seiner Mutter in Bernau. Auf die Küche seiner Mutter, in der sie immer komponierten, Carla und er. Und er freute sich auf seine Mutter Edda, auf die ganz besonders. Sie war eine einfache Frau mit feinem Humor, eine lebenskluge Frau, die sofort die Schatten eines Menschen erkannte, aber selten aus diesem Wissen etwas machte.

Auch wenn Peter sich gut mit ihr verstand, er hatte lange vor ihr geheim gehalten, dass er schwul war.

Im Sommer 1958 hatte er seine Mutter in das Ballett Dornröschen in die Deutsche Staatsoper nach Berlin entführt. Nach der Musik von Peter Tschaikowsky und der Inszenierung Tatjana Gsovsky.

«Wieso gehst du mit mir ins Ballett?», hatte seine Mutter ihn misstrauisch gefragt.

Ja, sie hatte recht, Peter hatte einen Hintergedanken gehabt. Aber er hatte dichtgehalten.

«Das ist mein Mann», hatte Peter ihr dann erst mitten in der Vorführung ins Ohr geflüstert, «da auf der Bühne.»

Peter hatte auf den schönen, dunkelblonden Solotänzer gezeigt.

Edda hatte eine ganze Weile gebraucht, um zu verstehen, was ihr Sohn ihr damit sagen wollte. Und als sie es verstand, war sie so perplex, dass sie erst in der Pause ihre Stimme wiederfand. Sie konnte in den Seelen der Menschen lesen wie in einem Buch. Aber in der ihres Sohnes hatte sie *das* nicht gesehen.

Eine Woche lang hatte Edda mit Peter kein Wort gesprochen. Dann war die Sache für sie *durch* gewesen, und sie hatte Siggi adoptiert. «Der arme Junge hat ja niemanden mehr, außer dich natürlich», hatte sie zu Peter gesagt.

Peter schickte Siggi im Waggon einen verliebten Blick, und der eilte mit seinem Schlagzeug mal wieder davon. Das war Peter in diesem Augenblick egal. Er hatte sein Glück gefunden, und er würde es nie wieder hergeben.

38 | ARTHUR

Der Kommissar ging durch den Gang und biss in die Bockwurst, die er im Speisewagen gekauft hatte. Etwas Fett spritzte dabei auf sein Kinn, und er wischte sich mit dem Ärmel durch das Gesicht. Die Spur, die das Fett auf dem Stoff seines Mantels hinterließ, war Arthur in diesem Augenblick egal. Er hatte eine neue Spur. Sollten die Schmuggler ihre Ware tatsächlich im eigenen Gepäck versteckt haben? Wer weiß, vielleicht hatten die Instrumentenkoffer ja geheime Fächer.

Drei Wagen weiter wurde Arthur fündig. In zwei Abteilen nebeneinander hatten die Musiker ihre großen schwarzen Koffer verteilt. *The Finders* prangte in hellgrauen Lettern auf einem der Koffer. Seltsam, dachte er, als er feststellte, dass der Schriftzug *The* heller war als *Finders*.

Arthur biss noch einmal in die Wurst. *Was würde Dr. Schlesinger dazu sagen? Eine Bockwurst!*

Dann überlegte er, wie er vorgehen sollte. Noch hörte er leise die Musik aus dem Speisewagen. Noch konnte er ungestört agieren, wenn er von den anderen Mitreisenden mal absah.

Also, welches der beiden Abteile zuerst?

In dem einen saßen ein Mann und eine Frau mit dem schwarzen Jungen, den er vor dem Klo getroffen hatte. Wahrscheinlich war er der Sohn der Frau, auch wenn der Mann mit dem Jungen sichtlich vertraut Schach spielte. Der Mann mochte diesen Jungen, das sah Arthur sofort. So wie sein Vater ihn gemocht hatte, bevor Arthur abgehauen war.

In dem anderen Abteil saß eine Frau am Fenster, attraktiv, ungefähr sein Alter. Ihr gegenüber ein Mädchen, vielleicht vierzehn oder fünfzehn Jahre alt. Ihre Tochter?

Doch irgendetwas störte dieses Bild. War es einfach nur der Fakt, dass sie sich nicht besonders ähnlich sahen? Die Frau hatte volle, schwarze Haare, ihre Figur war weiblich. Das Mädchen war blond. Ihr rundes Gesicht wollte so gar nicht zum Rest ihres Körpers passen. Arme, Beine, ihr Oberkörper, ihre ganze Haltung war angespannt. Das Mädchen las in einem Buch, die Frau sah aus dem Fenster. Arthur wich einen Schritt zurück. Hatte die Frau ihn in der Spiegelung beobachtet? So wie er sie beobachtet hatte?

Der Kommissar zögerte noch einen Moment, und gerade als er die Abteiltür öffnen wollte, sah er, wie sich die attraktive Frau am Fenster eine Zigarette anmachte.

Arthur wich zurück. Das Verlangen nach einer Kippe kroch in ihm hoch.

Doch erst in das andere Abteil?

Arthur wurde sich noch einmal der Dauernadel in seinem Ohr gewahr, seiner guten Freundin – oder Feindin?

Er seufzte. Immerhin hatte er in diesem Zug schon einmal der Versuchung widerstanden. Er würde es wieder tun können, oder?

39 | MARLIS

Marlis sah apathisch zu ihrem Mann, dann zu ihrer Tochter. Elke schraubte konzentriert an den Innereien des Radios herum, die mittlerweile auf ihrem Schoß lagen. Was, wenn ihre Tochter tatsächlich dieses Radio zum Laufen bringen würde?

Auch die anderen im Abteil schauten Elke gebannt dabei zu. Vor allem natürlich Gerd. Marlis sah, wie ihr Mann der Wahrheit aus dem Radio entgegenfieberte und dabei das Flugzeug umklammerte, so als würde es zu Staub zerfallen, wenn es jetzt den Boden berührte. So als würde er zu Staub zerfallen, wenn es jetzt herunterfiel. So wie seine Seele implodiert war, damals, als die Baade 152 abgestürzt war. Seitdem war alles anders. Marlis hätte ihrem Mann ganz sicher die Wahrheit über den Bau der Mauer gesagt, wenn dieses verdammte Flugzeug noch wäre. Ja, mit dem Absturz hatte sich alles verändert. Seine Haltung zu ihrem Land und auch ihre Ehe.

Dieses verdammte Flugzeug.

Es war pures Glück, dass Gerd überhaupt noch am Leben war.

Es ist abgestürzt ... Auf dem Weg zur Leipziger Messe ... Es ist abgestürzt.

Es war ein kühler Tag gewesen, leichter Regen, als Marlis die Nachricht hörte, am Nachmittag des 4. März 1959. Es war wie damals, als sie ihre Mutter auf dem Dachboden gefunden hatte. Da hatte der ganze Dachboden nach Kölnisch Wasser gerochen, dem Duft ihrer Mutter, obwohl sie an diesem Tag gar kein Parfüm trug. Und an jenem Frühlingstag vor zwei Jahren roch sie tatsächlich ihren Mann. Es war der Duft, den Gerd im Kissen hinterließ, wenn er vor ihr zur Frühschicht ging, der plötzlich in ihrem Büro hing. Sie roch ihn.

Dann versuchte sie, ihn zu erreichen. Stundenlang telefonierte sie all seine Kollegen durch, Dr. Rüdiger, den Chef der Abteilung, Karl Linke, den Testflugingenieur, Barbara Deile, seine Sekretärin. Doch niemand konnte oder wollte ihr sagen, ob Gerd mit an Bord gewesen war oder nicht.

Marlis musste in die Sitzung des Komitees zur Planung der Wirtschaft. Ihr Hauptabteilungsleiter sprach über das Eisenhüttenkombinat, seinen «Schwerpunkt 1» im Fünfjahrplan 1959, sein Lieblingsthema. Das Eisenhüttenkombinat sollte die DDR unabhängig machen von Rohstahlimporten aus dem Westen in den nächsten fünf Jahren. *Die nächsten fünf Jahre!* Marlis versuchte verzweifelt, sich nichts anmerken zu lassen. Doch ihre Hände zitterten. Was wohl aus ihr und den Kindern in diesen fünf Jahren werden würde, aus Willi, aus Elke. *Sie werden ohne Vater aufwachsen.* Fünf Jahre, zehn Jahre. Für immer.

Am späten Nachmittag dann holte Marlis ihre Tochter Elke aus dem Hort ab, der im Erdgeschoss ihres Bürogebäudes lag. Noch immer keine Nachricht von Gerd.

Als sie mit Elke zu Hause ankam, hatte Willi schon das Abendbrot gemacht. Vier Teller, vier Gläser, Brot, Butter, Radieschen, Schabefleisch und Schinken. Mittwochs war Willis Abend. Er war am Nachmittag sogar einkaufen gewesen, im Holfix.

«Wo ist Vati?», fragte Willi.

«Noch auf Arbeit», antwortete Marlis so beiläufig, wie es ihr nur möglich war.

Willi jedoch schien etwas gemerkt zu haben. Aber ihr Sohn ließ sie in Ruhe, denn er spürte wohl auch, dass seine Mutter nicht reden wollte. Und das machte es für Marlis fast noch schlimmer. Doch am schlimmsten war die Ungewissheit, gegen die sie nichts tun konnte.

Ja, sie hätte auch zur Flugzeugwerft fahren können – und fragen: «Lebt er noch?»

Doch das traute sie sich nicht. Nicht mit ihrer Tochter im Auto. Sie wollte den Kindern so lange wie möglich die Nachricht ersparen. Vom Absturz der 152. Vom Tod ihres Vaters.

Marlis bestand darauf, das Abendbrot ohne Radio abzuhalten. *Stillbeschäftigung* nannten sie es. Einmal in der Woche nahmen sie das Abendbrot schweigend ein. Es war irgendwann Gerds Idee gewesen.

«Wieso denn heute?», fragte Willi erstaunt. «Vati ist doch gar nicht da.»

Doch Marlis bestand darauf. Auch wenn sie es gleich wieder bereute. Denn die Kinder schwiegen tatsächlich, und Willi wurde immer unruhiger.

«Wie war es in der Schule?», brach Marlis schließlich ihre eigene Regel.

«Gut», lautete Willis knappe Antwort. Und Elke bedeutete ihrer Mutter, nichts mehr zu fragen.

Die folgende Stille war für Marlis die Hölle. Sie sah die Trümmer des Flugzeugs vor sich. Sie sah ihren Mann, äußerlich unversehrt, wie ein Lotus im rauchenden Schlamm.

«Wo ist Papa?», fragte Willi nach einer Weile erneut. Marlis schwieg.

Elke sah ihren Bruder vorwurfsvoll an. Nicht, weil dieser doch geredet, sondern weil er den großen Tag ihres Vaters vergessen hatte. «Er ist doch heute mit seinem Flugzeug geflogen, zur Messe nach Leipzig.» Dann schlug sie sich erschrocken die Hand vor den Mund. Da es nun um ihren Vater ging, hatte auch sie die Regeln gebrochen.

Willi schickte seiner Schwester einen bösen Blick. Dann sah er seine Mutter an, und die konnte nicht mehr wegschauen.

Was ist los?

Marlis nahm einen tiefen Atemzug, dann setzte sie an: «Vatis Flugzeug, also die 152, die ist –»

Sie konnte den Satz nicht beenden. Die fragenden Blicke ihrer Kinder raubten ihr wieder die Stimme.

Plötzlich Geräusche an der Haustür. Ein Schlüssel drehte sich, zweimal. Das hörte Marlis genau. Es war eine weitere Regel in ihrer Familie. *Nach fünf Haustüre abschließen.*

Zweimal drehte sich der Schlüssel, dann folgten Schritte im Treppenhaus, fünf Stufen bis zu ihrer Wohnungstür. Es waren leise Schritte. Noch hätte es auch Frau Huzarski sein können, die Dame, die oben wohnte.

Die Schritte verstummten. Marlis hielt die Luft an. *Einundzwanzig, zweiundzwanzig.*

Dann ging wieder ein Schlüssel. Einmal. An ihrer Tür.

Und dann stand Gerd in der Küchentür. Leichenblass. Aber er lebte. Sie hatte ihren Mann wieder. Die Kinder ihren Vater. Doch was, wenn das nur geborgte Zeit war? Was, wenn diese geborgte Zeit nun zu Ende gehen würde?

Elke hob gerade vorsichtig eine braune Platte aus dem Radio, die mit bunten Kabeln und Bauteilen bestückt war. Kurz flammte Hoffnung in Marlis auf. Das Radio erschien ihr in diesem Augenblick viel zu komplex, als dass ihre Tochter es in diesem Zug würde reparieren können.

Elke reichte die Platte ihrem Vater, und der hielt sie ins Licht. «Die Lötstellen scheinen alle in Ordnung zu sein», sagte er, dann gab er die Platte seiner Tochter zurück.

Elke blickte stirnrunzelnd die restlichen Bauteile auf ihrem Schoß an. «Was könnte es denn sein?», fragte sie Gerd.

«Es hat vielleicht etwas mit der Stromversorgung zu tun», sagte er mit einem ratlosen Unterton.

«Aber was denn?», fragte Elke zurück, ähnlich ratlos – und Marlis schöpfte tatsächlich wieder Hoffnung.

40 | ARTHUR

Hier ist kein Platz mehr frei!», sagte die dunkle Schöne giftig, als der Kommissar die Tür zum Abteil öffnete.

Sie war eine wirklich attraktive Frau, wie Arthur fand, und er war im Kampfmodus. «Ach, das ist schnell gelöst.»

Arthur stellte die Trommelkoffer übereinander und setzte sich neben das Mädchen.

«Können Sie Ihre Wurst nicht im Speisewagen essen?», sagte die Frau genervt und wedelte im Zigarettenrauch vor ihrem Gesicht herum, als wolle sie einen bestialischen Gestank vertreiben.

«Da ist kein Platz mehr frei.» Arthur lächelte verschmitzt. Die Frau nahm noch einen tiefen Zug von ihrer Kippe, quasi zur Beruhigung, dann öffnete sie das Fenster.

Und Arthur fielen nur Albernheiten ein. «Das ist nett. Bisschen verqualmt hier drin», sagte er, und die Dauernadel in seinem Ohr brannte wie die Hölle. Aber sie verrichtete ihren Dienst. Noch.

Er schlang den Rest seiner Wurst herunter und beobachtete dabei die beiden Frauen.

Die Frau mit der Kippe zündete sich mit der alten sogleich eine neue an. War sie nervös? Das Mädchen ertrug den Qualm klaglos, wenngleich Arthur ihr ansah, dass sie darunter litt. *Sie ist nicht ihre Mutter*, dachte er und sah, wie das Mädchen sich wieder aufrichtete, ihre Schultern nach hinten drückte. *So liest kein Mensch ein Buch, das auf seinem Schoß liegt.*

«Sind das Ihre Koffer?», wagte sich Arthur schließlich aus seiner Deckung.

«Was geht Sie das an?», sagte die Frau und hob eine Augenbraue.

Das steht ihr, dachte Arthur und zog seine Dienstmarke. Für einen Wimpernschlag sah er Irritation in den Augen der Frau. Eine Irritation, die ihm gefiel. Arthur spürte ein Kribbeln im Bauch.

«Die gehören der Band von nebenan!», sagte die Frau und wandte sich wieder ab.

Das Mädchen blätterte eine Seite um und las weiter, auch wenn sie ganz mit ihrer Aufmerksamkeit beim Geschehen zu sein schien.

Arthur überlegte noch einen Augenblick, mit welchem Gepäckstück er anfangen sollte, dann entschied er sich für den oberen Schlagzeugkoffer. Er nahm ihn auf den Schoß und musste schmunzeln. Die Frau mit der Zigarette konnte es sich nicht verkneifen, ihn über die Spiegelung in der Scheibe beim Öffnen zu beobachten.

Der Kommissar gönnte sich noch einen Augenblick, dann hob er langsam den Deckel des Koffers, und sein Schmunzeln wuchs zu einem riesigen Grinsen. Auf der Trommel lag eine Platte von Miles Davis, darunter waren Fotos nackter Männer. Und neben den Drums klemmte ein Dildo aus Holz.

Kurz überlegte Arthur, was er machen sollte. Noch hatte die Frau am Fenster nicht gesehen, was er gesehen hatte. Arthur schickte ihr einen frechen Blick, dann holte er den Dildo aus dem Koffer. Das Mädchen wurde über beide Ohren rot, *sieh einer an, sie weiß, was das ist*. Die Frau ihm gegenüber aber lächelte Arthur nur an. *Alle Achtung*, dachte Arthur. *Konzentriere dich!*

Er nahm nun auch die Fotos mit den nackten Männern

aus dem Koffer und legte sie neben sich auf die Bank, für beide Frauen sichtbar. Das Mädchen hatte sichtlich Schwierigkeiten, so zu tun, als würde sie weiterlesen. Doch die Frau verzog keine Miene. Er war beeindruckt.

Dann untersuchte Arthur den leeren Koffer. Kein doppelter Boden, kein Geheimfach. Plötzlich überkam ihn eine Ahnung. Er schob die Abteiltür auf. Die Band hatte aufgehört zu spielen.

Schnell öffnete er den anderen Trommelkoffer, in dem tatsächlich nur eine Trommel war, der Kontrabasskoffer war bis auf ein paar Noten und einen Ersatzbogen leer. Arthur schloss die Koffer wieder und lehnte sich zurück. *Verdammt!*

Wie sollte er nun weiter vorgehen? Vielleicht noch ein letztes kleines Flirt-Scharmützel mit der Amazone? Noch ein dritter Koffer stand in seiner Reichweite. Er war aus braunem Leder, relativ klein und makellos, so als habe er noch nie eine Reise gemacht. Wohl der Koffer dieser Frau. Arthur überlegte einen Moment, dann konnte er nicht widerstehen und griff nach dem Koffer.

«Das ist meiner. Sie können aber natürlich reinschauen, wenn Ihnen das weiterhilft», sagte sie.

Kurz war Arthur versucht, ihr Angebot anzunehmen. Doch dann beließ er es bei einem Lächeln. Sie lächelte souverän zurück.

Und jetzt? Sein Job war getan. Er erhob sich und öffnete die Tür. Doch dann hielt er noch einmal inne. «Nur so aus Interesse: Was verschlägt Sie in diesen Zug?»

Die beiden Frauen blickten sich kurz an, und Arthur spürte, dass er sich beinahe wieder ein *Das geht Sie überhaupt nichts an* eingefangen hätte.

Doch die Frau am Fenster entschied sich anders. «Wir waren auf einem Wettkampf in Augsburg.» Sie sah stolz zu dem Mädchen hinüber.

«Auf einem Wettkampf?», fragte Arthur.

«Turnen.» Die Frau sandte dem Mädchen ein knappes Lächeln – diesmal mit einer Prise Strenge.

«Was gewonnen?», wandte sich Arthur dem jungen Mädchen zu.

Doch der Blick der Frau ließ sie schweigen. «Diese junge Dame ist deutsche Meisterin im Bodenturnen», antwortete sie mit Nachdruck. Und nun verstand Arthur: Die Frau war ihre Trainerin.

«Die Mädchen aus dem Osten … Glückwunsch. Deswegen bist du so … also nicht so wie ich», sagte Arthur, deutete auf seinen Bauchansatz, und das Mädchen grinste.

«Kein Wunder, wenn Sie dieses Zeug da essen», sagte die Trainerin und machte sich eine neue Zigarette an.

«Sagt mein Arzt auch. Sie haben ja so recht!»

Die Frau nahm einen tiefen Zug, sehr genüsslich, wie er fand. Höchste Zeit, das Abteil zu verlassen. Er nickte der Trainerin freundlich zu, dann trat er auf den Gang. Sie schickte Arthur ein Lächeln hinterher, das er nicht zu deuten wusste.

Er konzentrierte sich wieder auf das, weshalb er hier war. Seine heiße Spur war also schon wieder kalt. Und jetzt? Was sollte er jetzt tun?

41 | MELDUNG
AN DAS PRÄSIDIUM DER VOLKSPOLIZEI
BERLIN, 10:20 UHR

Nach Meldung des Genossen Unterleutnant B., Abt. K-Mitte, versuchen ca. 400 Jugendliche, den Stacheldraht am Kontrollpunkt Köpenicker Str. zu entfernen. 4 Nebelkerzen wurden abgezogen, davon 1 Nebelkerze rot. Lage zurzeit noch nicht geklärt.

Information Treptow: US-Pkw, Kennzeichen BC 52, mit vier Uniformierten in Königsheideweg festgestellt. Insassen überprüften den Königsheideweg auf Panzerspuren und gaben Meldung über Sprechfunk ab.

42 | EDITH
Probstzella, Bahnbetriebswerk, 10:20 Uhr

Edith lief neben Kurt quer durch die Backsteinhallen des Bahnbetriebswerks Probstzella. Sie liebte diesen Ort. Diffuses Licht flutete durch die hohen, vom Staub der Ewigkeit verdreckten Fenster. Es roch nach Öl, nach den vergangenen Jahrzehnten. Manchmal stellte sie sich vor, wie es hier wohl vor den Kriegen gewesen sein musste. Als ihre Dampfloks noch nach frischem Lack gerochen hatten.

«Mit welcher Lok fahren wir denn?», fragte Kurt, und

Edith hörte die Verlegenheit in seiner Stimme. Er hatte wirklich keine Ahnung.

Er verhielt sich ganz anders als die Männer sonst. Er hatte die Aura eines Abenteurers, eines empathischen Abenteurers. Er war ihr neugierig zugewandt. Aber Technik schien ihn nicht zu interessieren. Alle anderen Männer mutierten zu kleinen Jungs, wenn sie vor einer Dampflok standen oder gar zu ihr ins Führerhaus steigen durften.

Edith blieb vor «ihrer» Lok stehen, einer prächtigen Dampflok.

«Mit der fahren wir heute. Das ist eine Lok aus der Baureihe 19. Die *Sachsenstolz*. Entwickelt für die sächsischen Bergstrecken. Gebaut in Chemnitz, also Karl-Marx-Stadt. Aber nach Erfurt wird es dann verdammt flach. Und da kann ich die Lok nicht bergab rollen lassen und muss ständig unter Dampf fahren. Das kostet Kohle, viel Kohle. Da wären andere Loks besser.»

Edith war froh, dass sie einen Nachteil benennen konnte, um ihren Stolz ein wenig zu verbergen.

Sie lief mit Kurt an ihrer *Sachsenstolz* entlang und entdeckte tatsächlich kein Staunen, keine Faszination in seinen Augen.

«Wenn Sie sich nicht für Züge interessieren, was würden sie dann lieber drehen?» Edith wurde mutiger.

Sie stieg in das Führerhaus. Die Lok war noch kalt.

«Na ja ... Hollywood ... und so», stammelte er.

Edith musste lachen. Ein bisschen Ironie, ein bisschen doch die Wahrheit. Das liebte sie.

«Sie sind also Realist. Die große, weite Welt.»

Kurt nickte und nahm seine Kamera auf die Schulter.

Schon lange hatte sie keinen Menschen mehr getroffen, der ihre Ironie verstand.

«Ein bisschen weite Welt kann ich Ihnen heute auch bieten. Lokwechsel in Bayern. Ich hole den 151er aus Ludwigsstadt rüber und fahre ihn nach Berlin.»

«Oh, wir fahren tatsächlich rüber!» Er klang begeistert.

Edith reichte Kurt ihre Kladde mit dem Tagesplan.

«Na ja. Das sieht da drüben auch nicht anders aus als hier.»

«Aber die haben da keine Frauen in der Lok!», sagte Kurt.

«Da drüben wissen die Frauen eben auch noch, was sich gehört!» Edith grinste.

«Was die armen West-Männer alles so verpassen», sagte er und schenkte Edith ein freches Grinsen, das sie schlucken ließ.

Sie nahm die Kladde mit dem Plan zurück und blickte auf ihre Uhr. «Fahren Sie dann mit bis nach Berlin?» Sie versuchte, nicht allzu aufgeregt zu klingen.

«Wenn das geht, sehr gerne», sagte er und blickte durch den Sucher.

«Das wird ein hartes Stück Arbeit.» Edith biss sich sofort auf die Lippen. Warum zum Teufel hatte sie das denn jetzt gesagt?!

Doch Kurt nickte nur und sah sie offen an.

«Mit einer modernen E-Lok wäre das alles kein Problem, und die Strecke nach Berlin war schon mal elektrifiziert, vor dem Krieg. Aber die Russen haben die Oberleitungen mitgenommen ... Reparation», plapperte sie ausgelassen weiter und spürte ein Kribbeln im Bauch, das sie seit Ewigkeiten nicht mehr gespürt hatte.

43 | ARTHUR
Schwabach, Interzonenzug D 151, 10:23 Uhr

Arthur stand im Gang am Fenster und beobachtete aus dem Augenwinkel das Geschehen im *anderen* Abteil der Band. Der Mann spielte noch immer mit dem schwarzen Jungen Schach. Die Frau schrieb eifrig in ein kleines Büchlein, über ihr im Gepäcknetz lag ein großer Brautmoden-Karton. Wollten die beiden heiraten? Oder war der Mann nur zufällig in diesem Abteil und gehörte gar nicht dazu? Die Vertrautheit, mit der er den Jungen gewinnen ließ, sprach jedoch dagegen. Arthur war so in seine Mutmaßungen vertieft, dass er darüber fast die Koffer der Band vergaß.

Er öffnete schließlich das Abteil. «Kripo München, Arthur Koch. Die Koffer gehören nicht zu Ihnen, richtig?»

Der Mann blickte ihn skeptisch an.

«Keine Sorge, ich bin gleich wieder weg.»

Arthur öffnete hastig die Instrumentenkoffer, schließlich wollte er nicht riskieren, von der Band gestört zu werden. Zwei Gitarrenkoffer, einer leer, und ein Koffer mit einer Trommel. Dann offensichtlich der Koffer der Sängerin. Sie hatte ihre Kleidung unordentlich hineingestopft. Entweder war sie so ein Typ, oder sie war hektisch aufgebrochen. Aber Arthur fand kein Geheimfach, keine Drogen, nichts.

Er schloss die Koffer wieder. Die drei anderen im Abteil blickten ihn fragend an, und er lächelte fast schon verlegen.

Was sollte er jetzt tun? Auf den ersten Blick schien es ein guter Gedanke: Nicht besonders flüssige Musiker verdienen sich was dazu und transportieren das Zeug bequem in den Geheimfächern ihrer Instrumentenkoffer. Zu schön, um wahr zu sein. Aber je mehr er darüber nachdachte, desto weniger brachte er in seinem Kopf die Band und den Arzt zusammen. Den schwulen, sympathischen Kerl mit dem Kontrabass und die lebenshungrige Sängerin mit diesem fiesen Arschloch? Na ja, kriminelles Potenzial hatte sie. Aber sie hatte auch Stil. Würde so eine Frau mit so einem Typen dealen? Dann wäre sie sicher schon sehr in Not.

Arthur drapierte die Koffer wieder so, wie er sie vorgefunden hatte, nickte den Fahrgästen einmal knapp zu und verließ das Abteil so prompt, wie er es betreten hatte.

Auf dem Gang hielt er inne. Wo und wie sollte er nun weitermachen? Er konnte schlecht alle Koffer aller Passagiere prüfen, ohne offiziellen Auftrag gleich dreimal nicht.

Arthur gab sich seiner schlechten Laune und seinen Zweifeln noch eine Weile hin – planlos. Doch als er sich dabei ertappte, dass er in die Tasche nach den Zigaretten griff, lief er los, um nach Andi zu suchen.

Nicht kapitulieren. Nicht jetzt.

44 | ANNA

Meine sehr geehrten Damen und Herren», knarzten die Waggonlautsprecher, «in wenigen Minuten erreichen wir den Hauptbahnhof Nürnberg. Bitte steigen Sie auf der rechten Seite aus.»

Anna konnte sehen, wie die Ansage die beiden Eltern in

ihrem Abteil traf. Er schaute zu ihr, sie blickte zu Boden. War es sein Versuch, ihr die Frage zu stellen, ob sie aussteigen sollten?

Sie zog die Tasche mit der Urne wieder an sich. Und was war mit ihnen? Mit Anna und ihrem Mann? Was machte die Nachricht mit ihnen?

Anna sah atemlos auf das kleine Mädchen mit dem Radio.

Sorgfältig holte es mit ihren kleinen Fingern nun die letzten Teile aus dem Holzkasten heraus, der einmal das Radio ihres Bruders gewesen war und den er so gemocht hatte.

Was ist, wenn die da oben wirklich heute eine Mauer bauen? Dann habe ich die Chance, die Er mir auf dem Bahnsteig gegeben hat, die letzte Chance, unseren Sohn noch einmal wiederzusehen, die habe ich dann vielleicht vertan.

Anna blickte zu ihrem Mann. *Was wäre, wenn wir aussteigen würden, hier im Westen blieben?*

Doch Ernst zeigte keine Regung. Er aß die letzte Gurke, die sie aus Dresden mitgebracht hatten.

Das kann doch nicht sein, dass diese Nachricht nichts mit dir macht?

Doch dann, kurz, hob Ernst den Kopf, und ihre Blicke trafen sich. Einen Moment lang konnte er seiner Frau in die Augen schauen, dann sah er wieder weg.

Also doch, es macht auch was mit dir!

Anna spürte die Urne in ihren Händen. Auch von ihr und ihrem Mann würde eines Tages nur noch das übrig bleiben. Und wenn es so weit war, was würde sie dann von ihren letzten Lebensjahren halten? Würden sie dann vertane Jahre gewesen sein? Anna blickte aus dem Fenster, und die ersten, noch einzeln in die Landschaft getupften Häuser vom Nürnberger Stadtrand zogen an ihnen vorbei.

Wieder stieg in ihr jenes Gefühl vom Bahnhofsvorplatz in München hoch, und ihr Herz wurde ganz eng. Vielleicht bot Er ihr heute die letzte große Möglichkeit, alles zu ändern.

Anna atmete tief ein. Sie spürte das Beben des Wagens, das Schlagen der Räder. Der Zug lebte, auch wenn sein Ziel vielleicht ein Gefängnis war. Er lebte. Und auch sie tat das – noch.

45 | MARLIS

Die Sicherung, es ist die Sicherung», rief ihre Tochter aufgeregt. Elke holte einen kleinen Glaskolben aus den Eingeweiden des Radios und hielt ihn gegen das Licht. «Die Sicherung ist durch!»

Gerd sah seine Tochter stolz an.

Doch dieses Gefühl schien er nicht mit Marlis teilen zu wollen. Nicht mehr. Ihr Mann hatte den Kontakt zu ihr abgebrochen. Sie hätte nicht sagen können, was ihr nun mehr zu schaffen machte: die Tatsache, dass nun auch Gerd die Wahrheit aus diesem Radio bestätigt bekommen würde, oder ihre Schuld, es ihm nicht gesagt zu haben.

Elke kramte hektisch eine Tafel Westschokolade aus ihrem Rucksack. Ihr Heiligtum, streng limitiert (Willi hatte seine Tafel längst gegessen). Sie riss ein kleines Stück Alupapier von der Schokolade, rollte es sorgsam zu einem kleinen Kolben und sah ihren Vater fragend an. «Darf ich?»

Gerd nickte nur, und Marlis versteckte ihre zitternde Hand.

Elke setzte die kleine Alurolle in das Innere des Radios ein und baute es gar nicht erst wieder zusammen, sondern verkabelte nur alles und betätigte den AN-Knopf. Mit einem Rauschen erwachten die Einzelteile auf ihrem Schoß zum Leben. Elke strahlte. Und auch wenn Gerd der Botschaft des Radios entgegenfieberte, er war sichtlich stolz auf seine Tochter. Willi versuchte gar nicht erst, seine Eifersucht zu verstecken.

Auch die Frau in Schwarz schien schwer beeindruckt. Sie schickte ihrem Mann einen vielsagenden Blick. Doch der wollte sich nicht mitreißen lassen und biss scheinbar unbeteiligt in seine Gurke.

Aufgeregt suchte Elke nach einem Sender. Der Drehkondensator wuchs und wurde wieder kleiner ... Zwei halbkreisförmige Kämme aus Metall ... Bis das Rauschen verstummte.

Ein Knattern erfüllte das Abteil. Marlis war so aufgeregt, dass sie das Geräusch aus dem kleinen Lautsprecher im ersten Augenblick nicht deuten konnte. Aber sie kannte es. Es waren Presslufthämmer. Das Geräusch, das versprach, dass etwas Altes verschwand und etwas Neuem Platz machte.

Dann erklang die Stimme eines Reporters, der versuchte, den Lärm zu übertönen: «Mitten in Berlin wird das Straßenpflaster aufgerissen ...» Kurz gewannen die Presslufthämmer die Oberhand, dann schrie der Reporter wieder dagegen an, als ginge es um sein Leben. «Der Regierende Bürgermeister von Berlin, Willy Brandt, berief am Morgen eine Sondersitzung des Abgeordnetenhauses ein und erklärte danach: Die vom Ulbricht-Regime auf Anforderung der Warschauer-Pakt-Staaten verfügten und eingeleiteten Maßnahmen zur Abriegelung der Sowjetzone und des Sowjetsektors von West-Berlin sind ein empörendes Unrecht.»

Die Ansprache brach jäh ab, und das Radio verstummte wieder.

«Mist!» Aufgeregt versuchte Elke, die Überbrückung der Sicherung wieder an ihre Stelle zu schieben.

Sie brauchte dafür nur Sekunden. Aber diese Sekunden würde Marlis nie mehr vergessen. Den Blick, den ihr Mann ihr entgegenschleuderte. Wütend, fragend, suchend, nach Halt, nach einer Erklärung.

Warum hast du es mir nicht gesagt?

46 | ARTHUR

Arthur fand Andi am Ende des Zuges. Sein Kollege erkannte sofort, in welchem Zustand der Kommissar war.

«O mein Gott, Arthur. Ist es wieder so weit?»

«Alles Scheiße, deine Elly», stöhnte Arthur.

«Bitte nicht. Ich schlage mir nicht den Sonntag in diesem Zug um die Ohren, damit du jetzt aufgibst.»

Arthur schwieg, denn Andi hatte ihn exakt gelesen!

«Was haben wir?», fragte Andi, und Arthur winkte nur ab. Nicht jetzt dieses Spiel.

«Na komm!», sagte Andi, nun selbst sichtlich angefressen.

Doch Arthur schwieg.

«Na los, was haben wir?» Andi ließ nicht locker. Dieses Fragespiel war ihr übliches Ritual, auf einen Nullpunkt zu reagieren. Sie hatten sich angewöhnt, nach einem Rückschlag den Fall noch einmal nüchtern anzuschauen. Und das hatte nicht nur einmal schon zu erstaunlichen Ergebnissen geführt. Zurück auf null und resümieren, das wollte Andi.

«Jetzt sag endlich. Was haben wir?»

«Das weißt du doch!», brummte Arthur.

«Oh, er spricht mit mir!»

Arthur verdrehte die Augen. «Gut, wir haben drei Tote ...», sagte er schließlich, bockig wie ein Kind, dem man den Kreisel weggenommen hatte.

«Ja?! Und? Weiter!»

Arthur stöhnte.

«*Du* wolltest unbedingt in diesen Zug, nicht ich», sagte Andi. «Also, Resümee.»

«Gut, wir haben eine vermeintliche Verbindung. Alle Opfer waren vor ihrem Tod bei diesem Arzt, Dr. Schlesinger aus der Augustenstraße in Schwabing.»

«Richtig. Und was haben wir noch?»

«Alle Opfer waren unter dreißig, also nicht so alt wie wir.»

«Gut, sie waren jung.»

«Vermeintlich alle drei gesund.»

«Richtig, keines der Opfer hatte eine uns bekannte Vorerkrankung. Das blühende Leben. Weiter!»

«Und der Arzt tut so, als wäre er ganz harmlos. Der Schweinehund.»

«Nun, vielleicht ist er ja auch verdammt harmlos, eben nur ein Arzt», sagte Andi provokativ.

Arthur blickte Andi böse an, und Andi hob entschuldigend die Hände. «Nein, der Arzt ist nicht harmlos, und deswegen hast du ihm die Fresse poliert.»

Arthur stöhnte, doch Andi ließ nicht locker.

«Gut!» Wieder seufzte der Kommissar. «Und wir haben den Tipp …»

«Von einem deiner Junkies», ergänzte Andi.

«Aus berufenem Munde, dass hier in diesem Zug ein Mensch sitzt, der gestern Abend einen Großeinkauf gemacht hat. Bei diesem Arzt. Für 10 000 Mark!» Arthur schnaubte und fuhr missmutig fort. «Wo würdest du so einen Großeinkauf verstecken, wenn du was draufhättest?»

«Arschloch», sagte Andi nur.

«Jetzt sei nicht so ein Baby», meinte Arthur, und Andi boxte ihn zur Strafe auf den Oberarm. Und mit dem Schlag seines Kollegen blitzte es in seinem Geist auf. Eine Idee bahnte sich ihren Weg, vorbei an den Entzugserscheinungen.

Arthur lief los.

«Wo willst du hin?», rief ihm Andi hinterher.

«Hast du in deinem Wagen ein kleines Kind gesehen, ein Baby?»

«Nein …», sagte Andi.

Arthur stürmte einfach weiter.

«He, sprich mit mir!» Andi setzte sich ebenfalls in Bewegung.

«Hast du diesen Kinderwagen gesehen? Wo noch mal war dieser verdammte Kinderwagen?»

«Was für ein Kinderwagen?», rief Andi ihm hinterher.

Arthur blieb stehen. «Würde deine Frau die Verkleidung im Klo abschrauben?»

Andi schüttelte den Kopf und kapierte gar nichts mehr.

«Wir Idioten sind immer von einem Mann ausgegangen! Es könnte aber auch eine Frau sein. Oder eine ganze Familie», sagte Arthur und lief weiter. Andi folgte ihm, noch immer ratlos.

Drei Wagen weiter blieb Arthur stehen. Er hatte ihn gefunden: ein kleiner Sportwagen, wie sie jetzt hießen, tanzte, in einer Ecke im Übergangsbereich der Waggons geparkt, im Takt der Gleise hin und her.

Der Kommissar schlug die Kinderdecke zurück, und ein Stoffhase kam zum Vorschein. Arthur hob ihn hoch, schüttelte ihn, tastete dessen Bauch ab und drückte den Hasen schließlich Andi in die Hand.

Dann untersuchte er den Kinderwagen näher. Das Netz, die Seitentaschen, den Boden. Er hob eine zweite Decke an, und seine Augen begannen zu leuchten. Bingo!

Der Boden des Wagens war mit braunen Pappkisten ausgekleidet, kaum größer als Zigarettenschachteln. *Munitionskisten*, schoss es Arthur durch den Kopf. Er öffnete eine Schachtel. Sie war gefüllt mit Glasampullen, die sogar Ähnlichkeit hatten mit Patronen. *Kaliber.32. Was zur Hölle ist das?*

Er stellte die Kiste neben sich ab und untersuchte den Kinderwagenboden weiter. Wahrlich ein Großeinkauf kam da zum Vorschein. Ein Dutzend kleine Kisten waren in den doppelten Boden eingelassen. Arthur öffnete eine der Ampullen und roch an der gelblichen Flüssigkeit. Der Geruch erinnerte ihn an Honig.

«Was zur Hölle ist das? Drogen?», fragte Andi.

Arthur tropfte sich etwas von der Flüssigkeit auf die Hand. Kurz zögerte er, dann probierte er mit der Zunge.

«Spinnst du?!», rief Andi.

«Zyankali wird's wohl nicht sein!»

«Und?»

«Schmeckt nach nix.»

«Und jetzt?»

Arthur blickte sich um. *Wem zum Teufel gehört dieser Wagen?*

Eine Weile dachte er nach. Seine miese Laune war verflogen. Er hatte recht gehabt! Dieser verdammte Arzt hatte irgendeine schmutzige Sache am Laufen. Er musste schnellstmöglich herausbekommen, was dieses Zeug war, dann wüsste er vielleicht auch, nach wem er suchen sollte. Hier im Zug.

Arthur blickte auf die Uhr. In wenigen Minuten würden sie in Nürnberg halten.

Er fasste einen Entschluss und drückte Andi drei Ampullen in die Hand. «Du steigst in Nürnberg aus und lässt das Zeug im Dezernat untersuchen. Die haben in der Münchner Straße ein Labor.»

«Aber heute ist Sonntag!», protestierte Andi.

«Egal, frag nach Friedrich Kemmerer.»

«Und was soll ich dem sagen? Dass du auf eigene Faust —»

«Lass dir irgendwas einfallen», fiel Arthur seinem Kollegen ins Wort. «Ich fahr weiter und ruf dich von Bamberg aus an. Alles klar?»

Andi stöhnte. Er bereute offensichtlich zutiefst, heute in diesen Zug gestiegen zu sein.

47 | CARLA

Der Kellner im Speisewagen zapfte missmutig aus dem großen Spender zwei Tassen Kaffee und stellte sie vor Carla auf den Tresen, dann tippte er einen Betrag in seine Kasse.

Der Zug fuhr mittlerweile durch dichtbesiedeltes Gebiet, schaukelte ein paarmal hin und her, und der Kaffee schwappte auf den Tresen und hinterließ dort kleine blassbraune Pfützen.

«Vier Mark», sagte der Kellner zu Carla.

Carla war entsetzt. «Für vier Kaffee?»

Der Kellner hörte augenblicklich auf zu tippen, so als habe er geahnt, dass sie trotz ihres Ständchens nicht genügend Geld hatte. Und mit dem Blick, den er ihr dann zuwarf, drückte der Mann bei Carla alle roten Knöpfe. Der Typ hatte die Haare an der Seite hochrasiert, die weiße Uniform akkurat geschlossen, war glattrasiert. *Noch ein paar Schulterstücke, und Hitler hätte seine wahre Freude an dir.*

«Bitte, ich habe nur drei Mark ...», Carla zählte das Kleingeld auf den Tisch, immer noch um Würde und Fassung ringend, «und 90 Pfennig.»

Der Kellner verzog keine Miene und stellte ihr nur wortlos eine dritte Tasse hin. In diese hatte er weniger Kaffee gefüllt, und so konnte Carla durch das dünne Braun den Boden der Tasse sehen. *Das ist doch nur Blümchenkaffee*, hätte ihre Mutter gesagt.

«Ich hätte gerne vier», sagte Carla.

«Ich weiß ja nicht, wie das bei euch da drüben läuft, aber hier bei uns zahlt man für das, was man haben will.»

Carla starrte den Kellner an. Ja, auch sie zahlte im Osten, für das, was sie haben wollte. Ja, auch Carla hatte im Osten bezahlt, einen sehr hohen Preis sogar, für diese Reise in den Westen. Für dieses kleine Stück Freiheit jenseits der Grenze.

Sie sah dem Kellner in die Augen. Der rümpfte nur die Nase, und plötzlich war sie wieder dreizehn Jahre alt. Ein verunsichertes Mädchen, das den Boden unter den Füßen verlor. Carla brach regelrecht zusammen, innerlich. Plötzlich war nichts mehr übrig von der schönen, selbstbewussten Frau, sie spürte es selbst ganz deutlich. Carla konnte impulsiv sein, hemmungslos flirten. Wenn sie einen Raum betrat, nahm sie ihn in Besitz. Eine Bühne, einen ganzen Konzertsaal, Tausende von Menschen konnte sie für sich einnehmen. Und dennoch, ganz tief in ihr wohnte eine Scham, die mächtiger war als alles andere.

Carla starrte den Mann an und war sich sicher: Er hatte Witterung aufgenommen. So wie damals ihr Vater.

Du stinkst ...

Carla war gerade dreizehn Jahre alt geworden, als sie diese Worte das erste Mal hörte.

Ihr Vater war ihr eigentlich wohlgesinnt. Er war Bauer. Und er hatte eine feine Nase.

Du stinkst. Er hatte es nur ein einziges Mal gesagt. Aber das hatte gereicht, um diese Worte für immer in sie einzupflanzen. Seitdem lauerten sie, übermächtig, tief weggesperrt in ihrem Inneren. Sie warteten nur darauf, geweckt zu werden und dann alles zu zerstören.

Sie hatte damals neben ihrem Vater gesessen, auf der Küchenbank im alten Haus in Königs Wusterhausen. Sie mochte seinen warmen, weichen Körper. Seine rauen

Wangen, wenn er unrasiert war. Die kugelharten Bizepse unter seinem Hemd.

Und sie hatte bis zu jenem Tag keine Wahrnehmung dafür gehabt, dass sie selbst einen Geruch hatte.

Natürlich hatte sie schon ihre Eltern gerochen. Sie rochen gut. Selbst wenn ihr Vater vom Feld kam, roch er gut, nach Erde und Sonne. Manchmal auch nach Regen oder im Sommer nach Heu. Aber er selbst? Hatte er einen Geruch jenseits von den Spuren seiner Umgebung? Carla hätte es nicht sagen können.

Ihr Weg, die Welt zu erkunden, war ein anderer. Sie ertastete das Universum. So hatte sie als kleines Mädchen immer mit dem Hemd ihres Vaters gespielt, wenn dieser es nach der Arbeit über seiner Hose trug. Es war stets weiß gewesen. Dann hatte sich Carla neben ihn gesetzt, heimlich den Leinenstoff zu einem Zipfel gedreht und ihn durch ihre Finger gleiten lassen. Immer und immer wieder. Der Zipfel seines Hemdes war das Zentrum ihres Universums. Ihre Heimat. Zumindest bis zu jenem Tag.

Du stinkst.

Das war das letzte Mal in ihrem Leben gewesen, dass sie sich so nah an ihn herangetraut und aus dem Hemd ihres Vaters einen Zipfel geknetet hatte.

Du stinkst.

Ihr Vater meinte immer, was er sagte. Sie stank!

Ihre Scham war geboren. Ihr roter Knopf.

Fortan wusch sie sich, zweimal, dreimal am Tag. Sooft es ging, wechselte sie ihre Bluse, trug niemals ein Unterhemd zweimal.

Bis heute Morgen.

Als sie hektisch in der Pension aufgebrochen waren,

hatte sie die frische Bluse, die sie für die Rückreise reserviert hatte, nicht mehr gefunden. Sie hatte sich schließlich für die entschieden, die sie auf der Hinreise getragen hatte. Die roch am wenigsten, hatte sie geglaubt.

Doch in den Augen des Kellners konnte sie nun lesen, dass ihre Vermutung falsch gewesen war. Er musste es gar nicht sagen.

Du stinkst.

Gerade als Carla wütend nach dem Arm des Kellners griff und rief: «Du gibst mir jetzt einen vierten Kaffee», stand plötzlich Sascha hinter ihr und hielt sie zurück.

«He, alles gut, Carla», sagte er sanft. «Ich will eh keinen Kaffee.»

«Doch, du kriegst deinen Kaffee», *auch wenn ich stinke.*

«Ich lass mir von dem Idioten doch nicht sagen ...»

«Hehehe», fiel der Kellner ihr ins Wort und machte sich von ihr los. *Du hast hier gar nichts zu melden, du stinkst,* sagte sein Blick.

Und gerade, als Carla wieder nach dem Arm des Kellners schnappen wollte, küsste Sascha sie mitten auf den Mund. *Vor diesem Nazi!* Sascha, der sich sonst in der Öffentlichkeit immer zurückhielt.

Ich kann dich riechen.

Das Mantra seiner Liebe strömte über seine Lippen direkt in ihre Seele. Und langsam gab es wieder Platz in ihrer Brust. Wut und Scham begannen zu schmelzen, bis nur noch ein Rinnsal von ihnen übrig war.

Als sich seine Lippen wieder von ihr lösten, blickte sie Sascha fragend an. *Wo warst du? Und wieso bist du plötzlich wieder da?*

Doch Sascha lächelte nur.

Carla nahm noch immer sichtlich verwirrt zwei der Kaffees und ging zurück zu ihrem Platz. Den Kellner würdigte sie keines Blickes mehr.

Sascha nahm den dritten Kaffee, blickte kurz zum Kellner, *du kannst mich mal*, dann humpelte auch er davon.

«Vielleicht ja ganz gut, dass sie eine Mauer bauen!», sagte der Kellner laut genug, um Sascha in seiner Bewegung innehalten zu lassen.

«Was haben Sie gesagt?»

Im Gesicht des Mannes wuchs ein unverschämtes Grinsen. «Noch nicht gehört? Der Ulbricht macht eure Grenzen dicht.»

Auch die anderen Gäste im Speisewagen hatten den Kellner gehört. Schlagartig verstummten die Gespräche an den Tischen.

Dann bleibt Gesindel wie ihr ein für alle Mal drüben.

Sascha ging zurück und starrte den Mann an. «Was hast du gesagt?», wiederholte er.

Der Kellner griff unter seinen Tresen, stellte ein Radio neben die Kasse und machte es an.

Prrrrrrr. Der Lärm von Presslufthämmern erfüllte den Speisewagen. Dann erklang ein Sprecher, der sichtlich versuchte, seiner Emotionen Herr zu werden. «An einigen Straßen wurden Wasserwerfer und Panzer in Position gebracht. Ob die Lage eskaliert, ist derzeit ungewiss … Das waren die aktuellen Meldungen aus Berlin. Nun zum Wetterbericht. Seewetterbericht für Nord- und Ostsee herausgegeben vom Deutschen Wetterdienst, Seewetterdienst Hamburg am …»

Das Radio verstummte. Siggi war zum Tresen gegangen und hatte es abgedreht.

Stille.

Sascha verharrte noch immer mit dem Kaffee in der Hand mitten im Speisewagen. Er sah verwirrt aus, so als suche er nach Orientierung, die ihm aber niemand geben konnte, denn alle anderen waren genauso außer sich wie er, völlig überrumpelt. Niemand in diesem Wagen schien zu wissen, was das nun hieß. Wie man sich nun fühlen sollte.

Carla stand schon am Tisch, hatte die beiden Kaffeetassen vor Peter abgestellt – und blickte Sascha an.

Allen schien in diesem Moment klar zu werden, dass ihre Reise nun eine andere Dimension hatte. Eine Dimension, der sie nicht mehr ausweichen konnten.

Nur der Zug schien eine Antwort auf all die stummen Fragen zu haben: Das Quietschen der Bremsen beendete die Stille. Sie fuhren in den Bahnhof Nürnberg ein.

Ein paar Weichen warfen den Waggon nach rechts und links, und Sascha verlor beinahe das Gleichgewicht. Sein Kaffee schwappte über.

Dann kam der Zug mit einem Ruck zum Stehen.

Noch einen Moment lang waren alle im Waggon wie erstarrt. Dann lief Siggi, der noch immer beim Radio am Tresen stand, zum Ausgang.

«Wo willst du hin?» Peter blickte ihm alarmiert hinterher. Dann sprang auch er auf.

«Siggi, warte!»

Sascha stand noch einen Moment regungslos mitten im Waggon, dann humpelte er auf Carla zu, die sich nur sprachlos und geschockt an den Tisch gesetzt hatte, und strich ihr sanft über die Wange.

Er schien etwas zu ihr sagen zu wollen. Sie mit Worten

beruhigen. Wahrscheinlich konnte er sich vorstellen, was in ihr vorging, wie fassungslos sie war.

Doch auch ihm fehlten die Worte.

48 | MARLIS
Nürnberg, Hauptbahnhof, 10:30 Uhr

Der Zug stand auf dem Bahnhof in Nürnberg. Das Fehlen der Schläge, die die Räder während der Fahrt machten, schmerzte Marlis. Die Räder standen still, und die Wahrheit war ans Licht gekommen.

Marlis sah aus dem Fenster. Auf dem Bahnsteig vibrierte eine unbeschreibliche Energie. Ein Nebeneinander von Normalität und Chaos. Da waren Menschen, die zu ihren Verwandten fuhren, ein Paar, das unschuldig mit Rucksack und Wanderschuhen wahrscheinlich auf dem Weg in die Fränkische Schweiz war. Direkt daneben stritten die zwei Männer und die drei Frauen, die Marlis auf dem Gang mit dem Radio belauscht hatte, um ihre Zukunft. *In Nürnberg bleiben oder wieder in den Zug steigen?*

Gerne hätte Marlis etwas sagen wollen, um zumindest ihre Kinder zu beruhigen. Aber sie konnte es nicht.

«Warum hast du uns nichts gesagt, Mama?» Willi war der Erste, der Worte fand. Ausgerechnet er fragte sie das!

Marlis wusste nicht, was sie darauf antworten sollte. *Ich habe es für uns getan? Um unsere Familie zu beschützen?*

«Das wüsste ich auch gern!», schloss sich nun Gerd mit harter Stimme an. Sein Blick verdunkelte sich. Sie konnte seine Wut förmlich riechen.

All die Erklärungen, die sie sich vorher zurechtgelegt hatte, waren nur noch schale Rechtfertigungen. Ja, warum hatte sie es ihnen nicht gesagt?

«Weil ich Angst hatte, dass dann euer Vater im Westen bleiben will!»

Nun hatte sie es ausgesprochen. Sie wagte nicht, ihren Mann anzuschauen. Stattdessen sah sie zu ihrer Tochter. Elke klammerte sich an die Teile des nun stummen Radios auf dem Schoß.

Marlis sah, wie ihr Mann nach der Hand von Elke griff. Dann stand er auf.

«Was machst du da?», fragte Marlis tonlos.

«Du hattest recht!» Gerd nahm seinen Koffer aus dem Gepäcknetz, und auch Elke wurde bleich: Ihr Vater packte seine Sachen zusammen!

«Kommt, wir steigen aus.»

Willi blickte fragend zu seiner Mutter. Die war unfähig zu reagieren.

Elke hingegen folgte, wenn auch apathisch, der Aufforderung ihres Vaters. Marlis sah eine Weile starr mit an, wie sie erst die Teile des Radios, dann auch den Flieger sorgsam auf die Bank neben sich legte.

Marlis brauchte noch ein paar Sekunden, dann sprang sie auf und packte ihren Mann am Arm. «Bitte nicht!»

Gerd hielt inne. «Du hast uns verraten», sagte er kalt, und Marlis zog es den Boden unter den Füßen weg.

49 | ARTHUR

Der Kommissar öffnete die Waggontür und staunte. Neben ihm flogen Koffer aus den Fenstern, Menschen stritten in den offenen Türen des Zuges. Und mitten im Chaos auf dem Bahnsteig stand ein Liebespaar mit Rucksack, das die Welt nicht mehr zu verstehen schien. Wie er. Was war hier los?

Die aufgeregte Stimmung ließ eine Erinnerung in ihm aufsteigen: Es war ein Freitagmorgen im Spätsommer 1939 gewesen. Arthur fuhr mit der Linie 1 von Berg am Laim in Richtung Marienplatz zu seinem Dienst. Arthur war gerade Inspektor bei der Münchner Polizei geworden. Er hatte am Morgen weder Radio gehört noch Zeitungen gelesen. Und so wusste er es noch nicht. Aber den Menschen in der Tram merkte er an, dass etwas passiert sein musste. Es war der Beginn des zweiten großen Krieges. Den ersten hatte er als Kind erlebt; er war gerade acht geworden, als die Deutschen damals kapituliert hatten. Nun war Arthur 29 Jahre alt. Als er auf dem Dezernat schließlich erfuhr, was passiert war – Deutschland hatte «zurückgeschossen», Polen überfallen –, da wusste er, dieser Krieg würde auch seiner werden.

Der Anblick des Bahnsteigs fesselte Arthur nun so, dass er für einen Moment sogar den Fall vergaß – bis Andi sich an ihm vorbeiquetschte und aus dem Zug sprang. Er hatte drei Ampullen mit dem ominösen Zeug aus dem Kinderwagen in den Manteltaschen.

Arthur sah auf seine Uhr. «In einer knappen Stunde halten wir in Bamberg – genau genommen in vierundfünfzig

Minuten», rief er seinem Kollegen hinterher. Der hob nur den Arm und rannte los.

Nun war sicher: Wenn Andi im Dezernat in Nürnberg die Ampullen testen ließ, würde Arthurs Chef in München alles erfahren und der Kommissar mit Ergebnissen nach Hause fahren müssen. Ansonsten würde er seine Stelle verlieren. Arthur ließ für einen Moment die Erinnerung an das letzte Opfer dieses verfluchten Arztes zu. Der junge Mann hatte nur fünf Minuten Fußmarsch von Arthurs Wohnung gelebt. Doch bevor der Gedanke daran Arthur zu überwältigen drohte, schloss er ihn sorgsam wieder weg und konzentrierte sich auf die Situation im Zug.

«Was zum Teufel ist hier los?», fragte er einen Mann, der sich im Gang an ihm vorbeidrängte.

«Noch nicht gehört? Die bauen eine Mauer! Aber nicht mit mir. Ich steig hier aus!»

«Sie bauen eine Mauer?» Arthur hatte Mühe, die Nachricht zu begreifen. Deshalb wollten die hier alle raus!

In dem Moment rempelte der schwule Schlagzeuger mit dem Hut ihn an und sprang ebenfalls aus dem Zug.

«He, spinnst du?!», pöbelte ihm Arthur hinterher, besann sich aber fast im gleichen Moment.

Alle, die jetzt gingen, verloren ihr Zuhause.

Alle, die weiterfuhren, ihre Freiheit.

50 | SIGGI

Siggi rannte wutentbrannt den Zug entlang. Das konnte doch alles nicht wahr sein! So ein Scheißstaat! Und diese Leute hier. Wie konnten die einfach auf ihren Ärschen sitzen bleiben und brav in dieses Gefängnis zurückfahren? Immer wieder schlug er an die Fenster der Abteile und schrie: «Heeeee, die baun 'ne Mauer, raus mit euch, Ulbricht is'n Scheißlügner ... Der baut 'ne Mauer!»

Er hörte, wie jemand seinen Namen rief, und blickte sich um. Peter war ihm gefolgt. «Heeee, Siggiiiiii! Mach kein Scheiß.»

Doch Siggi tobte einfach nur weiter, schlug an die Scheiben wie von Sinnen. «Ulbricht is'n Lügner ...», schrie er nun noch lauter.

51 | PETER

Leute schimpften hinter ihm her, als er sie auf dem Bahnsteig anrempelte, während er Siggi hinterherrannte. Peter kam nur langsam voran, überall stand Gepäck, diskutierten Menschen. Schließlich traf ihn sogar eine Tasche, die eine junge Frau aus dem Fenster geworfen hatte, und ließ ihn straucheln.

«Oh! Entschuldigung!», rief die Frau und schlug die Hände vors Gesicht.

Doch Peter winkte nur ab, rappelte sich wieder auf und rannte weiter.

Er musste es schaffen. Er musste Siggi zur Vernunft bringen. Am Ende haute der einfach ab! Was wusste er denn schon, was in seinem Freund vorging? Seit fast fünf Jahren waren sie ein Paar, seit drei Jahren wohnten sie sogar zusammen. Und dennoch – Siggi blieb ihm ein Rätsel. Der Motor ihrer Liebe? Peter hatte keine Ahnung. Nur eines wusste er: Wenn er Siggi verlöre, würde er sterben. Und Siggi war zu allem fähig, wenn er austickte.

Als er Siggi endlich eingeholt hatte, hatte dieser auch die Letzten im Zug in Aufruhr versetzt. Menschen glotzten aus den Fenstern. Wenn sie es nicht schon längst gehört hatten, spätestens jetzt wussten es alle: *Sie bauen eine Mauer!*

Peter packte Siggi an den Schultern und brüllte ihn an: «Siggi, komm wieder runter!»

Siggi blieb zwar stehen und drehte sich um, starrte Peter aber nur an, nein, er starrte durch ihn hindurch, und Peter sah es in den Augen seines Lebensgefährten: Siggi wollte nicht runterkommen. Ganz im Gegenteil. Den Trip brauchte er jetzt.

«Siggi, bitte!», sagte Peter ruhig.

Siggi verharrte noch einen Augenblick regungslos, dann gab er Peter einen Kuss mitten auf den Mund. Er machte sich wieder los, genauso unvermittelt, wie er Peter geküsst hatte, und rannte am Zug in die andere Richtung entlang.

«Sie bauen eine Mauer!», rief er den Menschen im Zug entgegen.

Ein paar Reisende auf dem Bahnsteig blickten Peter mit offenem Mund hinterher, und Siggi sah, wie ein Schaffner seinem Kollegen das Zeichen gab, die Türen wieder zu schließen.

«Siggiiiiiiii.»

Peter stürmte los.

«Siggiiiiiiii.»

52 | GERD

Gerd stand noch immer mitten im Abteil und starrte fassungslos seine Frau an. Panisch ging er in Gedanken alle Optionen durch, die sie nun noch hatten. Wenn sie jetzt nicht ausstiegen, blieben ihnen im Westen nur noch Bamberg und Ludwigsstadt. Nicht einmal mehr drei Stunden für die Entscheidung über ihre Zukunft. Hatten sie noch eine? Ja, so aufgebracht er auch war, er wollte verdammt noch mal eine gemeinsame Zukunft. Mit seiner Frau, mit seinen Kindern. Nur deswegen war er überhaupt wieder in diesen Zug gestiegen.

«Bitte, lass uns reden», sagte Marlis leise.

Gerd wäre am liebsten einfach gegangen. Noch immer tobte in ihm unfassbare Wut. Wut auf diesen Staat, Wut auf seine Frau und ihren Vater.

«Soll ich das Radio wieder zusammenbauen?», hörte Gerd seine Tochter schließlich fragen, ihre Stimme ganz und gar zerbrechlich. Was Elke damit meinte, begriff er nicht.

Die alte Frau in Schwarz aber hatte verstanden. «Aber natürlich, wenn du möchtest.»

Elke nickte dankbar, setzte sich auf die Bank und drapierte sorgfältig – so, wie er es ihr immer gezeigt hatte – das Radio wieder auf ihrem Schoß.

Nun verstand Gerd. Wie ähnlich sie ihm doch war! Ganz sachte setzte sie unter den Blicken der anderen die Bauteile wieder in das hölzerne Gehäuse und schraubte sie mit seinem Taschenmesser fest. Umdrehung für Umdrehung wurde das Zittern ihrer Hände weniger.

«Bitte lass uns reden ...», hörte er seine Frau erneut sagen.

Marlis' Blick war wie das ferne Rufen einer Ertrinkenden im Meer – umspült von meterhohen Wellen. Ja, sie hatte ihm verschwiegen, was sie wusste. Aber konnte er ihr reinen Herzens überhaupt einen Vorwurf machen? Auch er hatte sie belogen! Zumindest, wenn er ihre Schuld mit gleichem Maßstab messen wollte.

Ein dumpfer Schlag riss ihn aus seinen Gedanken.

Ein junger Mann mit Hut schlug von außen an die Fenster. Einmal, zweimal. «Die bauen eine Mauer», schrie der Mann und war wieder verschwunden.

Gerd starrte verwirrt auf das Fenster. «Die bauen eine Mauer», hörte er noch einmal von ferne die Rufe vom Bahnsteig, dann den Pfiff des Schaffners.

Ein letztes Mal durchfuhr Gerd der Drang, einfach loszurennen. Doch dann wurde er sich der anderen Menschen im Abteil gewahr. Der Mann in Schwarz schüttelte nur den Kopf, seine Frau klammerte sich an ihre schwarze Tasche. Sein Sohn Willi hatte die zitternde Hand seiner Mutter ergriffen, und Elke drehte akkurat die letzte Schraube fest. Sie hatten noch knapp drei gemeinsame Stunden, um diesem Wahnsinn zu entkommen.

Gerd nahm einen tiefen Atemzug, setzte sich wieder hin – und hörte, wie die Türen geschlossen wurden.

Drei gemeinsame Stunden ...

53 | PETER

Das Schließen der Türen hallte über den Bahnsteig. Peter hatte Siggi endlich wieder eingeholt und packte ihn panisch an der Schulter, fester dieses Mal.

«Siggi, verflucht noch mal!»

Doch Siggi schien noch immer nicht von dieser Welt zu sein. Als er sich wieder losmachen wollte, gab Peter ihm eine Ohrfeige.

«Bitte Türe schließen!», rief der Schaffner. Sein Ruf war drängend, so als ob er nur zu ihnen beiden sprach. Das Gleis war mittlerweile leer und nur noch eine Tür geöffnet.

«Jetzt ist gut, Siggi. Ja?», traute Peter sich zu sagen. Siggi starrte Peter mit wildem Blick an. «Die sperren uns ein, verstehst du das?», sagte er tonlos.

«Ja, das verstehe ich, Siggi. Aber jetzt lass uns bitte wieder einsteigen. Wir können später noch aussteigen. Aber wir müssen erst mit Sascha und Carla reden. Okay?» Peter sah panisch zum Schaffner, und der schloss die letzte Tür. Dann pfiff er ein zweites Mal und hob die Kelle.

Siggi griff sich an die gerötete Wange. Ein Lebenszeichen. Siggi war noch da! Peter folgte seinem Impuls und nahm seinen Lebensgefährten in den Arm. «Bitte, lass uns wieder einsteigen.»

Siggi nickte unmerklich und schien etwas von seiner Anspannung zu verlieren.

«Jetzt steigen wir wieder ein, Siggi, gut?»

Siggi nickte wortlos, und Peter spürte, wie der Boden unter seinen Füßen leicht vibrierte. Der Zug fuhr an!

Noch einen Moment verharrte Peter in der Umarmung, so als könne jede Sekunde, die er sich zu früh bewegte, Siggi wieder in den Abgrund reißen. Dann drehte er sich um, schnappte nach Siggis Hand und rannte zur nächsten Tür.

Und tatsächlich kam Siggi mit. Er ließ Peters Hand los und rannte nun, schneller und schneller – und war als Erster an der Tür.

Siggi riss sie auf. Peter sprang auf das Trittbrett und reichte Siggi seine Hand. Doch sein Freund griff nicht zu. Peters Herz setzte einen Moment aus. «Siggi, mach keinen Scheiß.»

Doch Siggi lachte nur und rannte neben dem Zug her.

«Siggi, bitte!»

Erst als der Zug ihm davonzufahren drohte, griff Siggi schließlich zu und schwang sich auf die unterste Stufe. Ein paar Meter fuhr er einfach so mit und schrie in den leeren Bahnhof hinein. Dann kletterte er die Stufen hoch und schloss die Tür.

Peter merkte, wie das Adrenalin durch seine Adern schoss.

«Verdammt noch mal, Siggi!»

Doch Siggi grinste nur und küsste Peter dann, lang und gierig, fast so, als hätten sie gerade den besten Sex der Welt gehabt.

54 | EDITH
Probstzella, Bahnbetriebswerk, 10:45 Uhr

Edith fuhr ihre *Sachsenstolz* aus der Halle heraus, ins Freie. Normalerweise machte sie das erst für den Bremstest, den sie direkt vor Fahrtantritt durchführen musste. Doch Kurt wollte sie und ihre Lok draußen filmen, und so hatte sie die *Sachsenstolz* zum Leben erwecken müssen, auch ohne ihren Heizer. *Für das Licht*, wie er gesagt hatte. Edith fuhr die Lok auf den großen Drehteller und ließ diesen dann für Kurt und seine Kamera zweimal drehen. Dann parkte sie die Lok vor dem großen Tender, *für den offenen Schatten*, wie er gesagt hatte, der sei so schön.

Die Sonne war herausgekommen, das erste Mal an diesem Tag. Eine bleierne Sonne, doch ihr Licht tat Edith gut. Es erinnerte sie daran, dass Sommer war. August.

Aber Kurt wollte, dass sie die Lok in den Schatten fuhr, zumindest den Teil, vor den sich Edith nun stellen sollte, *für die Kontraste*, wie er sagte. Ediths Gesicht würde vor dem Schwarz der Lok *ausbrennen*, wenn sie in der direkten Sonne drehen würden, oder das Schwarz der Lok *absaufen*. Edith hatte nicht genau verstanden, was er damit meinte. Aber es schien ihm wichtig zu sein. Und als Westernexpertin wusste sie zumindest, wie wichtig Licht und Schatten waren.

Es gefiel Edith, mit welchem Eifer er an seine Arbeit ging. Er liebte seine Arbeit, das spürte sie.

Edith stand nun am Steig zum Führerhaus im Gleisbett, Kurt vor ihr, seine Kamera auf den Schultern, das Objektiv auf sie gerichtet. Neben Edith hatte Kurt ein Mikrophon an einem Stativ angebracht. Er hatte es mit viel Sorgfalt platziert: nah genug an ihr, sodass der Ton gut, und weit genug weg, sodass das Mikrophon nicht im Bild war.

Auch sein Beruf ist kompliziert, dachte sie.

Dann hatte er ein Tonbandgerät angeschlossen und eingeschaltet. In einem richtigen Team wäre das die Aufgabe des Tonmannes gewesen, aber Kurt zog es vor, allein zu arbeiten, wie er ihr gesagt hatte. Und Edith ertappte sich dabei, dass sie froh darüber war, dass nur er gekommen war.

Sie konnte sich in der Spiegelung der Kameralinse sehen. Schwach zwar, aber sie konnte erahnen, wie sie in der Kamera aussah. Kurt machte ein wunderschönes Porträt von ihr. Und obwohl sie nun im Schatten stand, strahlte ihr Gesicht vor dem schwarzen Stahl der Lok. Weich und schattenlos. Sie musste sich eingestehen, wie sehr sie sich selbst gefiel. Nicht auf eine eitle Weise. Eher traf er sie, wie sie sich selber nicht sah.

«So … und jetzt nicht mehr bewegen! Wegen des Tons», sagte Kurt und drückte ab.

Ihr Puls stieg. *Wegen des Tons* … Er benutzte den Genitiv. *Wegen dem Ton*, hätten hier alle gesagt.

Die Kamera surrte leise los, wie eine moderne Nähmaschine. Ein schönes Surren, wie Edith fand. Lebendig, elegant und frech.

«Frau Salzmann, von allen denkbaren Berufen: warum ausgerechnet Lokführerin?», begann er sein Interview, und Ediths Hände wurden feucht.

«Weil ich eine Pufferküsserin bin», sagte sie schließlich.

«Eine was?», fragte Kurt überrascht.

Edith freute sich, dass ihre Antwort diese Wirkung hatte – und lief los.

«Nicht! Der Ton!», rief er. Dann stolperte er ihr mit laufender Kamera durchs Gleisbett hinterher.

Edith war an der Front ihrer Lok angekommen, beugte sich zu einem der Puffer herunter – und küsste ihn. Dann erhob sie sich wieder und lächelte in die Kamera. «Das ist eine Pufferküsserin!»

«Verstehe.» Kurt nickte und lugte dann zum Mikrophon, das nun fast zehn Meter entfernt stand.

Edith begriff, was sie getan hatte, und ihre Aufregung kam zurück. «Oh, der Ton ... Das tut mir leid. Dann müssen wir wohl noch mal anfangen.» Edith eilte zurück und stellte sich wieder neben das Mikrophon, so wie er sie *eingerichtet* hatte, professionell, wie sie fand.

Sie wartete, bis Kurt sie wieder eingefangen hatte, und schaute dann in die Kamera, bereit für die nächste Frage.

Aber Kurt tat ihr den Gefallen nicht. Er hatte das linke Auge geschlossen, beobachtete sie mit dem rechten durch den Sucher und ließ seine Kamera einfach laufen.

Was ist los mit ihm?

Edith sah, wie sein linkes Augenlid zuckte, so als kämpfe er gegen den Drang an, sie direkt anzusehen. Doch Kurt ließ das Auge geschlossen. *Seine ganze Erscheinung gleicht der eines Jägers, eines Trappers auf der Pirsch, im Wilden Westen, der über Kimme und Korn sein Ziel anvisiert,* dachte Edith. Doch sein Ziel war eben nicht zu töten, sondern war im besten Sinne schöpferisch.

Edith konnte sich in der Linse sehen, so wie er sie offensichtlich gerade sah, und hörte wieder das sanfte Surren.

Kurt stellte noch immer keine Frage, und leise, fast wie ein Dieb, schlich sich ein Gefühl in ihre Brust. Es ließ sie schlucken, einmal, zweimal. Ob er es sehen konnte?

Kurz wünschte sie sich, dass er endlich weiter fragen würde. Doch er tat es einfach nicht.

Dann öffnete er sein linkes Auge, und sie blickten einander an, zwischen sich nur die Kamera. Und für einen Augenblick vergaß sie alles. Die Lok, den bleiernen Himmel, den kühlen Sommertag. Sie hörte nur noch den Rhythmus ihres Herzens, bald schneller, als die Kolben ihrer Lok je schlagen würden.

55 | GERD
Hinter Fürth, Interzonenzug D 151, 10:48 Uhr

Seine Tochter hatte das Radio wieder zusammengesetzt und blickte ihren Vater an. Elke schien sich zu fragen, ob sie es anstellen sollte. Doch Gerd gab ihr zu verstehen, das nicht zu tun. Nicht jetzt. Elke nickte. Sie stellte den Apparat neben sich auf die Bank, und Gerd wurde langsam ruhiger. Der Zug fuhr wieder. Das *Bum-Bum* der Räder, immer mal wieder flankiert von einem Schlag nach links und rechts, tat ihm gut.

Er konnte wieder atmen. Denken. Fühlen. Auch wenn der Zug in die *falsche* Richtung fuhr – er fuhr.

Wirklich seltsam, dachte Gerd. Es war die Last der unmittelbaren Entscheidung, die mit diesem *Bum-Bum* von ihm abfiel. Nur für kurze Zeit, dessen war sich Gerd bewusst, aber es half ihm. Solange sie auf dem Bahnhof in Nürnberg gestanden hatten, solange sie eine Wahl gehabt hatten, da war er wie gelähmt gewesen. Wieso war das nur so?

Der Tod, dachte Gerd. Gevatter Tod hatte seine Finger da im Spiel. Sonst sorgsam verdrängt, war er in den Momenten dieser alles entscheidenden Wahl in ihm hervorgekrochen. Der Tod schien ihm zu sagen: *Der Weg, den du jetzt abwählst, Gerd, den wirst du für immer abwählen. Egal, wie du dich entscheidest. Wenn du im Westen bleibst, wirst du dein Zuhause vielleicht nie wieder sehen. Und wenn du allein bleiben solltest, dann deine Familie auch nicht mehr. Aber wenn du wieder nach Hause fährst, dann wirst du ganz sicher deine große Leidenschaft abwählen. Auch das für immer.*

Ja, es war der Tod, der da zu ihm sprach: *Was du jetzt tust, das ist endgültig. Ja, Gerd, auch du bist sterblich.*

Diese Erkenntnis traf Gerd tief ins Mark. Eine Weile blickte er seine Familie nur an und brachte kein Wort heraus. Sie saßen in einem Abteil, zu sechst. In einer Schicksalszelle. Das ältere Ehepaar in Schwarz an der Tür, zwei Fremde, ihre Kinder, Willi neben Marlis, Elke neben ihm. Er war in diesen Zug gestiegen, um mit seiner Frau in Ruhe darüber reden zu können. Zu Hause. Doch was nun?

Gerd sah zu Marlis, die völlig aufgelöst ihm gegenübersaß.

«Es tut mir leid, was ich gerade gesagt habe», murmelte er leise. Dann griff er nach ihrer Hand, doch sie sah nur beklommen zu der älteren Frau, dann Gerd direkt in die Augen und brachte kein Wort hervor.

56 | ANNA

Anna betrachtete diesen jungen Vater, und dessen Hilflosigkeit rührte sie. Sie sah ihren Sohn vor sich, wie dieser damals vor ihr gesessen hatte, auch so hilflos. Damals, als Werner nicht mehr wollte, nicht mehr konnte.

All das, was mit dieser Familie hier in diesem Abteil gerade passierte, selbst diese beklemmende Sprachlosigkeit, all das erinnerte sie an ihre eigene kleine Familie. Freilich war ihr Sohn kein Kind mehr gewesen, als *es* passiert war.

«Kommt, Kinder, wir gehen in den Speisewagen. Da gibt's Eis», erklärte ihr Mann Ernst plötzlich in die angespannte Stille hinein.

Anna blickte ihn verwundert an. War das *ihr* Mann, der das gerade gesagt hatte?

Ernst stand auf, als sei es das Normalste der Welt.

Stumm verhandelten die Eltern, was sie nun machen sollten, dann nickten sie ihren Kindern zu.

Anna sah wieder zu ihrem Mann und erkannte einen Ausdruck in seinen Augen, den sie schon lange nicht mehr gesehen hatte. Genau genommen nicht mehr seit dem ersten Weihnachtsfeiertag 1941, als Ernst ihr und Werner am Frühstückstisch verkündet hatte, dass er mit seinen fünfundvierzig Jahren noch mal in den Krieg ziehen wollte. «Die werfen Bomben auf unsere Städte!», hatte er nur zur Erklärung gegeben, dann hatte er die Küche verlassen und war wieder Soldat geworden.

Doch nun. Ihr Mann Ernst war plötzlich wieder da. Er sah diese Kinder liebevoll an. Wollte er tatsächlich mit ihnen in den Speisewagen gehen und damit den Eltern

Raum verschaffen, um eine Entscheidung zu fällen? Es waren noch knapp zweieinhalb Stunden bis zur Grenze.

«Das müssen Sie nicht», sagte die Mutter zu Ernst.

«O doch, ich denke, schon», gab er nur zur Antwort.

Anna hätte heulen können.

Das Mädchen blickte seinen Vater fragend an. Der sagte: «Geht nur», kramte Geld hervor und drückte es ihr in die Hand. «Teilt es euch, gerecht.»

«Danke, Vati», sagte das Mädchen und stand auf. Der Junge folgte ihr.

Ernst öffnete die Abteiltür, «Na kommt», und wuschelte dem Mädchen durch die Haare. Die Geste ihres Mannes schockierte Anna regelrecht, so vertraut und doch so ungewohnt war sie.

«Vielleicht gibt es da auch Brause», ergänzte Ernst, dann machte er den Kindern Platz, und sie verließen das Abteil. Anna sah in den Augen der zurückgebliebenen Eltern Erleichterung. Ihr Mann schien das Richtige getan zu haben. Er hatte das Richtige *gespürt* und dann getan. Ernst, ihr Mann, der so lange geschwiegen hatte.

Anna war von seinem unverhofften Tun so eingenommen, dass sie erst gar nicht merkte, dass ihr Mann nun auch sie ansah. *Kommst du mit?* Sein Blick war nicht fordernd. Eher fragend.

Anna erhob sich. Sollte sie die Tasche mit der Urne mitnehmen? Bei den beiden Eheleuten war sie schließlich sicher. Doch dann entschied sie, ihren Bruder mitzunehmen, und folgte ihrem Mann.

Sie waren schon am Ende des Waggons, da drehte sich das Mädchen noch einmal um, eilte zurück und erschien bald darauf mit dem Radio unter dem Arm wieder im Gang.

Anna verstand. Das Ding, das so viel Unheil über ihre Familie gebracht hatte, konnte das Mädchen unmöglich bei ihren Eltern lassen. Es drückte das Radio vor ihre Brust so wie Anna die Tasche mit der Urne.

Gutes Mädchen, dachte Anna.

57 | ERNST

Ernst folgte dem Jungen durch den Gang und hatte Mühe, auf den Beinen zu bleiben, so wie der Zug gerade in den Schienen sprang. Der Junge schien das zu spüren: Er drehte sich zu ihm um, um nach ihm zu sehen.

Ernst dankte ihm mit einem Lächeln und ging weiter, noch immer mit dem schlingernden Boden kämpfend.

Wie im Krieg, dachte er.

Wenn er sich in den letzten Jahren an den Krieg erinnerte, dann oft noch an die langen Fahrten mit dem Zug. Nach Osten, nach Westen, dann nach Süden.

Auf seiner vorletzten Zugfahrt war er bei einer Einheit in Oschatz bei Dresden gestrandet. Sie hatten im Morgengrauen eine Brücke sprengen müssen, damit die Rote Armee ihnen nicht folgen konnte, dann hatten sie die Einheit antreten lassen. Es war der 14. Februar 1945 gewesen.

«Der Tommy hat in der Nacht Dresden bombardiert, gleich zweimal», hatte Major Zinke gesagt. Es waren einige Dresdner in dieser Einheit gewesen, und so hatte ihnen der Major freigestellt, nach Hause zu fahren, um nach den Familien zu sehen.

Alle Dresdner Kameraden waren vorgetreten, doch

Ernst hatte gezögert. Ja, seine Frau Anna, sein Sohn Werner, sein Vater Richard, seine Mutter Minna, alle waren dort. Doch Ernst hatte geahnt, dass die Alliierten noch nicht fertig waren mit seiner Heimatstadt. *Der Tommy bei Nacht, der Ami bei Tag.* Das war die Regel. Ernst blieb in der Reihe stehen und war dann wieder nach München gefahren, wo er eigentlich stationiert gewesen war. *Wenn sie tot sind, dann kann ich auch nichts mehr tun. Doch sollten sie noch leben, dann ist es das Beste, was ich für sie tun kann, auch lebend nach Hause zu kommen, irgendwann.*

Und Ernst sollte recht behalten. Der Zug mit den Kameraden aus Dresden hatte gerade den Stausee in Cossebaude passiert, wo er als Kind immer baden gegangen war, als die Amerikaner kamen. Über 300 B-17-Bomber, Flying Fortress.

Später, in der Gefangenschaft, hatte Ernst Major Zinke wiedergetroffen. Der hatte ihm erzählt, dass man die ausgebrannten Reste des Waggons, in dem die Dresdner nach Hause gefahren waren, auf einer Elbwiese gefunden hatte, fast hundert Meter neben dem Gleis. Keiner dieser Männer hatte überlebt.

58 | PETER

Peter hatte eine ganze Weile gebraucht, um nach Siggis Ausflug auf den Bahnsteig wieder einen klaren Gedanken finden zu können. Er blickte in die Runde. Die Band saß an ihrem Tisch im Speisewagen und lauschte dem Radiosprecher wie alle anderen Reisenden um sie herum auch.

Kurz nachdem der Zug Nürnberg verlassen hatte, hatte der Kellner das Kofferradio wieder angedreht, und diesmal hatte Siggi ihn gewähren lassen. Und als folge das Radio einer ganz eigenen Dramaturgie, berichtete es atemlos vom Bau der Mauer, immer wieder unterbrochen von Rauschen ohne Funkkontakt.

«Und jetzt?», fragte Carla in die Runde. «Was machen wir denn jetzt?»

Peter zuckte nur mit den Schultern und sah fragend zu Siggi.

«Na, aussteigen, und das bitte schön noch vor dieser verdammten Grenze!», sagte sein Lebensgefährte.

Schlagartig wurde Peter wieder nervös. Ja, er hatte es geschafft, dass Siggi wieder in diesen Zug gestiegen war, aber dessen Entschluss schien festzustehen.

Doch was war mit ihm, Peter, was wollte er? Allem voran mit Siggi zusammenleben und mit dieser Band Musik machen. Das wollte er. War er bereit, den Preis dafür zu zahlen? Siggi hatte am Ende des Krieges seine ganze Familie auf der Flucht aus Danzig verloren. Er hatte niemanden mehr im Osten. Doch bei Peter war es anders. Da waren seine beiden Schwestern und vor allem seine Mutter, die er liebte.

Carla nickte, und Peter suchte Saschas Blick. Der jedoch wirkte wieder komplett abwesend, so wie schon die gesamte Zeit seit der seltsamen Begegnung mit dem Mann in dem Abteil. Sein Blick verlor sich in ferner Orientierungslosigkeit. Nur seine wilden blonden Locken wirkten lebendig – sie standen in alle Richtungen ab. So hatte Peter ihn noch nie erlebt.

Keine Ahnung, was mit ihm ist, schienen auch Carlas Augen zu sagen.

Im Radio lief gerade eine Wiederholung von jener Pressekonferenz, auf der Ulbricht zwei Monate zuvor von Journalisten nach einem möglichen Bau der Mauer gefragt worden war. Ulbricht hatte auf seine unbeholfene Art geantwortet, sodass Peter sich fast für ihn schämen musste: «Ich verstehe Ihre Frage so: Dass es Menschen in Westdeutschland gibt, die wünschen, dass wir die Bauarbeiter der Hauptstadt der DDR mobilisieren, um eine Mauer aufzurichten, ja? Äh, mir ist nicht bekannt, dass eine solche Absicht besteht, da sich die Bauarbeiter in der Hauptstadt hauptsächlich mit Wohnungsbau beschäftigen und ihre Arbeitskraft voll eingesetzt wird. Niemand hat die Absicht, eine Mauer zu errichten!»

Siggi schlug mit der Hand auf den Tisch, mit einer solchen Heftigkeit, dass Peter und Carla zusammenzuckten. Selbst darauf reagierte Sascha nicht.

Dann stand Siggi auf, und Peter hob den Kopf. *Bitte nicht wieder Unfug ...*

Siggi ging zum Tresen und drehte Ulbricht den Hahn ab.

«Das reicht!», sagte er zu dem Kellner, und der wagte es tatsächlich nicht, das Radio wieder anzumachen.

Doch ein Mann am ersten Tisch erhob die Stimme. «Ganz recht, dass die eine Mauer bauen, sind ja genügend Leute abgehauen.»

Siggi ging zum Tisch des Mannes. «Bist'n Kommunist oder was?», sagte er drohend.

«Nein, ich bin Arbeiter», gab der Mann trocken zurück. «Ich verdiene mein Geld mit ehrlicher Arbeit!» *Nicht so wie ihr*, fügte er stumm hinzu.

Peter hielt den Atem an.

Siggi beugte sich zu dem Mann herunter und sah ihm

drohend in die Augen. Der Mann verzog jedoch keine Miene, offensichtlich bereit, sich mit Siggi zu prügeln. Der Kellner drehte achselzuckend das Radio wieder an.

«Recht so, solln se ruhig eine Mauer bauen», sagte eine Frau am Tresen – und Siggi drehte sich zu ihr um.

Eine heftige Diskussion entbrannte.

Peter sah zu Siggi, erleichtert, dass dieser nicht ausgeflippt war, und spürte, wie im hitzigen Geschrei der Menschen bald auch das Schlagen der Räder immer schneller wurde. *Der Takt, der uns in die Hölle führt*, dachte er.

Dann ertönte im Radio die Stimme von Konrad Adenauer, und im Speisewagen wurde es schlagartig ruhig.

«Im Verein mit unseren Alliierten werden die erforderlichen Gegenmaßnahmen getroffen. Die Bundesregierung bittet alle Deutschen ...»

Rauschen brach die Übertragung wieder ab.

Niemand im Speisewagen sprach, dann fragte Carla in die Stille: «Gibt es jetzt wieder Krieg?»

Ihre Frage ließ die Menschen um sie herum erstarren. Sie hatte offensichtlich ausgesprochen, was alle anderen dachten.

Wieder Krieg?

59 | CARLA

Siggi ging zurück zu seinem Platz und begann, leise im Rhythmus auf den Tisch zu schlagen. Carla erkannte den Takt sofort. Es war seine freche Antwort auf ihre Frage. *Ihr könnt uns alle mal!*

Siggi und Carla hatten den Song zusammen komponiert. In der Küche von Peters Mutter in Bernau. Carla sah das alte Sofa vor sich, am Küchentisch, gegenüber dem Kohleofen. Sie sah den verkalkten Tauchsieder, mit dem Peters Mutter immer das Kaffeewasser für sie heiß machte, der in einem genauso verkalkten Topf auf der Küchenanrichte stand. Daneben das russische Kofferradio, das ihnen die Inspiration für ihren Song geschenkt hatte. Es spielte damals ein Jazzstück von Miles Davis. *Freddie Freeloader.*

Nicht, dass Carla sonderlich auf Jazz gestanden hätte. Ganz im Gegenteil. Siggi aber tat es. Und seine Leidenschaft für Miles Davis reichte allemal für sie alle vier, wie er immer sagte.

Bum, Bum, Bum, Bum ...

«Zum Teufel mit Ulbricht, zum Teufel mit Adenauer!», rief Siggi und schlug den Takt nun lauter.

Peter lauschte noch eine Weile. «Zum Teufel mit denen.» Er stand auf und griff nach seinem Kontrabass, den er in der Ecke des Wagens geparkt hatte, und stieg ein in den Takt.

Carla brauchte noch eine Weile, dann erhob auch sie sich und begann zu singen, brüchig erst, nicht so voll wie beim letzten Mal. Mit einer Frage auf der Seele. Einer Frage an Sascha.

Wo bist du?

60 | ANNA

Als Anna mit Elke in den Speisewagen kam, staunte sie. Vier Musiker machten hier Musik. Und so verrückt ihr diese jungen Menschen auch erschienen, ihr Auftritt wirkte seltsam stimmig in dieser wahnsinnigen Situation. Auch das war für Anna Gottes Wille. *Du musst nur zuhören.*

Und das tat sie nun wahrlich.

Ein Bild stieg in ihr auf. Das Dresdner Ballhaus noch vor der großen Depression. Sie die Zigarettendreherin aus der Yenidze. Jener Tabakfabrik, die aussah wie aus *Tausendundeiner Nacht*. Und Ernst, der Gärtnerssohn, der so gut tanzen konnte.

Die Musiker im Speisewagen hörten auf zu spielen, und Anna kehrte zurück ins Hier und Jetzt. Die Menschen klatschten, Anna tat es auch. Dann ging sie zu ihrem Mann am anderen Ende des Waggons. Er saß Willi gegenüber an einem Tisch für vier. Da nun die Musik zu Ende war, redeten die beiden.

«Waren Sie nicht zu alt für den Krieg?», fragte Willi aufgeregt, als Anna näher kam.

Ihr Mann lachte. Anna konnte es nicht glauben – ihr Mann *lachte*! Bitter zwar, aber er lachte.

«Ich war fünfundvierzig ... Wenn ein Land untergeht, ist kein Mann zu alt für den Krieg.»

Als sich Elke und Anna zu ihnen setzten, verstummten sie. Anna bereute es, nicht noch etwas gewartet zu haben. Ernst hatte noch nie vom Krieg erzählt.

Anfänglich hatte Anna ihn noch gefragt, das war im Sommer 1946, als er plötzlich auf dem Hof der Gärtnerei gestanden hatte. Abgemagert, fast zwanzig Kilo leichter. Aber Ernst hatte nur abgewinkt und war im Gewächshaus für die Gurken verschwunden. Er hatte nicht einmal seine verschlissene Uniform abgelegt. Nach fast einem Jahr ohne jegliches Lebenszeichen von ihm.

Er hatte die Gurken gegossen, Unkraut gejätet und den zweiten Schlauch repariert, sodass sie auch das hintere Gewächshaus wieder bewässern konnten. Erst mittags war er herausgekommen.

«Was gibt es zu essen?», waren die ersten Worte gewesen, die er an sie gerichtet hatte.

Und zu Werner, ihrem Sohn, der damals gerade sechzehn Jahre alt geworden war und beinahe auch noch in diesen verdammten Krieg gezogen wäre – zu ihrem Sohn hatte Ernst fast eine Woche nichts gesagt. Nichts. Nicht einmal ein: *Hallo, ich bin wieder da.*

Diesem Jungen nun, hier in diesem Zug, erzählte er.

Anna blickte ihren Mann an, vorsichtig, ganz vorsichtig, als könne ein falscher Blick von ihr alles wieder zerstören.

61 | MELDUNG
AN DAS PRÄSIDIUM DER VOLKSPOLIZEI
BERLIN, 10:50 UHR

```
Information Treptow: Um 10:30 Uhr verließ
eine Familie, Mann, Frau und zwei Kinder,
über den Heidekampweg illegal das Demokra-
tische Berlin. Die Mauer war zu dieser Zeit
noch nicht errichtet. Vorkommnis wurde durch
```

einen Volkspolizei-Helfer beobachtet und gemeldet.

Information Mitte: Um 10:35 Uhr ist der Kämpfer G., Günter, Angehöriger des 8. allgemeinen Bataillons vom Drahtkommando, während seiner Arbeit im Abschnitt Zimmer-/Ecke Wilhelmstraße nach West-Berlin ohne Waffe desertiert.

Am Flutgraben, Nähe Lohmühlenstr., hat sich ein junges Mädchen gegen 10:40 Uhr bis auf die Unterwäsche entkleidet, ist in den Flutgraben gesprungen und nach West-Berlin geschwommen. Sie wurde von der dortigen Menschenmenge «empfangen». Kurz darauf kam eine Frau und hob die zurückgelassenen Kleider auf. Es erfolgte Zuführung der Kleider zum Volkspolizei-Revier 231 zur weiteren Überprüfung der Identität des Mädchens.

62 | PAUL
Ost-Berlin, Einsatzzentrale Volkspolizei, 10:55 Uhr

Paul stand am Fenster seines Büros, Krawatte und Hemd immer noch streng geschlossen. Nur die Uniformjacke hatte er über den Stuhl gelegt.

Der Kaffee ist heute furchtbar ... Aber das würde er Ulrike nicht sagen.

Auf der Straße mauerten vier Bauarbeiter, bewacht von einem halben Dutzend Grenzsoldaten, ein Mauerstück, das genau mit ihrem Haus abschloss.

Wie sie es nur geschafft haben, all diese Bauarbeiter nach Berlin zu bringen, ohne dass etwas durchgesickert ist?, dachte Paul. Einer der Maurer hielt inne und rief etwas zu seinem Kollegen, bevor er auf seinen Eimer zeigte. Paul vermutete, dass dessen Mörtel aufgebraucht war.

Einhundertsechzig Kilometer lang sollte sie werden, diese Mauer. Das wusste Paul aus den geheimen Planungsunterlagen. Einhundertsechzig Kilometer Stein auf Stein. Sosehr er sich auch Mühe gab, dieser Gedanke überstieg seine Vorstellungskraft. Wie nur sollten sie das in den paar Tagen schaffen? In den Planungsunterlagen hatte er auch gelesen, was die Mauer kosten würde: dreihundert Millionen Deutsche Mark der Deutschen Notenbank. Als er diese Summe entdeckt hatte, in der Anlage C «Kalkulation», war er für einen Moment verwirrt gewesen. Auch wenn die Summe selbst für ihn unvorstellbar war (es war mehr als die Jahresproduktion der gesamten DDR-Wohnungsbauwirtschaft, das wusste er von seiner Tochter), sie hatte etwas unerhört Profanes. Wie konnte man so etwas wie dieses Vorhaben, den Versuch, ihre Utopie von einem besseren Land zu retten, in einer Summe fassen?

Paul wischte diesen Gedanken beiseite und bereute es sofort. Denn nun ergriff ein anderer, noch mächtigerer Gedanke Besitz von seinem aufgewühlten Geist: *Was, wenn sich das Volk erhebt?* Berlin, ja, die ganze Republik erbebte an diesem Morgen. Das Vorspiel zu einer Schlacht, die alles zunichtemachen würde? Er hatte die Arbeiteraufstände '53 erlebt. Und in seinen Augen waren die Gründe für jene Unruhen damals wesentlich harmloser gewesen als das, was Ulbricht und alle, die an ihr Land glaubten, heute taten.

Einer der Grenzer auf dem Platz vor Pauls Büro schulterte gerade seine Waffe und griff zur Schubkarre. Die Rufe des Maurers verstummten. Paul staunte. Der junge Grenzer leerte den Betonmischer in die Karre und balancierte die nun schwerbeladene Karre über einen hüfthohen Holzsteg hinauf zum Maurer. Der Grenzer hatte mit Sicherheit andere Befehle, als dem Maurer zu helfen. Einen dieser Befehle kannte Paul. Seit einem Jahr schon galt er: *Bei unerlaubtem Grenzübertritt – Gebrauch der Schusswaffe.*

Ein paar Schaulustige sammelten sich am Ende der Straße und riefen dem Grenzer mit der Schubkarre etwas zu. Der Grenzer pöbelte zurück, schob die Karre dann weiter und brachte dem Arbeiter tatsächlich seinen Mörtel.

Die Umstehenden antworteten mit einem Pfeifkonzert, und Pauls Instinkt schlug an. Gefahr! Zwei der Grenzer nahmen ihre MPs von den Schultern, und auch Paul griff intuitiv nach seiner Koppel, die er freilich nicht trug.

Aus der pfeifenden Meute lösten sich zwei Frauen und gingen auf die Grenzer zu, die nun ihre Waffen in Anschlag nahmen. Einen Meter vor den Mündungen blieben die Frauen stehen und sagten etwas zu den Grenzern.

Diese riefen etwas zurück, und wieder hallten Pfiffe über den Platz. Kurze scharfe Pfiffe. Fast schon Schüsse. Mit einem schneidenden Widerhall. Dann kehrte Stille ein. Paul hielt die Luft an und überlegte, ob er seine Waffe holen sollte.

Die Frauen verharrten regungslos vor den Soldaten, die ihre Söhne hätten sein können. Die Maurer hatten ihre

Arbeit eingestellt. Auch die Meute, die gepfiffen hatte, schwieg nun erwartungsvoll.

Dann endlich bewegte sich eine der Frauen. Langsam drehte sie sich um und ging zurück zur Menschenmenge, die andere folgte. Noch ein paar Pfiffe aus der Meute, dann gingen die Männer und Frauen auseinander. Und Paul wagte wieder zu atmen.

Die Soldaten schulterten ihre Gewehre, die Maurer setzten ihre Arbeit fort. Was, wenn der Grenzer geschossen hätte? Der Frieden von Berlin hing an einem seidenen Faden!

Paul nahm einen tiefen Atemzug und versuchte, sich auf die Steine zu konzentrieren, die die Männer nun wieder aufeinanderschichteten. An vielen Stellen in Berlin zogen sie heute erst einmal nur einen Zaun aus Stacheldraht hoch, doch hier mauerten sie schon, mit rauen, großen Quadern. Die Steine waren fast kubisch. Pauls Ordnungsideal.

Er hatte als junger Mann Bücher über Freimaurer verschlungen. Das Streben der Männer galt der Vollendung ihrer Seele. Die Logenmänner symbolisierten das Ziel ihres Strebens durch einen perfekten quadratischen Stein. Und die Steine da auf der Straße vor ihm erinnerten ihn daran. Ordentliche Steine für eine gute Sache.

Ulrike betrat sein Büro und reichte Paul einen neuen Kaffee. Paul blickte in die Tasse. «Bald sehe ich noch weiße Mäuse ...», sagte er, trank aber doch noch einen Schluck.

Ulrike lächelte nur matt. Auch ihre Augen waren müde.

«Wie sieht es an der Sonnenallee aus?», fragte Paul.

«Unverändert», sagte sie nur und ging zur Wandtafel.

Paul wusste, was das hieß. Gerne hätte er etwas Aufmunterndes in Bezug auf Ulrikes Sohn gesagt, der da am Grenzübergang im «Feuer» stand – Tausenden Menschen gegenüber. Aber was sollte er schon sagen? Panzer schicken?

Gerade eben auf der Straße, da waren vielleicht zwanzig Menschen zusammengekommen und hatten protestiert. Wie wohl mussten sich dann tausend anfühlen?

«An der Friedrichstraße steht eine S-Bahn auf der falschen Seite, und sie haben die Gleise schon abmontiert», brach Ulrike das Schweigen.

«Was heißt auf der falschen Seite?»

«Na ja, im Westen ...»

Paul suchte noch einmal Halt im Anblick der Mauersteine auf dem Platz. Doch es gelang ihm nicht.

«Dann müssen die Gleise eben wieder hin», sagte er.

«Und der Zaun?»

«Dann muss der Zaun eben auch wieder weg!» Paul wurde ungehalten.

«An dem Übergang stehen über dreihundert Menschen. Die sind dann auch weg», sagte Ulrike.

«Wer sagt, dass die alle wegwollen?»

«Paul!» Ulrike sah ihn scharf an.

Nur kurz hielt Paul ihrem wissenden Blick stand, dann kapitulierte er und setzte sich an seinen Tisch.

Er überflog die neuesten Nachrichten aus seinem Ticker, fast schon dankbar, dass welche kamen – und tat es wieder: Er starrte auf das Foto seiner Tochter. Deswegen hatte er sich hingesetzt. Doch diesmal fragte er Marlis nicht um Rat. Diesmal hatte er nur noch Angst, sie zu verlieren. Sie saß in einem Zug, und auch der war noch immer *auf der falschen Seite, irgendwo in Bayern.*

«Deine Tochter wird wiederkommen. Glaube mir.» Ulrike konnte ihn leider viel zu gut lesen. Besser vielleicht sogar, als seine Frau es je gekonnt hatte.

«Du kennst meinen Schwiegersohn nicht», traute Paul sich zu sagen. «Und das Schlimmste ist: Ich kann ihn sogar irgendwie verstehen.»

So offen hatte er noch nie mit Ulrike geredet. Doch wenn er jetzt mit *ihr* nicht reden würde, mit wem dann?

Ulrike lächelte ein weiches Lächeln und klebte dann eine gelbe Dreihundert an den Übergang, an dem der Zug *auf der falschen Seite* stand.

«Auch dein Schwiegersohn hat so einiges zu verlieren, wenn er nicht mehr wiederkommt.»

Doch Ulrike täuschte sich. Das Wichtigste hatte sein Schwiegersohn bereits verloren – in dem Moment, als die Herren vom Politbüro ihm seinen Flieger weggenommen hatten. Sein Ein und Alles.

Ulrike schien Pauls Zweifel zu spüren. Doch bevor sie eine Frage dazu stellen konnte, hatte er entschieden. «Zaun weg, Schienen hin, Zug rüberholen», sagte er knapp.

Ulrike seufzte. «Wie du willst.» Sie ging wieder zur Karte, nahm die Dreihundert vom S-Bahn-Übergang und klebte sie einfach ins Herz von West-Berlin. Dann verließ sie das Zimmer und schien die letzte Zuversicht, die noch im Raum war, mitzunehmen.

Paul starrte auf den gelben Zettel, der nun am Ku'damm klebte, dann auf das Foto seiner Tochter, und jeder Atemzug fiel ihm plötzlich schwer.

Auch ihr Zug war noch auf der falschen Seite.

63 | GERD
Hinter Erlangen, Interzonenzug D 151, 11:05 Uhr

Sie waren nun schon eine ganze Weile allein in ihrem Abteil. Doch weder Marlis noch Gerd hatten bisher den Mut gefunden, etwas zu sagen.

«Ich hatte einfach Angst, dass du ...», begann Marlis und stockte wieder. Sie holte tief Luft. «Ich wollte dich nicht verlieren!»

«Dafür lieber einsperren!»

«*Ich* will dich nicht einsperren, Gerd!»

«Aber deine Genossen!»

«Gerd, dieses Land hat drei Millionen Menschen verloren!»

«Vielleicht solltest du mal überlegen, *warum* die alle wegrennen!»

«Ja, weil sie sich von diesem Konsumwahnsinn blenden lassen!»

«Vielleicht wollen diese Menschen ja auch nur frei sein?»

«Das nennst du Freiheit?» Marlis zeigte aufgebracht aus dem Fenster. «In deinem tollen Westen leben Menschen, die kämpfen jeden Monat ums blanke Überleben. Bei uns kostet ein Brot zehn Pfennig, eine Dreiraumwohnung siebzig Mark. Das ist Freiheit! *Wir* kämpfen um ein menschenwürdiges Leben ... Um Zusammenhalt. Um ein Wir – statt immer nur um ein Ich, Ich, Ich. Der Kapitalismus macht die Menschen kaputt. Das waren *deine* Worte.»

Gerd schwieg betroffen. Ja, sie hatte recht. Es waren seine Worte gewesen. Vor dem Absturz.

Marlis griff nach seiner Hand, und ihre Stimme wurde sanfter. «Ich verstehe deine Wut, Gerd», sagte sie leise.

«Ja?!»

«Du hast jahrelang an diesem Flugzeug gebaut. An deinem Traum. Und jetzt musst du Kartoffelernte-Maschinen montieren. Das ist hart.»

«Nein, hart ist: Verbohrte Betonköpfe vom Politbüro mauern uns ein. Und ja, es sind genau dieselben Betonköpfe, die das modernste Passagierflugzeug der Welt eingestampft haben, ohne auch nur *ein einziges* Wort mit denen zu reden, die es jahrelang entwickelt und gebaut haben, die alles gegeben haben. Das hat nichts mehr mit Sozialismus zu tun. Das ist Diktatur der Dummheit!»

«Gerd, euer Prototyp ist abgestürzt! Und du beinahe mit ihm!», rief Marlis aufgebracht.

«Weißt du, manchmal denke ich, es wäre besser gewesen, ich hätte tatsächlich dringesessen.»

«Das ist jetzt nicht dein Ernst!»

Gerd schwieg. Ja natürlich hatte er nicht sterben wollen. Er blickte aus dem Fenster, *auf die da draußen*, die einem vermeintlich überholten System der Ausbeutung ausgeliefert waren. Es war natürlich alles viel komplexer, es war auch viel zu einfach, nur über das gesellschaftliche System zu reden. Nicht über sie beide, nicht über die Kinder, nicht darüber, was die Zukunft bringen würde. Und vor allem nicht darüber, was er ihr verschwieg.

Gerd blickte wieder seine Frau an. Die Glut in ihren Augen war zurück, das Feuer ihrer Vision von einer besseren Welt. Dafür hatte er sie geliebt. Für diese Glut.

Er war den Tränen nahe, das schien auch sie zu merken.

Diese wunderbare Frau, die es gewagt hatte, mit ihm, dem manischen Flugzeugingenieur, eine Familie zu gründen. Die all seine Spleens ausgehalten hatte, die sogar bereit gewesen war, ihre Rückreise zu verschieben für einen Modellbau-Flugzeugmotor.

Marlis' Züge wurden weicher. «Es tut mir leid», sagte sie schließlich.

«Mir auch.»

«So wollten wir nie sein.»

«Ja, so wollten wir nie sein», wiederholte er leise.

Marlis seufzte. «Ein gerechteres Leben für alle ... Das braucht eben seine Zeit, Gerd – und Menschen wie uns, die dafür kämpfen! Daran glauben.»

Marlis' Worte versetzten Gerd einen Stich, denn genau diesen Geist hatte er schlussendlich verraten. *Sag es ihr!*, schrie sein Gewissen. *Sag es ihr!*

64 | CARLA

In 'ner halben Stunde halten wir in Bamberg. Wir sollten da ...» Sie sprach nicht weiter.

Die Jungs wussten, was sie meinte. Die vier saßen wieder an ihrem Tisch im Speisewagen. Peter schüttelte den Kopf.

«Wenn wir jetzt zurückfahren, kommen wir da vielleicht nie wieder raus!», sagte Carla.

«Und deine Mutter? Und meine Mutter?», fragte Peter.

Siggi stieß ihn in die Seite. «Weißt du, was deine Mama sagen würde, wenn du wegen *ihr* zurückgehst?»

Peter seufzte. Klar wusste er es.

«Junge. Ich versohle dir den Hintern!», sagte Siggi lauter als nötig.

Peter seufzte wieder. Ja, Siggi hatte recht. Aber so einfach war das nicht, zumindest nicht für Peter. Alle Menschen, die sein Freund hatte, saßen hier am Tisch. Peter, Carla und Sascha. *The Finders* waren seine Familie.

«Und Paragraph 175?», fragte Peter leise.

Carla verstand, Peter benutzte absichtlich das Wort «Paragraph», um seiner Frage die nötige Ernsthaftigkeit zu geben. Homosexualität war im Westen noch immer verboten. Im Osten nicht mehr.

«Dann vögeln wir halt hinterm Vorhang.» Siggi drückte zur Bekräftigung seiner Worte Peter einen fetten Kuss mitten auf den Mund.

«He, spinnst du?», entzog sich Peter ihm, und Carla lachte.

Leute an den anderen Tischen blickten neugierig zu ihnen, auch der Kellner. Doch Siggi schien das nicht zu stören. Ganz im Gegenteil. Er ließ den Blick durch die Reihen schweifen. «Den 175er nimmt doch hier keiner mehr ernst – oder will uns jemand verhaften?», fragte er nun laut in die Runde.

«Lass das!», zischte Peter.

Carla nahm Siggis Hand wie eine Mutter die eines unartigen Vierjährigen. «Ist gut jetzt, okay?», sagte sie streng.

Siggi zog seine Hand trotzig zurück. Doch er beruhigte sich tatsächlich, und Peter schenkte Carla einen dankbaren Blick.

«Ich will nach Paris, verdammt noch mal, oder nach New York. Einmal Miles Davis hören, live!», sagte Siggi dann.

«Du und dein Miles Davis», schnaubte Sascha.

Seine Worte kamen so unvermittelt, dass Carla erschrak und selbst Siggi einen Moment brauchte, um darauf zu reagieren.

«Oh, auch wieder da?», sagte er zu Sascha.

«Lass mich ...», entgegnete Sascha barsch.

«*Kind of Blue* ist die beste Platte der Welt», dozierte Siggi.

Peter und Carla stöhnten. Jetzt ging das wieder los. Doch Siggi war es ernst damit.

Und Sascha auch. «Aber nur, weil Fred Plaut diese Scheibe aufgenommen hat.»

«Ja, ja, dein deutscher Tonmeister.» Siggi verdrehte die Augen. «Du hast einfach keine Ahnung von Jazz.»

«Aber du», gab Sascha bissig zurück. Er kannte bei diesem Thema keinen Spaß.

«Was willst du jetzt damit sagen, he?» Siggi wurde sauer.

Carla griff wieder nach Siggis Hand. Streng wie gerade eben. «Siggi!» Mehr musste sie nicht sagen.

Siggi schwieg, und eine Weile hingen alle ihren Gedanken nach.

«Gestern Abend hatten wir fünfzehn Leute im Konzert. Zu Hause können wir von unserer Musik leben!», sagte Peter und blickte in die Runde.

Carla nickte nur, Siggi winkte ab, und Sascha reagierte nicht.

Peter stieß Sascha an. «He, sag du doch auch mal was! Ich meine zu dem Mist, der hier gerade passiert.»

Doch Sascha zuckte nur mit den Schultern.

Siggi stöhnte. «Na wunderbar. Dann sind wir uns ja alle einig. Und was ist mit unserer Band?»

Keiner reagierte.

Siggi konnte es nicht glauben. «Spinnt ihr? Darauf gibt

es doch wohl nur eine Antwort: Wir steigen zusammen aus, wir alle vier.»

Die anderen warfen sich ratlose Blicke zu.

«Gut, wenn ihr Idioten zurückfahren wollt, dann bitte, fahren wir zusammen zurück. Kein Miles Davis!» Siggi klang wieder wie ein Kind, dem man sein Lieblingsspielzeug weggenommen hatte.

«Ich will nicht zurück», hörte sich Carla nun fest sagen – und war selbst erstaunt.

«Na Gott sei Dank, wenigstens ein Mensch mit klarem Verstand hier am Tisch.»

Peter seufzte schon wieder und schob seine Hand zu Siggis hinüber. «Ich werde mit dir aussteigen, egal, wo.»

Siggi nickte dankbar und wandte sich an Sascha. «Und der Herr an der Gitarre? Was denkt der so? Sagt der auch mal was Brauchbares?»

Sascha starrte Siggi eine Weile wütend an, dann stand er auf und ging – einfach so.

«Hey, was ist denn los?», rief Siggi ihm hinterher.

Doch Sascha drehte sich noch nicht einmal um, als er den Waggon verließ. Carla verstand die Welt nicht mehr.

«Lieber Himmel. Ihr hattet heute früh doch euren Spaß», sagte Siggi zu Carla.

«Keine Ahnung, was er hat ...», murmelte Carla. «Ich könnte jetzt 'nen Schnaps vertragen.»

«Ich auch», stöhnte Siggi und blickte zum Kellner. «Wir sollten den Typen einfach überfallen.»

65 | ARTHUR

Der Kommissar war nun allein im Zug. Arthur hatte sich unauffällig in der Nähe des Kinderwagens platziert. Nach Fahrplan waren es exakt noch sechsundzwanzig Minuten bis zum Halt in Bamberg. Erst da konnte er Andi anrufen. Was machen bis dahin? Hier bleiben und den Kinderwagen observieren? Vielleicht wäre ja die Schmugglerin nervös (oder dumm) genug, zwischendurch mal nach dem Zeug zu schauen. An sich keine schlechte Idee, aber auch keine gute, wegen der Kippe, die er hinterm Ohr klemmen hatte.

Arthur überlegte eine Weile. Dann nahm er die Marlboro in die Hand, roch an ihr, immer noch ein Genuss, starrte auf den Kinderwagen und nahm einen tiefen Atemzug.

Jetzt bloß nicht schwach werden!

Woher mochte seine Besitzerin den Kinderwagen haben? Aus dem Westen, aus dem Osten? Er musste also nun nach einer Frau suchen. Oder nach einem Paar, vielleicht sogar mit echtem Baby? Bisher hatte er auf seiner Tour durch den Zug jedoch keins gesehen.

Kurz spürte Arthur das Verlangen, eine Ampulle zu öffnen und das Zeug einfach zu schlucken, zu sehen, was mit ihm passieren würde. *Münchner Kommissar verstirbt im Interzonenzug nach Berlin.* Oder: *Münchner Kommissar im Drogenrausch auf Zugtoilette gefunden.* Er wusste, welche Meldung ihm lieber war.

Arthur schmunzelte in sich hinein, dann nahm er noch einen tiefen Atemzug und steckte die Zigarette wieder hinters Ohr. Er griff nach dem Stoffhasen, der anstatt eines Kindes im Wagen lag.

Das Kuscheltier war erstaunlich schwer. Braunes Fell, die Ohren mit einem schwarzen Rand versehen. Um den Hals trug der Hase eine kleine Plakette, auf der *Manni* stand. Im rechten Ohr hatte er einen Druckknopf, der ein gelbes Fähnchen hielt. *Made in Germany – Steiff – Knopf im Ohr*, stand darauf.

Arthur grinste. *Hallo Manni! Willst du auch mit dem Rauchen aufhören? Na ja, vielleicht willst du ja auch nur von dem Zeug runter, das du da schmuggelst. Du fährst doch rüber in den Osten, oder? Hast du das schon gehört, sie machen die Grenzen dicht! Und du bist aus dem Westen. Steiff gibt's doch nur im Westen, oder?*

Arthur betrachtete den Hasen noch eine Weile wie ein Wesen aus einer anderen Welt. Aus einer Welt entsprungen, die er nie gelebt hatte. Auch er war Vater. Doch noch nie hatte er seinem Sohn solch ein Stofftier geschenkt. Auch er selbst hatte Spielzeug in der Art nicht bekommen. Kindheit zwischen Inflation und großer Depression. Keinen Hasen, keinen Hund, keinen Bären.

Arthur wollte das Plüschtier schon wieder zurück in seinen Wagen legen, da kam ihm eine Idee. *Machen wir doch einfach eine kleine Tour durch den Zug, zusammen, wir zwei beide. Mal sehen, ob jemand auf uns reagiert.*

Ja, die Idee gefiel ihm: ein alter faltiger Inspektor inkognito, unterwegs mit einem Steiffhasen, in einem Zug, der gen Osten fuhr. Und beide hatten einen Knopf im Ohr.

Arthur blickte auf die Uhr. Noch vierundzwanzig Minuten bis Bamberg.

66 | SASCHA

Sascha humpelte den Gang entlang. Das, was er vorhatte, raubte ihm die Sinne. Die Umrisse der Türen und Fenster verschwammen. Das Licht, das in den Wagen flutete, brannte in seinen Augen. Er vermochte kaum noch zu sagen, wo sein linkes Bein aufhörte und das Holzbein begann.

Seine Gedanken rasten, unaufhörlich. Schon seit er jenes Abteil betreten hatte.

Dieser Mann. Die Narbe auf der Wange, einem Halbmond gleich. Niemals hätte Sascha erwartet, dass er diese Narbe noch einmal wiedersehen würde. Wie ein Brandmal zog sie sich von seinem Wangenknochen in Richtung Unterkiefer. Genauso, wie er es in Erinnerung hatte. Als habe Gott diesen Mann markiert, nur für Sascha. Damit er ihn eines Tages, nämlich heute, wiedererkennen würde. Jahre später.

Fünf Tage nach Vollmond. Das hatte Sascha in all den Jahren danach immer wieder gedacht, wenn er sich an die Narbe erinnerte. Fünf Tage nach Vollmond hatte der Mond jene Form.

In der Nacht, in der es passierte, war der Mond noch sehr viel schmaler gewesen. Auch daran konnte Sascha sich gut erinnern. Halb so schmal vielleicht.

Sascha blieb schließlich stehen, unweit *jenes* Abteils. Er versuchte bewusst, wieder ruhiger zu atmen. Seiner Sinne Herr zu werden. Und langsam ließ der Schmerz in seinem Stumpf nach. Langsam konnte er wieder klar sehen. Den leeren Gang, die Fenster. Draußen das trübe Licht des trüben Augusttages über den waldigen Hügeln. Dann wagte er es, in Richtung des Abteils zu sehen. Er konnte den Jungen ausmachen. Sein weißes Hemd strahlte unschuldig im Kontrast zu dessen Haut. Er hatte noch immer das Schachbrett auf den Knien und spielte konzentriert – wahrscheinlich mit dem Mann.

Sollte Sascha wirklich in das Abteil gehen? Tun, was er sich vorgenommen hatte? Die sorgsam verdrängten Gefühle kochten hoch. Hatte er überhaupt eine Wahl? *Du musst das nicht tun! Niemand zwingt dich!* Ja, Sascha musste dieses Abteil nicht betreten. Er musste diesen Mann nie wieder sehen!

Fünf Sekunden einatmen, fünf Sekunden die Luft anhalten, fünf Sekunden ausatmen.

Das hatte ihm die belgische Ärztin damals geraten. «Immer, wenn die Erinnerungen an jene Nacht dich fressen wollen, dann musst du atmen. Fünf Sekunden ein, Luft anhalten, fünf Sekunden aus.»

Sie hatte es mit ihm geübt, immer und immer wieder, in den Tagen und Wochen nach jener Nacht. Und es half tatsächlich. Nicht nur einmal hatte es Sascha das Leben gerettet. So wie diese Frau in jener Nacht ihm das Leben gerettet hatte. Dr. Waldi van Assellen.

Die junge Ärztin mit den feuerroten Haaren und dem seltsamen Akzent hatte ihn gefunden, die Blutung gestillt, noch auf den Gleisen, und ihm später auch das Bein abgenommen. Freilich konnte Sascha sich daran nicht mehr erinnern. Er war erst wieder zu sich gekommen, als alles vorbei gewesen war und sein linkes Bein nur noch ein Stumpf.

Fünf Sekunden einatmen, Luft anhalten, fünf Sekunden ausatmen.

Es rettete ihm auch jetzt das Leben, hier in diesem Zug. Es half ihm, wieder klar denken zu können.

Willst du das jetzt wirklich tun? Oder doch wegrennen?

Doch mit einem Holzbein rannte es sich schlecht. Verdammt schlecht, dachte Sascha und musste grinsen. Ja, das half.

Fünf Sekunden einatmen, Luft anhalten, fünf Sekunden ausatmen.

Und ja, egal, welchen Weg er nun wählen würde, er würde sich ein Leben lang daran erinnern. So wie an jene Nacht, in der er alles verlor außer das Leben selbst.

67 | RUDOLF

Rudolf hatte Ingrid den Heiratsantrag gemacht, aber es war der Junge, der ihn dazu bewogen hatte. Er mochte ihn. Hans war klug, wissbegierig. Dieser verlorene Junge war ihm zugewandt, so wie es sich Rudolf immer von einem eigenen Sohn gewünscht hatte.

Aber das Schicksal hatte ihm die Möglichkeit genommen, seinen Sohn zu sehen. Nein, das war Unsinn – natürlich war es nicht das Schicksal. Er, Rudolf, war es gewesen. Er hatte damals diese Wahl getroffen. Er hatte sich die Möglichkeit selbst genommen, seinen Sohn zu sehen.

Hans half ihm, diese Wahrheit auszublenden, dieser wunderbare Junge und dessen mutige Mutter. Auch sie war gut, eine *gute* Frau. Und nachdem er sich in diesen Jungen *verliebt* hatte, so wie sich ein guter Vater eben in einen guten Sohn verlieben konnte, so kam schließlich auch die Zuneigung zu dessen Mutter. Er mochte ihre weichen Züge, selbst ihren kleinen Bauch, den sie so verabscheute, er mochte ihn. Ihre schwarzen, halblangen Haare, ihr rundes Gesicht. Und Rudolf mochte ihren Mut, den sie im Herzen trug und oft selbst nicht sah. Er sah diesen Mut. Ingrid hatte sich für ihren schwarzen Sohn entschieden. Was für eine Wahl!

So hatte Rudolf ihr irgendwann einen Heiratsantrag gemacht. Ingrid hatte Ja gesagt. Und das war mehr, als Rudolf noch vom Leben erwartet hatte.

68 | INGRID

Als dieser Musiker vorhin das Abteil betreten hatte, ahnte Ingrid, dass irgendetwas geschehen würde. Ein Hauch von Ahnung nur, klein und flüchtig.

Vielleicht hatte sein Verhalten aber auch nur mit der allgemeinen Aufregung zu tun, dass sie eine Mauer bauten, die den ganzen Zug in eine teils nervöse, teils angespanntstille Aufgewühltheit versetzt hatte.

Sie beschäftigten noch ganz andere Dinge, sehr sogar. Ingrid würde heiraten. Morgen um 11:00 Uhr in der St.-Anna-Kirche in Ludwigsstadt, in jenem Ort, in dem sie aufgewachsen war.

Das war beileibe nicht so einfach, wie es klingen mochte. Morgen in dieser Kirche ihrer Kindertage würde jeder Mensch sie kennen. Und nicht nur Rudolf würde an ihrer Seite stehen, sondern auch ihr schwarzer Sohn, ihr Ein und Alles. Die pure Existenz dieses Jungen war so unerhört, dass sie lange damit gerungen hatte, überhaupt zu heiraten, zumindest im Kreise der Familie, in jenem Ort, in dem sie jeder kannte.

Der Musiker hatte sich an die Tür gesetzt und beobachtete nun, wie Rudolf mit Hans Schach spielte. Er war groß, hatte blonde Locken, blaue Augen. Alles schien irgendwie üppig an ihm, attraktiv, wäre da nicht der Makel in seiner Haltung. Etwas war mit seinem Bein.

Der Musiker schickte ihrem Sohn einen verschwörerischen Blick und flüsterte ihm etwas ins Ohr. Hans überlegte kurz, grinste frech zurück, dann zog er seinen Läufer. «Schach», sagte er zu Rudolf.

«Matt», vervollständigte der Musiker und sah Rudolf an.

Rudolf zögerte einen Moment, dann lächelte er. «Alle Achtung. Matt!»

Hans blickte stolz zwischen Rudolf und dem jungen Mann hin und her, dann baute er die Figuren wieder auf. «Noch eine Partie! Bitte!», sagte er.

Rudolf nickte, und der Musiker lehnte sich zurück.

Wieder schlich sich diese Ahnung an. Ingrids Bauch krampfte sich zusammen. War es der Blick dieses Mannes? Irgendetwas lag in seinem Wesen. Ingrid versuchte, sich wieder auf die Tischordnung für die Hochzeitsfeier zu konzentrieren, doch so richtig wollte ihr das nicht mehr gelingen. Die Namen der Gäste auf der Liste tanzten auf und ab. So als wollten sie das Weite suchen.

«Haben Sie schon gehört? Der Ulbricht baut 'ne Mauer», sagte der Musiker unvermittelt und ließ seinen Blick auf Rudolf ruhen.

«Ja, das wissen wir, schrecklich ...» Rudolf klang seltsam fahrig, und Ingrid merkte, dass nun auch Hans nervös zwischen ihr und Rudolf hin und her blickte.

«Das ist nicht schlimm – also … für uns nicht.» Ingrid lächelte ihren Sohn an.

«Aha», machte der Musiker und legte seine Stirn in Falten.

«Wir sind aus dem Westen. Wir steigen vor der Grenze aus», sagte Ingrid, halb an ihren Sohn gewandt.

«Meine Mama und mein neuer Papa heiraten morgen bei meiner Oma in Ludwigsstadt!», erklärte Hans dem Blonden sichtlich stolz.

«Oh … Schön.»

«Mein neuer Papa ist Bäcker.»

«Ah … Bäcker», sagte der Musiker, und Ingrid meinte, Zweifel in dessen Stimme zu hören.

«Möchten Sie …? Sonnenblumenkerne und Sauerteig.» Rudolf reichte dem Musiker eines seiner Brote.

Der überlegte kurz, dann griff er zu und biss mit fragender Miene in das Brot, als könne er nicht glauben, dass es essbar ist. «Oh. Gut», sagt er dann, und wieder schwang etwas im Ton des Mannes mit. Was war hier los?

Auch Hans schien nun skeptisch zu werden. «Was ist mit Ihrem Bein? Waren Sie im Krieg?», fragte er.

«Hans! So was fragt man nicht!», scholt ihn Ingrid. «Verzeihung», wandte sie sich an den Musiker.

«Nichts passiert», sagte er.

Ingrid wollte ihm glauben, dass es so war.

69 | HANS

Hans blickte seine Mama böse an. Wieso hatte sie ihn vor diesem Mann zurechtgewiesen für seine Frage nach dem Holzbein? Doch seiner Mutter schien das einerlei. Sie blickte wieder auf ihr kleines blödes Buch, in dem sie gerade aufschrieb, wer wo bei der Hochzeit sitzen sollte.

In Hans erhob sich eine freche Stimme, die seine Mutter ärgern wollte für deren Rüge. «Warum kann Onkel Richard nicht neben Oma sitzen?», fragte er sie schließlich.

«Das verstehst du noch nicht», sagte seine Mutter nur.

«Warum nicht?» Hans sah seine Mutter provozierend an.

Die suchte den Blick von Rudolf, und der schien ihr stumm zu sagen, dass sie es erklären sollte.

Siehst du, Mama, Rudolf traut mir die Wahrheit zu!

«Da müsste sich Onkel Richard erst bei Oma entschuldigen», rang sich seine Mutter schließlich zu einer Antwort durch.

«Wofür denn?», sagte Hans.

Wieder blickte seine Mama hilflos zu Rudolf.

«Das würde auch nichts nutzen», sagte dieser nur. «Onkel Richard hat etwas sehr, sehr Dummes gemacht.»

Hans wollte schon fragen, was es denn Dummes gewesen war, doch da sagte der Musiker völlig unvermittelt: «Aber es wäre vielleicht ein Anfang, sich zu entschuldigen.»

Hans verstand zwar nicht, was der Mann damit sagen wollte, aber er verstand, dass dieser Musiker irgendwie auf seiner Seite war. Und so unbehaglich, wie seine Mutter sich zu fühlen schien, hatte er wohl einen wunden Punkt bei ihr getroffen.

«Wie heißt du?», wandte sich der Mann an ihn.

«Hans.»

Der Mann nickte lächelnd, ihm schien der Name zu gefallen. Er zögerte noch eine ganze Weile, bevor er weiterredete. Sein Blick wurde ernst, so als wäre das, was er nun sagen wollte, ganz, ganz wichtig.

«Hans, ich hatte einen Unfall, im Krieg», sagte der Blonde, schaute dabei aber zu Rudolf, bevor er für Hans auf sein Holzbein klopfte. Es klang, als hätte man an eine schwere Tür geklopft.

Hans blickte den Mann an, begierig, dessen Geschichte zu hören. Doch der Musiker stand einfach auf, schickte Rudolf einen letzten Blick und ging. Einfach so! Hans sah ihm noch eine Weile hinterher, dann merkte er, wie aufgewühlt seine Mama und auch Onkel Rudolf wirkten.

Was genau geschehen war, das verstand Hans beim besten Willen nicht. Was war denn so schlimm an einem Holzbein?

70 | GERD

Gerd sah auf die gelbe Mustang, die er immer noch in der Hand hielt. Ihr Tank war verbeult, am Propeller war ein Blatt verbogen, das andere Blatt abgebrochen. Auch daran waren Uniformträger schuld, wenn auch welche aus dem Westen. *Diese verdammten Uniformträger.*

Gerd hatte sich vorgenommen, ganz fest, dass er *es* Marlis erst zu Hause sagen wollte. Er blickte seine Frau an. Ja, sie hatte ihn belogen. Aber was war mit ihm? Was änderte es, wenn er es ihr erst zu Hause sagte? Auch er hatte seine Frau hintergangen, belogen.

Irgendwo hatte er mal gelesen, dass ein Mensch im Durchschnitt zweihundertmal am Tag lügen würde. Zu seinem Selbstbild hatte jedoch gehört, dass sie ein Paar waren, dass einander nicht belog. Was für ein Trugschluss.

Vielleicht log er nicht zweihundertmal am Tag, aber vor zwei Tagen, als er in München Marlis mit seiner Schwester Heidi und den Kindern in den Zoo geschickt hatte, da hatte er seine Frau belogen. Er hatte keine Migräne gehabt, wie er ihr gesagt hatte.

Gerd sah seine Frau an, und ihre Hilflosigkeit raubte ihm den Atem. Die Angst in ihren Augen, das Zittern ihrer Hände, all das erinnerte ihn an den Abend, als er nach dem Absturz in ihrer Küchentüre stand. Sein Lebenstraum war abgestürzt; die ganze Entwicklungsmannschaft, all seine Kollegen, die noch lebten, waren wie er selbst in heller Aufregung gewesen. Aber Gerd hatte vergessen, seiner Frau Bescheid zu geben. Nicht einen Moment hatte er in den Stunden nach dem Absturz an sie gedacht.

Gerd legte den Flieger neben sich auf die Bank. Er ertrug den Gedanken plötzlich nicht mehr, dass dieses Ding zwischen ihnen stand.

«Und unsere Kinder?», fragte er leise.

«Du meinst Elke?»

«Ja, ich meine Elke. Seit sie auf der Welt ist, träumt sie davon, Pilotin zu werden.»

«Blöd nur, dass es im Westen keine einzige *Pilotin* gibt!»

«Marlis, du verstehst doch, was ich meine. Unsere Tochter hat so viel Potenzial!»

«Und Willi nicht?»

Gerd stöhnte nur.

«Gerd, Elke wird es bei uns an nichts fehlen!»

«Du meinst, solange ihre Mutter in der staatlichen Planungskommission sitzt.»

Und deren Vater ein hohes Tier bei der Polizei ist.

«Gerd! Das ist jetzt unfair!»

Gerd hielt inne.

«Ich habe meine Privilegien dazu benutzt, uns diese Reise zu ermöglichen. Eine Reise, die *du* unbedingt machen wolltest», sagte Marlis.

Gerd nickte, ja, das stimmte.

«Marlis. Ich möchte, dass Elke in einem Land aufwächst, in dem sie frei wählen kann, was sie tun möchte.»

«Und du glaubst, dass der Westen so ein Land ist?»

Gerd nickte erneut, und Marlis wurde sichtlich wütend. «Der Westen dieses Landes ist so emanzipiert wie das Mittelalter.»

«Jetzt übertreibst du aber!»

«*Frauen an den Herd!*», redete sie sich in Rage. «Hier dürfen Frauen ja nicht mal einen Arbeitsvertrag unterschreiben. Da müssen sie ihren Mann um Erlaubnis fragen. Die haben doch einen Schuss!»

Gerd schwieg. Auch da hatte sie recht.

«Und was ist mit Willi? Der liebt seine Freunde und sein Zuhause über alles. Und seinen Großvater», sagte sie nun wieder etwas sanfter.

Gerd konnte dem Blick seiner Frau nicht mehr standhalten.

«Ich gehe eine rauchen», sagte er.

Marlis starrte ihn an. «*Du* eine rauchen?»

Er nickte knapp und floh aus dem Abteil, vor seiner Lüge und der Entscheidung, die damit verbunden war.

71 | CARLA

Carla saß noch immer mit Peter und Siggi im Speisewagen.

Das Radio erzählte leise von den Ereignissen des Tages. Ein Sprecher berichtete gerade vom Brandenburger Tor in Berlin, immer wieder unterbrochen von Presslufthämmern und manchmal auch von Schreien. Die NVA hatte Panzer aufgefahren, die Amerikaner und die Franzosen auch.

Und wir fahren dieser ganzen Scheiße ungebremst entgegen, dachte Carla. Sie sah auf ihre Uhr. Es war kurz nach elf. Noch etwas mehr als zwei Stunden blieb ihnen bis zum letzten Halt im Westen. *Was nur ist mit Sascha los? Wo ist er?* Nach einer Weile hielt sie es nicht mehr aus, erhob sich und ging, um ihn zu suchen.

Zwei Wagen weiter entdeckte sie ihn. Er stand im Gang, leichenblass. Sie kannte ihn. Irgendetwas war passiert, und es war nicht nur die Nachricht von den Grenzen, die ihn so mitnahm. Etwas viel Schlimmeres musste es sein.

Sie ging zu ihm und strich ihm sanft über die Wange. «Was ist los mit dir?»

Sascha kämpfe offensichtlich damit, was er ihr sagen sollte.

«Kein guter Tag», brachte er schließlich hervor.

Carla kannte ihn; es gab Dinge, über die er nicht reden wollte oder nicht konnte. Zum Beispiel über seine Familie.

Sascha hatte ihr noch nie von seiner Mutter oder seinem Vater erzählt. Sie wusste nichts von ihnen. Nichts.

Aber nun mussten sie reden, in den zwei Stunden.

«Nein, kein guter Tag», sagte sie schließlich für den Moment und schmiegte sich an ihn. Er ließ es zu. Immerhin.

Seine Nähe tat ihr gut. Seine Haare rochen noch nach diesem Club von gestern Abend, seine Finger noch nach ihr, nach ihrem Liebesspiel am Morgen.

«Bitte sag mir, was mit dir los ist.»

Sascha schwieg.

«Gibt es uns noch?»

Nichts. Kein Kopfschütteln, kein Nicken, kein *Ja*. Carla musste schlucken und wurde plötzlich von heftiger Angst überrollt. Angst, ihn zu verlieren. Sie sah Sascha und sich im flirrenden Licht der Reflexion einer Scheibe. Zwei Liebende in einem Zug, zwischen den Welten unterwegs. In einem Niemandsland, das sie alles kosten konnte.

«Sascha, wir ... wir müssen eine Entscheidung treffen.»

Sascha nickte, immerhin.

«Es geht nicht nur um dich und mich. Da vorn sitzen noch zwei Menschen, denen du nicht egal bist. Verstehst du?»

Eine Weile noch schwieg er, dann griff er nach ihrer Hand. «Okay, lass uns zu den anderen gehen.»

«Sicher?», fragte Carla.

Sascha nickte wieder, wandte sich um und hinkte in Richtung Speisewagen. Carla zögerte. Sie hätte lieber erst einmal mit ihm allein reden wollen. «Sascha», rief sie ihm hinterher. Dann folgte sie ihm.

Als sie in den Speisewagen kam, saß Sascha bereits an ihrem Tisch. Er war immer noch blass und wirkte verstört.

«Lasst uns aussteigen in Bamberg, verdammt noch mal!», rief Siggi, als sich Carla zu ihnen setzte.

«Wir können von unserer Musik leben, also, ich meine, im Osten. Im Westen kannste das vergessen», sagte Sascha und hob sein Kinn.

«Dann fahren wir eben erst mal Taxi oder so was. Da fällt uns schon keine Perle aus der Krone», meinte Siggi.

«Du und Taxi ...» Ein leichtes Lächeln umspielte Saschas Lippen.

Siggi winkte ab. «Dann tanze ich halt wieder, auch hier gibt's Ballett. Und *du* fährst Taxi.»

Sascha verzog nur angenervt das Gesicht und schwieg wieder.

«Das heißt, du willst wieder zurück ...?», traute sich Carla schließlich zu fragen.

Sascha zuckte nur mit den Schultern.

«Und wieso ... also, ich meine ... dir geht's doch in Wahrheit nicht um die Kohle?», sagte Carla.

Sascha war anzusehen, dass sie offensichtlich recht hatte.

«Weil ich da zu Hause bin», sagte er schließlich mit einer Heftigkeit, die keine Zweifel ließen.

«Zu Hause», wiederholte Siggi in einem Tonfall, der eher nach einer Krankheit klang.

«Das mag dir ja vielleicht nichts bedeuten, aber mir ist es wichtig», sagte Sascha nun sichtlich sauer.

«Der Jude, der am Osten hängt!», setzte Siggi nach.

«Du kannst mich mal.»

Siggi stöhnte. «Okay, dann fahren wir eben wieder zurück. Kein Problem.»

«Ich weiß schon, kein Miles Davis und so», schnaubte Sascha.

«Fangt jetzt bitte nicht wieder damit an», sagte Peter.

Carla zog die Stirn in Falten. «Ich kann nicht zurück in dieses Scheißland.»

«Das ist kein Scheißland», entgegnete Sascha.

«O doch, ist es. Ich bin der beste Beweis dafür.»

Nun hatte Carla es gesagt. Geplant hatte sie das nicht. Aber sie musste das nun durchziehen. Diese vier hier waren ihre Familie. Carla zögerte, dann traute sie sich weiterzureden. «Wisst ihr, warum wir bisher machen konnten, was wir wollten?»

Die anderen reagierten nicht, wie Carla erwartet hatte. Keine Fragen. Von keinem. Auch von Sascha nicht. Sie fasste Sascha am Arm und sah ihn mit großen Augen an.

«Ja, das weiß ich, Carla», antwortete er schließlich.

Sie spürte, wie ihr Herz zu rasen begann. «Wie meinst du das?»

«Du bist bei der Stasi», sagte Sascha, als sei es das Normalste von der Welt.

Stumm suchte sie bei Peter und Siggi nach einer Reaktion. Aber auch die schienen nicht erstaunt zu sein.

«Na und?», legte Sascha nach.

«Was? Du gehst mit mir ins Bett und … sagst nichts?» Carla war geschockt. «Was für eine Scheiße läuft hier gerade ab?»

Sie hatten es gewusst. Alle drei!

«Woher …?», brachte sie schließlich hervor.

«Woher wir das wissen?», fragte Siggi trocken. «Gewusst haben wir es nicht, aber geahnt. Die haben uns machen lassen, was wir wollen. Die haben uns ja sogar rübergelassen für diesen Auftritt. Das musste ja einen Grund haben.»

Die Männer blicken sich an.

Carla stieg das Blut in den Kopf. «Ihr habt darüber geredet? Und warum habt ihr mich nie darauf angesprochen?»

«Wozu sollten wir mit dir darüber reden?», fragte Siggi.

«Wozu?» Carla starrte Siggi an – entsetzt. «Ah, die Alte ist bei der Stasi, halten wir mal schön den Mund!»

«He! *Du* hast entschieden, da mitzumachen, nicht *wir*!», rief Siggi, und die anderen im Speisewagen drehten sich zu ihnen um.

Carla starrte ihre Jungs noch eine Weile an, dann explodierte etwas in ihr. Wütend stand sie auf. «Aber die Freiheit genossen habt ihr gerne, he!»

Dann drehte sie sich auf dem Absatz um und marschierte los. Sie musste raus aus diesem Waggon, raus aus diesem Zug.

72 | ARTHUR

Arthur hatte sich den Hasen unter den Arm geklemmt und streunte nun durch den Zug.

An den Abteilen blieb er kurz stehen, neugierig auf die Reaktion der Reisenden. Hier und da einen erstaunten Blick, mehr hatte er noch nicht geerntet. *Doch allemal unterhaltsamer, als in der Nähe des Kinderwagens zu stehen und zu warten*, dachte er fast beschwingt. Ja, das, was er gerade tat, bereitete ihm eine seltsame Freude.

In dem Waggon, in dem die Band ihre Koffer deponiert hatte, blieb er stehen. Sein Instinkt meldete sich. Er konnte nicht genau ausmachen, was es war. Der Gang war leer. Die, die noch da waren, saßen in ihren Abteilen.

Doch die Band?

Er hatte sie gerade im Speisewagen gesehen, aber keiner der Musiker hatte auf ihn gebührend reagiert.

Außerdem: weit weg vom Kinderwagen, dachte Arthur. *Zu weit weg?* Es mussten wohl mindestens sechs oder sieben Waggons dazwischen liegen. *Aber vielleicht würde ich es ja genauso machen, wenn ich den Wagen hier im Zug platzieren würde, weit weg von mir. Also doch die Band?*

Arthur blieb mit seinem Hasen genau zwischen den beiden Abteilen stehen, die er untersucht hatte. In dem einen saß noch immer die «Familie» mit dem schwarzen Jungen, in dem anderen die Trainerin mit ihrem Mädchen. Und die Koffer der Band waren auch noch da.

Als sein Blick den der Trainerin kreuzte, stieg sein Puls. Ihre durchdringenden Augen verrieten ihm nicht, ob es ihr vielleicht auch so ging.

Um nicht noch mehr von sich preiszugeben, wandte Arthur den Blick ab und schaute stattdessen aus dem Fenster. Auf satten Feldern schnitten junge Frauen den ersten Hopfen. *Früh für dieses Jahr*, dachte Arthur. Er mochte die Landschaft, die der Zug gerade durchfuhr. Diese sanften Hügel. Weich. Harmlos. Weitläufig. Nicht so wie das bayerische Oberland, aus dem er kam.

Nach dem Krieg hatte Arthur zwei Sommer auf den Hopfenfeldern nördlich von Regensburg gearbeitet. Er war der einzige Mann im Erntetrupp gewesen. Eine schöne Zeit. Seine schönste Zeit womöglich.

Die Städte waren noch kaputt, aber hier war die Welt schon wieder in Ordnung gewesen, so als hätte es diesen Krieg nie gegeben. Und Bier gehörte nun mal zur heilen Welt. Grundnahrungsmittel der Verdränger.

Arthur blickte auf den Hasen. Er lugte unter seiner Achselhöhle hervor, mit dem Knopf im Ohr. *Wem nur gehörst du?* Der Hase schwieg. Arthur griff mit der anderen Hand in seine Manteltasche und ertastete die Ampulle, die er sich für den Fall der Fälle eingesteckt hatte. Für welchen Fall eigentlich? Für den, dass jemand verräterisch auf den Hasen reagieren würde und Arthur ihm dann sofort ein Geständnis entlocken konnte?

«Hätten Sie eine für mich?»

Arthur sah sich erstaunt um.

Ein Mann, vielleicht Anfang vierzig, hatte sich neben ihn ans Fenster gelehnt und deutete fahrig auf die Zigarette hinter Arthurs Ohr. Er schien nervös zu sein.

«Ach so, ja natürlich.» Arthur holte seine Schachtel Marlboro aus der Manteltasche und glaubte sich nun zu erinnern, den Mann schon einmal gesehen zu haben.

«Sie sind aus dem Abteil mit dem Mädchen und dem gelben Flugzeug, richtig?», fragte Arthur.

Der Mann nickte und klaubte etwas ungelenk eine Kippe aus der Schachtel.

«Bauen Sie Flugzeuge, ich meine, beruflich?», fragte Arthur so beiläufig wie möglich.

Der Mann starrte auf die Kippe und nickte. «Also, ich habe mal Flugzeuge gebaut, um genau zu sein», sagte er dann, und sein Blick verdunkelte sich.

«Und warum jetzt nicht mehr?»

«Lange Geschichte.»

Arthur beließ es dabei.

Der Mann warf einen Blick auf den Hasen. *Neugierig? Misstrauisch? Ertappt?*

«Ein kleines Hobby von mir», erklärte Arthur.

Der Mann nickte abwesend, steckte sich die Kippe in den Mund und nahm sie sofort wieder raus. «Ach, Entschuldigung ... Und Feuer?»

«Klar, natürlich.» Arthur gab dem Mann Feuer.

Dieser musste bei seinem ersten Zug heftig husten.

«Anfänger?»

Der Mann nickte. Mit einem mitleidigen Blick versteckte Arthur seine Skepsis. Seine erste Zigarette – das konnte er seiner Oma erzählen. Sollte er der Gesuchte sein? Dann wäre es aber verdammt kühn von ihm, ausgerechnet Arthur mit dem Hasen anzusprechen. Oder war er vielleicht doch nur ein armes Schwein aus dem Osten, das mit der Entscheidung kämpfte auszusteigen?

«Meine erste seit der Uni, und die ist schon 'ne Weile her», sagte der Mann in dem Moment.

Arthur sah ihm noch einmal in die Augen. Würde dieser Mann, wenn er der Täter war, sich ausgerechnet von Arthur, dem Hasenträger, eine Kippe geben lassen? Wohl eher nicht.

«Sie sind aus dem Osten?»

Der Mann nickte.

«Für Sie und Ihre Familie tickt die Uhr, richtig?», meinte Arthur.

Der Mann seufzte. «So kann man das sagen.»

Er nahm einen Zug und musste noch mal husten.

«Ich versuche es mir gerade abzugewöhnen», sagte Arthur.

«Verstehe ...» Der Mann schien offensichtlich verwundert, dass Arthur dennoch eine Zigarette hinterm Ohr stecken hatte.

Eine Weile rauchte und hustete der Mann vor sich hin.

«Wollen Sie danach noch eine?», fragte Arthur.

Der Mann schüttelte den Kopf. «Lieber nicht.»

Arthur steckte die Kippen wieder ein. «Denken Sie einfach: Leckt mich doch alle am Arsch!», sagte er dann.

Der Mann musste schmunzeln. «Leckt mich doch alle am Arsch», wiederholte er und lächelte matt.

Arthur grüßte und wollte weitergehen, doch dann konnte er nicht anders: Er hob das Stofftier hoch. «Das haben Sie nicht zufällig schon mal gesehen?»

«Nein», sagte der Mann und runzelte die Stirn. «Warum?»

«Ach, war nur so 'ne Frage», sagte Arthur, klemmte den Hasen wieder unter seinen Arm und ging. Dann drehte er sich noch einmal um. «Denken Sie daran: Leckt mich doch alle am Arsch», sagte er.

73 | MARLIS

Marlis saß allein im Abteil. Ihre Kinder waren im Speisewagen, Gerd noch immer auf dem Gang. Ihr ganzer rechter Arm zitterte nun. Ja, ihr ganzer Körper begann zu zittern, so als hätte sie Fieber.

Wieder roch sie die zarte Fahne des Erbrochenen, die die Fahrgäste vor ihnen im Abteil hinterlassen hatten. *Vielleicht waren es Menschen, die auch nach Hause gefahren waren?*, dachte Marlis. *Von Ost nach West oder umgekehrt? Zu viel West- oder zu viel Ost-Alkohol?*

Es ging um ihre Familie, um ihre Kinder, ihre Ehe, ihren Vater. Und alles, was sie in sich fand, waren leere

Gedanken. Nichts anderes konnte Marlis finden in ihrem wirren Geist, sosehr sie auch suchte.

Marlis erschrak. Die alte Dame in Schwarz öffnete vorsichtig die Abteiltür.

«Alles gut mit unseren Kindern?», fragte Marlis erschrocken.

«Keine Sorge, die sind wohlauf.» Die Frau holte eine kleine braune Tasche aus dem Gepäcknetz und öffnete sie. «Ich will Sie nicht stören.»

«Ich bitte Sie, nein!», sagte Marlis.

«Ich will nur ein bisschen Schokolade holen. Nervennahrung ...»

Marlis nickte.

Die Frau setzte sich und holte in Papier gewickelte Brote, zwei Äpfel und eine Thermoskanne hervor. Diese Frau wusste sich zu kümmern. Ist das etwas, was nur Großmütter konnten? Sich kümmern? Auch um sich selbst? Würde sie, Marlis, das auch mal können, sich um sich selbst kümmern?

«Ich heiße übrigens Anna», sagte die Frau und lächelte Marlis freundlich an.

«Marlis», gab sie zurück.

«Oh, ein schöner Name.»

«In meiner Generation ist Marlis eher ein Schimpfwort.»

«Ach was.» Anna schüttelte den Kopf. Und obwohl sie Schwarz trug, zeigte auch ihr Äußeres, dass sie auf sich zu achten wusste. Alles, selbst die schwarze Halskette und die in Silber eingefassten Ohrringe aus rotem Jaspis, erzählten Marlis davon. Und das bei einer Frau, die offensichtlich ihr ganzes Leben einer körperlich harten Arbeit nachgegangen war. Das zumindest sagten ihre rauen, kräftigen Hände.

«Wo ist Ihr Mann?», fragte Anna schließlich.

«Irgendwo draußen auf dem Gang, eine rauchen. *Eine rauchen* ... Er hat Jahre nicht mehr geraucht.»

Marlis entdeckte Mitleid im Blick der Frau und ärgerte sich. «Wie geht es unseren Kindern?», fragte sie ein wenig schroff.

«Gut, mein Mann blüht richtig auf.»

«Danke, dass Sie das tun.»

«Aber nicht doch.»

Anna hatte die Schokolade gefunden. Marlis erkannte die Box sofort. Es war eine kleine Kiste bedruckt mit einem purpurnen Rautenmuster, wie eine Tapete in einem barocken Schloss. DDR-Pralinen aus dem *Volkseigenen Betrieb Pralina Schokoladenerzeugnisse*. Marlis kannte den Betrieb aus Berlin-Weißensee nur zu gut aus den Planungssitzungen ihrer Kommission. Aber die Pralina hatte sie noch nie probiert.

Anna öffnete die Box. «Möchten Sie?»

Marlis starrte auf die Innenseite des Deckels. *Für Feinschmecker* stand dort in goldenen Buchstaben geschrieben. Sie mochte keine Schokolade, traute sich aber nicht, das Angebot dieser Frau abzulehnen.

Oma-Energie. Kölnisch Wasser und Pralina.

Marlis nahm ein Stück mit der linken Hand, da diese weniger zitterte, und ließ das Stück im Mund zergehen. Sie war überrascht. Die Pralina schmeckte allem voran süß. Der Geschmack versetzte sie in ihre Kindheit zurück und ließ sie wieder etwas ruhiger werden. *Oma-Energie.*

«Ihre Tochter scheint viel von Ihrem Mann zu haben», sagte Anna und legte Elkes Flieger wieder an seinen Platz.

«Alles. Sogar seine verdammten Träume. Sie vergöttert

ihn», murmelte Marlis und konnte ihren Blick nicht von dem Flieger lösen.

«Und was ist mit Ihnen?» Anna klappte die Pralina wieder zu. *850 Tonnen Jahresproduktion*, schoss es Marlis durch den Kopf. Das hatten sie in den Fünfjahresplan für den VEB Pralina geschrieben. 850 Tonnen Oma-Energie.

«Ich arbeite für die Partei in der Plankommission», hörte sie sich sagen.

«Nein, nein, ich meine mit Ihnen und Ihrer Tochter?»

«Ach so», entgegnete Marlis ertappt. «Nein, mich vergöttert sie nicht. Ich bin immer nur die strenge Mama.»

«Bestimmt nicht.»

«Haben Sie Kinder?», fragte Marlis.

Annas Blick verdüsterte sich, unmerklich, aber Marlis nahm es wahr.

«Einen Sohn», sagte Anna schließlich. «Werner.»

«Und? Wem ähnelt er mehr?», fragte Marlis nach.

Sie sah, wie die Frau ihre schweren Hände aneinanderrieb, während sie nach Worten suchte. «Er ist vor zwei Jahren … abgehauen. Er wohnt jetzt in … Garmisch. Glaube ich zumindest.»

«Das tut mir leid.»

«Muss es nicht», entgegnete Anna – und schwieg.

Diese Frau hatte also auch ihr Kind verloren an diese Grenze! An das System. *Ihr* System. Wie konnte das nur sein?

Sie waren doch aufgebrochen, die Fehler der Vergangenheit zu tilgen. Kein Kind in diesem Land sollte jemals wieder hungern oder auf der Flucht in einem Krieg sein Leben lassen. Die Menschen sollten endlich frei sein. Niemand sollte mehr über andere bestimmen können, nur weil er reich war. Und nun? Nun bauten sie eine Mauer, vielleicht die letzte Rettung, um ihre Utopie am Leben zu erhalten. Doch zu welchem Preis?

Marlis sah in die Augen der Frau. In Augen voller Güte. Es kribbelte in Marlis' Bauch. Schmetterlinge der geteilten Verzweiflung. Mit dieser fremden Frau, von der sie so gut wie nichts wusste, die ihr in diesem Moment so nah war.

Eltern verloren ihre Kinder. Eltern verloren einander. Sie, Gerd und die Kinder waren im Begriff, einander zu verlieren. Sie würden vielleicht erleben, was diese Frau bereits hinter sich hatte.

«Ich sehe, dass Sie das Richtige für Ihre Kinder tun wollen», sagte Anna leise – und Marlis fühlte sich verstanden. Auf eine Art, wie sie vielleicht noch nie von jemandem verstanden worden war. Nicht einmal von ihrem Vater. Und dieses Angenommenwerden zog einen Vorhang zur Seite. Das taube Nichts floh und machte einem Fühlen Platz. Groß, weich und rund. Ihre Seele war mit einem Male satt.

«Aber woher sollen wir schon wissen, was das ist ... das Richtige für unsere Kinder?», hörte sie sich schließlich sagen.

Die alte Dame kämpfte plötzlich mit den Tränen. «Damit bleiben wir immer allein», sagte sie und schickte einen zarten Seufzer hinterher.

Als verstünde auch der Zug, knarzte es im Lautsprecher. Einmal kurz, einmal lang. Dann ertönte eine Stimme: «Meine sehr geehrten Damen und Herren. Soeben erreichen wir Bamberg Hauptbahnhof. Bitte steigen Sie rechts aus.»

Der Zug verlangsamte seine Fahrt.

«Bamberg», sagte Marlis in die Stille des Abteils hinein.

«Bamberg», wiederholte die Frau in Schwarz, und Marlis spürte, wie ihr Arm wieder zu zittern begann.

Sie blickte auf ihre Uhr. Es war 11:15 Uhr. Sie hatten noch eine Stunde und fünfzig Minuten, dann würde der Zug in Ludwigsstadt halten, dem letzten Halt im Westen. Noch eine Stunde und fünfzig Minuten, danach würde der Zug über die Grenze fahren, die sie heute für immer schließen würden.

74 | GERD

Gerd stand am Fenster auf dem Gang. Der kleine Zigarettenstummel in seiner Hand glühte noch.

Der Zug wurde langsamer. Dann kreischten die Bremsen, und sein Puls stieg wieder. Wieder schlug die Freiheit ihre Krallen in sein Fleisch. Die Bürde der Entscheidung war zurück.

Gerd nahm noch einen Zug, dann schnippte er die Kippe aus dem Fenster, kurz bevor der Zug den Bahnsteig erreicht hatte. *Zweimal noch*, dachte er. *Bamberg, Ludwigsstadt* ... Noch zwei Bahnhöfe im Westen waren ihm geblieben, diesen eingerechnet. Beim nächsten Halt mussten sie eine Lösung gefunden haben.

Der Zug hielt an, und erneut folgte auf das Kreischen diese kurze seltsame Stille. *Ein seltsam würdevoller Moment der Andacht*, dachte Gerd. Dann schlug die Wahl, die das Schicksal ihm abverlangte, wie eine Welle über ihm zusammen.

War es für ihn überhaupt noch eine Option, zurückzufahren in den Osten? Ja, dem war so. Der Mauerbau hätte ihn eigentlich darin bestärken müssen, seinen Plan durchzuziehen. Doch die Endgültigkeit ließ ihn zweifeln. Gerd würde nicht mehr in die DDR fahren können, und niemand aus der DDR, weder seine Freunde noch seine Eltern, würde sie im Westen besuchen können. Und sein Schwiegervater? Der würde ihn ein für alle Mal verteufeln, falls Gerd Marlis davon überzeugte, auch im Westen zu bleiben. Gerds Eltern – was würden die davon halten? Sie hatten schon die Tochter an den Westen verloren.

Um ihn herum brach Hektik aus. Menschen quetschten sich an Gerd vorbei. *Menschen, die ihre Entscheidung getroffen haben*, dachte Gerd. Die Aura von Tatendrang im Schlepptau.

Eine Frau riss neben Gerd ein Fenster auf und warf ihren Koffer auf den Bahnsteig. Gerd starrte sie an, als erwarte er, dass sie gleich hinterhersteigen würde.

Dann sah Gerd diese Sängerin. Ohne ihre Band. Sie stand mitten im Gewühl auf dem Bahnsteig, als stünde sie auf einer Bühne, umringt von blinden Fans, die nur noch nicht entdeckt hatten, dass ihr Idol unter ihnen weilte. Dicker Kajal um die Augen, die schwarzen Haare wild. Sie rauchte, schien tief in sich gekehrt. Um sie herum entstanden neue Lebenswege. Sie jedoch schien den ihren noch nicht gefunden zu haben. Glaubte Gerd zumindest. So wie er selbst. Es tat ihm gut zu sehen, dass auch diese vorhin so entschlossen und wild wirkende Frau noch nicht wusste, was sie tun sollte.

75 | CARLA
Bamberg, Hauptbahnhof, 11:35 Uhr

Carla war entsetzt. Sascha, Peter und Siggi, die drei wichtigsten Menschen in ihrem Leben, hatten es einfach so hingenommen, dass sie bei der Stasi war. Sie hatten es als lästiges Übel einfach akzeptiert. Was macht dieses Land nur mit seinen Menschen?

Carla nahm einen tiefen Zug von ihrer Zigarette und beobachtete die Leute um sich herum. Den meisten sah sie an, dass sie hier nicht planmäßig ausgestiegen waren. *Wer steigt schon freiwillig in Bamberg aus?*, dachte sie und musste schmunzeln. Es waren Großstädter, das sah sie diesen Menschen an. Berliner, Dresdner, Leipziger, die hier in ihr neues Leben aufbrachen, begleitet von Plakaten für Zigaretten und Parfüm. Aus einem kleinen Imbisswagen heraus verkaufte ein Mann «Erfrischungen» an die noch Unentschlossenen, die an den Zugfenstern standen und sich das Schauspiel ansahen.

Wo würde sie, Carla, denn leben wollen, wenn sie hierbliebe? West-Berlin? London? New York? Sie nahm noch einen tiefen Zug, schloss die Augen und stellte sich vor, wie es wohl wäre, hier jetzt einfach stehen zu bleiben. Auch nach dem Pfiff des Schaffners.

Carla lächelte. Noch nie in ihrem Leben war ein *Stehenbleiben* so ein *Weitergehen* gewesen. Ein Weitergehen in eine neue Zukunft, ohne Wiederkehr.

Hier in diesem Moment auf dem Bahnsteig wunderte sie sich, wieso sie in München überhaupt wieder in den Zug gestiegen waren. Es war schon absurd gewesen, dass sie überhaupt nicht darüber nachgedacht hatten, zumindest sie selbst nicht, *nicht* wieder nach Hause zu fahren. Gut, sie hatten gestern Abend nur fünfzehn Zuschauer gehabt. Kein Schwein kannte sie im Westen. Fünfzehn! *Und wennschon?* Für die Sicherheit einer vollen Halle wieder in dieses Scheißland zurückfahren? Zurück zu ihren Peinigern? Zu diesen Männern, die so mächtig waren, dass sie, die Rebellin, sich ergeben hatte. Auch ohne Mauerbau hätte das doch Grund genug sein müssen, nicht mehr in diesen Zug zu steigen. Aber sie hatte es getan.

Carla schüttelte den Kopf. Sie hatten sich sogar beeilt, damit sie pünktlich waren, pünktlich zurück in die Fänge dieser grauen Macht. Und nun war plötzlich alles anders. Aber war es nicht immer noch dieselbe Frage?

War dieses Land auch bei ihr ein Zuhause, eine Heimat? Was war das überhaupt? Heimat. Berlin. Hohenschönhauser Straße, Hinterhaus. Dritter Stock, Balkon. Konnte sie auch ohne diesen Ort? Ohne ihre Mutter, mit der sie zusammenlebte? Ja, das konnte sie! Aber konnte sie auch ohne diese Band? Und, vor allem, konnte sie ohne diesen Mann, den sie heute früh noch geliebt hatte?

76 | ARTHUR

Der Kommissar stand an einem Münzfernsprecher auf dem Bahnsteig und klopfte nervös mit dem Finger auf die Wählscheibe. Nach Fahrplan hatte der Zug in Bamberg nur noch drei Minuten Aufenthalt. Den Hasen hatte Arthur auf das Telefon gesetzt.

«Arthur?», sagte Andi atemlos im Telefon.

«Na endlich! Und?»

«Sie mussten den Chemiker aus der Kneipe holen, Sonntag, Frühschoppen.»

«Erzähl mir jetzt keine Märchen, ich will wissen, was in den Ampullen ist.»

«Is ja gut, komm wieder runter», sagte Andi.

Arthur seufzte.

«Leider nix Brauchbares», sagte Andi.

«Heißt was? Mensch Andi, der Zug wartet nicht!»

«Keine Drogen, zumindest keine, die wir kennen. Und auch keine gepanschten Medikamente.»

«Und was ist es dann?»

«Sie haben nur Hormone gefunden. Testosteron und Cortison», sagte Andi.

«Hatten unsere Toten davon was im Blut?», fragte Arthur.

Andi stöhnte. «Jeder Mensch hat Cortison und Testosteron im Blut.»

«Aber ganz so harmlos scheint das Zeug ja nicht zu sein. Sonst wäre es nicht in einem Kinderwagen versteckt gewesen.»

Andi seufzte nur, und Arthur hätte kotzen können. Sie hatten eine heiße Spur. Er hatte diese Ampullen gefunden. Und er war abstinent geblieben! Was für ein Sonntag. Und nun das?

«Der Typ vom Labor hat irgendwas erzählt, dass dieses Zeug in der Schweinezucht verwendet wird.»

«Was?»

«Ja, keine Ahnung. Damit die Viecher schneller wachsen. Oder langsamer.»

«Warum sollen sie denn wollen, dass die Schweine langsamer wachsen?»

«Keine Ahnung. Vielleicht habe ich das auch falsch verstanden.»

Arthur sah, wie der Schaffner schon die erste Tür des Zuges schloss. Auf dem Bahnsteig davor stand die Sängerin, die in Gedanken versunken rauchte, direkt neben ihr stritten zwei Männer offensichtlich darüber, ob sie wieder einsteigen sollten oder nicht. Dann entdeckte Arthur am Fenster des Waggons, in dem auch die Band ihre Koffer hatte, die Trainerin. Als sich ihre Blicke kreuzten, sah die Frau ertappt in eine andere Richtung. Arthur durchfuhr diese kurze Begebenheit wie ein Stromschlag. Sein Instinkt schlug an. Hatte sie ihn beobachtet? Ihn und den Hasen mit dem Knopf im Ohr?

«Sie hat nach uns geschaut, oder?», sagte Arthur zu dem Hasen.

«Was?», fragte Andi.

«Schweinezucht», sagte Arthur nur in Gedanken.

«Was?»

Arthur blickte noch einmal zu dem Fenster. Die Trainerin war verschwunden und er plötzlich ganz aufgeregt. «Danke, Andi. Hast was gut bei mir.»

«Und was soll ich jetzt …?»

Doch Arthur legte einfach auf. Er schnappte sich den Hasen. Und während er über den Bahnsteig rannte, wog er seine Chancen ab. Selbst wenn er richtigliegen sollte mit seinem Verdacht, würde er den Fall noch lange nicht gelöst haben, das war klar. Er würde eine Kontrahentin besiegen müssen, die in seiner Liga spielte. Eine attraktive Kontrahentin.

77 | CARLA

Der Pfiff des Schaffners riss Carla aus ihren Gedanken. Der Bahnsteig hatte sich gelichtet. Ein paar Angehörige warteten noch, bis der Zug abfuhr.

Der verlebte Typ, der sie vorhin im Speisewagen beobachtet hatte, rannte an ihr vorbei und stieg wieder in den Zug. War er ein Bulle? Oder von der Stasi? War er gar ihretwegen da? Carla verwarf diesen Gedanken wieder. Sie waren viel zu unwichtig, als dass die Stasi sie im Westen beschatten würde. Doch allein, dass sie solche Gedanken hatte, nahm ihr die Luft. Sie konnte unmöglich zurück in dieses Land.

Noch hatte der Schaffner die Kelle unten. Kurz erschien vor ihr das Bild des Münchner Schaffners, dem sie die Kelle abgenommen hatte, damit auch Sascha diesen verdammten Zug noch erwischen konnte. Jetzt bereute sie das … Hätten sie den Zug verpasst, dann hätte sie Sascha vielleicht überzeugen können zu bleiben, in diesem Zimmer in München, mit den dunklen Ecken und den Fliegen in der Lampe.

Dunkle, verheißungsvolle Ecken eines neuen Lebens.

Der Schaffner hob die Kelle, und Carla spielte einen weiteren Moment mit dem Gedanken, einfach zu bleiben. Sie hatte kein Gepäck dabei, nicht einmal ihre Jacke. Dennoch. Der Gedanke hatte Kraft!

Dann lief auch sie in Richtung Zug. Langsam maß sie ihre Schritte, verhandelte mit jedem Meter, den sie ging, noch einmal die Frage, ob sie bleiben sollte. Doch der Zug, der Schaffner, ihre Band, die Vernunft. Alle wollten, dass sie weiterfuhr.

Der verlebte Typ öffnete für sie noch einmal die Tür.

Carla stieg ein und dankte ihm mit einem knappen Nicken. Der Typ sah ihr prüfend in die Augen. *Ist er vielleicht doch von der Stasi?*

Nein, sie konnte nicht zurück in dieses Land!

78 | MELDUNG
AN DAS PRÄSIDIUM DER VOLKSPOLIZEI
BERLIN, 11:45 UHR

Information Pankow, US-Pkw, Kennzeichen BC 23, umfährt das Objekt Große Rampe und macht Fotoaufnahmen. Insassen ein Neger, zwei Weiße, davon zwei Personen in amerikanischer Uniform. Pkw entfernt sich in Richtung Schildow. Maßnahmen durch Stabschef eingeleitet.

Ein gewisser M., angeblich Genosse der Kreisleitung Mitte, wohnhaft Fritz-Heckert-Str., äußerte sich: «Heute werden noch Schüsse fallen.» Er versuchte, nach West-Berlin zu flüchten, wurde jedoch festgenommen.

79 | EDITH
Probstzella, Bahnbetriebswerk, 12:05 Uhr

Kurt und Edith saßen auf der Wiese im Schatten der Lok und machten Pause vom Dreh. In einer guten Stunde würde sie mit ihm rüberfahren nach Ludwigsstadt, mit ihm und seiner Kamera, um den D 151 zu holen.

Catering, hatte Kurt gesagt, so hieße es in Amerika, wenn das Filmteam Pause machte und etwas zum Essen bekam. *Catering*. Kurt hatte nichts dabei für Catering.

Edith wickelte ihr Brot aus und bot ihm eines an. «Ist mit Schinken.»

«Oh, Schinken, danke.» Kurt nahm ein Brot, blickte sich um und grinste. «Schöne Kantine», sagte er mit vollem Mund.

Edith folgte seinem Blick zu ihrer *Sachsenstolz*, sah ihre *Sachsenstolz* durch seine Augen. Ja, die Lok war wunderschön. Und sie stand an einem wunderschönen Ort. Versteckt auf einem Nebengleis. Hinter ihnen die kleine Pappelallee, die in den Ort hineinführte. Der Wind flüsterte in den Blättern, ein lebhaftes Meer aus silbergrünen Punkten.

Vor ihnen erhob sich die Backsteinhalle, alt und erhaben. Ein paar Scheiben waren längst kaputt, eine Birke wuchs aus einer Dachrinne. Dennoch, die Halle schien der Zeit zu trotzen. Den kalten und den heißen Kriegen, den Krisen und den Revolutionen. Ein imposantes Heim für ihre stählernen Maschinen und für sie, die Menschen, die sich um sie kümmerten.

«Manchmal stelle ich mir vor, wie es gewesen sein muss

um die Jahrhundertwende … die ersten Dampfloks. Oder die Zeit zwischen den Kriegen.» Edith deutete auf ihre Lok. «Die da wurde 1925 gebaut.»

«Und wieso heißt sie *Sachsenstolz*?», fragte Kurt.

Edith musste grinsen. «Die Sachsen brauchten eine Lok, mit der sie die Schnellzüge durch das Erzgebirge ziehen konnten. Kurven, Steigungen, Schluchten. Schönes Land, anspruchsvolles Land. Die Sachsen fragten bei den Bayern, die hatten so eine Lok fürs Gebirge. Hatten ja genug davon. Die Bayern liehen den Sachsen eine aus. Die Sachsen waren begeistert und fragten die Bayern, ob sie eine Lizenz kaufen könnten. Das wollten aber die Bayern nicht. Tja, schon damals gab es diese Hassliebe zwischen Ost und West.»

«Und was haben die Sachsen dann gemacht? Die bayerische Lok einfach nachgebaut?», fragte er und verschlang den letzten Bissen ihres Brotes.

Edith freute sich. *Er interessiert sich zwar nicht für Loks, aber für Geschichten.*

«Nein! Dafür waren die Sachsen viel zu stolz auf ihre Eisenbahn! *He, schaut mal, die Sachsen bauen unsere Lok nach.* Das ging natürlich gar nicht. Nein! Die Sachsen haben eine eigene entwickelt, einen Traum von Lok! Selbst die Bayern waren neidisch. Die 19 war die Krone der sächsischen Eisenbahn-Ingenieurskunst.» Hätte Edith noch mehr darüber gewusst, sie hätte weitergeplappert.

Kurt lächelte, und Edith schämte sich ein bisschen. Die Begeisterung war mit ihr durchgegangen.

«So, nun bin ich mal dran mit dem Fragen», sagte sie schnell. «Also, wo kommen Sie her?»

«Wollen wir uns nicht duzen?», gab er zurück.

«Gut ... Edith.»

«Kurt. Ich komme aus Weimar. Aber seit ein paar Jahren bin ich in Berlin.»

«Wegen der Filmerei?»

Kurt nickte. «Bist *du* oft in Berlin?», fragte er.

Nun nickte Edith, und auch wenn sie es verstecken wollte, huschte ein verräterisches Schmunzeln über ihre Lippen. Es roch nach einer Verabredung. *Los, sag was. Verdammt.*

«Und deine Familie?»

«Du willst wissen, ob ich eine Freundin habe?»

«Nein, so habe ich das nicht gemeint!»

«Aha.» Er grinste frech, und sie stieß ihn in die Seite.

«Nein, ich habe keine Freundin. Und du? Hast du einen Freund?»

Kurz war Edith versucht zu lügen, doch dann entschied sie sich für die Wahrheit und schüttelte den Kopf.

Dann schwiegen beide eine Weile.

«Und du würdest wirklich gerne mal nach Hollywood?», fragte Edith schließlich.

«Ja, klar», sagte er, als wäre es das Normalste von der Welt.

Edith lächelte. Das gefiel ihr.

«Ich weiß, ich bin ein Realist», sagte Kurt. «Und du, keinen Sehnsuchtsort?»

«Ach, ich bin hier eigentlich ganz zufrieden. Hier mit meiner Lok.»

«Und, hast du 'nen Lieblingsfilm?», entgegnete Kurt.

Edith zögerte. Sollte sie auch da die Wahrheit sagen?

«*Weites Land*. Mit Gregory Peck», traute sie sich dann doch.

Kurt blickte Edith erstaunt an.

«Was hast du?», fragte sie.

«Is nich wahr!? Ich liebe Western!»

Edith war sich nicht ganz sicher, ob Kurt sie auf den Arm nahm. *Ein intellektueller Filmemacher, der auf Western stand?* Doch Kurts Strahlen wirkte echt.

Er musste ihre Zweifel erahnt haben. Kurt sprang auf und kramte in seinem Rucksack, dann reichte er Edith ein Bild, abgegriffen und zerknickt. «Wäre das nichts für dich? Mit 'ner *Sachsenstolz* quer durch Amerika ... Von der Ost- bis zur Westküste. Durch diese grenzenlose Weite?»

Edith nahm das Bild, und ein Schauer lief ihr über den Rücken. Das Foto zeigte eine staubige Straße in der unendlichen Weite einer Prärielandschaft, am Horizont ein Felsmassiv im Sonnenuntergang, feinster Wilder Westen.

Edith reichte Kurt das Bild zurück, bevor es ihr gefährlich werden konnte.

Doch Kurt wollte es nicht wiederhaben. «Schenke ich dir.»

Edith wusste nicht recht, ob sie das Bild tatsächlich annehmen sollte. Das Foto war durchzogen von Knicken und Rissen. Eine Ecke fehlte. Er musste es lange bei sich getragen haben.

«Vielleicht fahren wir da ja mal zusammen hin», sagte er.

«Du Spinner ...»

Edith hielt seinem Blick noch einen Moment stand, dann konnte sie nicht mehr. Sie schnappte sich ihren Vorschlaghammer und begann, die Lok *abzuklopfen*. So nannten sie es, wenn sie die Lok vor Fahrtantritt auf Schäden am Fahrwerk prüften.

Die vertrauten Schläge halfen ihr. Stahl auf Stahl. Routine. Alltag. Sicherheit.

Sie merkte, wie er nach seiner Kamera griff, um sie zu filmen.

80 | CARLA
Vor Kronach, Interzonenzug D 151, 12:15 Uhr

Carla stand noch immer unweit der Tür, durch die sie wieder eingestiegen war. Sie war zurück in diesem verfluchten Zug. Sie hatten vielleicht noch eine Stunde bis zum letzten Halt im Westen – zusammen. Und sie war sich gar nicht mehr so sicher, ob sie ein *Zusammen*, ein *Wir* noch wollte.

Ja, sie hatte sich mit der Stasi eingelassen. Aber im Moment hatte Carla nur das Gefühl, dass sie die Drecksarbeit gemacht hatte, und die anderen hatten sie diese Drecksarbeit einfach machen lassen, weil sie genau wussten, welche Vorteile sie davon hatten.

Sie tun etwas für den Sozialismus, und der Sozialismus tut etwas für Sie!

So simpel war der Deal, den ihr diese Männer angeboten hatten. Sie hatte *Ja* gesagt, freilich im ersten Schritt für harmlose Berichte über Clubabende, wie hoch der Anteil von Westmusik in einer Diskothek war, solche Dinge. Und im Gegenzug durften *Finders* in den großen Hallen auftreten.

Carla hatte sich herausgenommen, die Herren frech und frei anzulügen. Sie hatten ihr diese Lügen durchgehen lassen. Fast ein Jahr lang. Bis Carla begreifen musste, dass sie das nur taten, um sie immer tiefer in ihren Sumpf zu locken. Irgendwann hatten sie von ihr wissen wollen, ob Peter und Siggi miteinander schliefen. Ab da war der Spaß vorbei gewesen. Homosexualität war in der DDR zwar nicht mehr verboten, dennoch hatte Carla die Stasi-Männer angelogen, und sie hatten ihr diese Lüge nicht mehr abgekauft. Die Strafe der Stasi folgte auf den Fuß. Sie hatten Carla kurzerhand die Wohnung, die ihr von der staatlichen Wohnungskommission zugesagt worden war, einfach wieder weggenommen. Es war eine schöne kleine Wohnung im Prenzlauer Berg, Hohenschönhauser Straße, direkt am Volkspark, dritter Stock, Außentoilette, mit einem kleinen Balkon. Carla hatte sogar schon damit begonnen, die Wohnung zu renovieren.

Sie spürte, wie sich eine Hand auf ihren Rücken legte. Kurz über der Hüfte, in jene besondere Stelle hinein, die bei ihr so empfänglich war.

Sascha war im Gang an sie herangetreten, ohne dass sie es gemerkt hatte. Ihre Nackenhaare stellten sich auf. Seine Hand katapultierte sie wieder ins Hier und Jetzt, in diesen Zug.

«Es tut mir leid», sagte Sascha leise und nahm seine Hand von ihrem Rücken.

Bitte nimm die Hand nicht weg!

«Schläft Ihr Freund auch mit anderen Frauen?», hatte der Mann von der Stasi eines Tages gefragt. Es war der attraktivere von den beiden gewesen, der gefährlichere.

Es war ein regnerischer Tag im Mai gewesen, vor einem Jahr. Er hatte sie in die konspirative Wohnung bestellt, in einem dieser Zuckerbäckerbauten in der Stalin-Allee. In dieser Wohnung traf sie diesen Mann einmal im Monat. Es war offensichtlich nicht seine – dafür war sie zu gewöhnlich, zu stillos eingerichtet.

Carla überlegte lange, wie sie auf seine Frage antworten sollte. «Ja», sagte sie schließlich. «Ja, mein Freund schläft auch mit anderen Frauen.»

Ihr Verbindungsoffizier erhob sich von der Couch und schenkte ihr einen Kognak ein. Der Mann war kleiner als Sascha, kaum größer als sie selbst. Doch sein Körper, sein ganzes Wesen hatte die Aura eines Raubtiers. Voller Wachsamkeit und Spannung, voller Gefahr. Er war vielleicht Mitte dreißig, zehn Jahre älter als sie, schätzte Carla, und hatte kurzes volles Haar. Straßenkötergrau und stets gepflegt. Seine Budapester waren makellos, seine Anzüge auch.

Der Mann nickte, offensichtlich zufrieden ob ihrer Ehrlichkeit. «Ich werde mich darum kümmern, dass Sie und Ihre Mutter Ihre neue Wohnung bekommen», sagte er und reichte ihr den Kognak. Es war der erste an diesem Tag. Ihr Aperitif.

Ihre Treffen waren bereits streng ritualisiert. Sie trafen sich nun seit fast zwei Jahren hier, immer kurz nach Mittag. Sie klingelte zweimal lang und zweimal kurz. Er öffnete ihr die Tür mit einem Lächeln, an dem sie nichts Falsches erkennen konnte, sosehr sie sich auch Mühe gab. Manchmal kochte er sogar für sie. «Ich hoffe, Sie haben großen Hunger», sagte er an solchen Tagen.

Seine Leidenschaft waren italienische Gerichte. Er kochte sie meisterlich mit DDR-Zutaten. Er machte sogar die Pasta selbst. An jenem Tag, da er die Frage nach Sascha und den anderen Frauen stellte, wartete er mit dem

Kochen auf sie. Er hatte eine Hühnerbrühe vorbereitet, die Cappelletti formten sie zusammen. Kleine Pastavenusmuscheln, gefüllt mit Fleisch. Den Teig hatte er selber gemacht.

«Ich kümmere mich um Sie», sagte er.

Carla ertappte sich dabei, dass ihr dieser Satz auf eine absurde Art und Weise guttat.

Er kümmert sich um mich.

«Und was macht das mit Ihnen, dass Ihr Freund mit anderen Frauen schläft?»

Carla schwieg eine ganze Weile. «Es gefällt mir», antwortete sie dann.

Der Mann hob eine Augenbraue. «Das glaube ich Ihnen nicht.»

«Wenn Sie die Antwort schon wissen, warum fragen Sie dann?»

«Ich wollte in Ihren Augen sehen, was diese Frage mit Ihnen macht.»

«Und was sehen Sie?»

«Schmerz.»

«Schmerz zu sehen ist keine Kunst.»

«Sie haben recht.» Er gab die Cappelletti ins Wasser, dann wiederholte er den Satz mit einem leichten Singsang in der Stimme. «Schmerz zu sehen ist keine Kunst.» Er lachte. «Könnte eine Zeile in einem Ihrer neuen Songs sein.»

Carla musste schmunzeln.

«Und was ist mit Ihnen, schlafen Sie auch mit anderen Männern?», fragte er.

Carla versuchte in seiner Miene zu lesen, wie er diese Frage gemeint hatte. Vergebens. Sie schüttelte den Kopf.

«Können Sie es nicht, oder wollen Sie es nicht?»

«Ich *will* es nicht.»

«Das tut mir leid», sagte er.

«Warum?» Carla bereute sofort, diese Frage gestellt zu haben.

«Das wissen Sie doch», sagte der Mann, dessen echten Namen sie noch immer nicht kannte. Er sah sie lange an, stumm, und Carla musste sich schmerzhaft eingestehen, dass sie schwach geworden wäre.

Lange noch nach dem Treffen hatte Carla nach dem Grund gesucht. Nach ihrer Wahrheit. Warum sie mit diesem Mann in diesem Augenblick geschlafen hätte, wenn er den ersten Schritt gemacht hätte.

Es war ihr unerhörter Wunsch gewesen, gesehen zu werden. Dieser Mann sah sie, verstand sie wortlos. Sascha konnte sie belügen, wenn sie wollte. Diesen Mann jedoch nicht. Und das machte ihn so gefährlich und auch so attraktiv.

«Was hätte es denn geändert, wenn ich dich auf die Stasi angesprochen hätte?», fragte Sascha und holte damit Carla zurück in den Zug.

«Alles», antwortete sie. «Alles.»

Sascha legte seine Hand wieder auf ihren Rücken, in jene Kuhle hinein. Doch seine Berührung tat ihr nur noch weh. Carla entzog sich ihm und ging.

81 | ANNA

Anna stand schon eine ganze Weile mit der Tasche und der Urne ihres Bruders vor der Brust im Gang am Ende des Waggons, der an den Speisewagen anschloss. Sie beobachtete von da aus ihren Mann und die Kinder dieser Familie. Alle drei hatten sich mit Spucke einen kleinen Zettel auf die Stirn geklebt. Ernst spielte mit ihnen «Wer bin ich?»: Sie mussten nun einander Fragen stellen, um herauszubekommen, welchen Namen sie auf der Stirn trugen.

Anna war gerührt. Das hatten sie früher mit ihrem Sohn Werner auch immer gespielt. Sonntags, nach dem Mittagessen. Gewächshäuser gießen, Kirche, Mittagessen, «Wer bin ich?», wieder Gewächshäuser gießen, Abendbrot, Gewächshäuser abdunkeln, Radio. Das waren ihre Sonntage gewesen. Vor dem Krieg.

Nach dem Krieg war Ernst nicht mehr in die Kirche gegangen. Nach dem Krieg hatte er auch nicht mehr «Wer bin ich?» mit ihnen gespielt.

Nie wieder.

Anna blieb in ihrer Deckung und konnte sich nicht sattsehen. Seine Gesten verrieten, dass er das Spiel ernst nahm, sehr ernst, typisch Ernst, was die Kinder amüsierte. Sein Körper war gespannt, aufrecht saß er da, vor diesen Kindern. Sein immer noch volles Haar hatte längst rebelliert gegen die übliche Strenge, es wirkte weniger grau, seine Augen blitzten frech. Dann lachte er und gab Willi einen liebevollen Klaps. Er hatte gelacht!

Willi riss sich das Papier von der Stirn und jubelte.

Ernst lobte den Jungen, das erkannte Anna an seiner Gestik, dann hob Ernst den Blick und sah zu Anna, so als habe er den Blick seiner Frau gespürt. Ihr wurde heiß wie einem jungen Mädchen auf der Kirmes.

Eine Weile stand Anna nur so da, unfähig, sich zu bewegen. Dann kroch plötzlich eine Angst in ihr hoch. Sie überfiel Anna unvermittelt. Was, wenn er ihretwegen schwieg, wenn sein Schweigen all die Jahre etwas mit ihr zu tun hatte?

Die Angst kam mit so einer Heftigkeit, dass sich Anna kaum auf den Beinen halten konnte. Einen Moment noch hielt sie den Blick ihres Mannes fest, dann floh sie zurück in den Gang des angrenzenden Waggons.

82 | ARTHUR

Arthur hatte eine Hand auf den Griff des Kinderwagens gelegt und dachte nach. Sollte er den Hasen mitnehmen in die Schlacht gegen diese Trainerin? *Oder besser leiser Angriff?*

«Was meinst du?» Er sah dem Hasen in die Augen wie einem alten Freund. Es gefiel ihm, einen Kameraden hier zu haben.

Leiser Angriff, schien auch der Hase mit dem Knopf im Ohr zu sagen.

Arthur nickte und blickte auf die Uhr. Ihm blieb weniger als eine Stunde bis zur Grenze – zur Grenze seiner Dienstbarkeit. Dennoch, der Hase hatte recht: leiser Angriff. Schritt für Schritt. Schließlich war die Frau nicht ohne.

Der Kommissar verabschiedete sich von seinem Hasen und legte ihn zurück in den Wagen. Dann deckte er ihn zu, fast schon zärtlich. *Tschau, bis bald.*

83 | MARLIS

Marlis atmete tief ein und aus, um sich zu beruhigen. Nicht einmal mehr eine Stunde blieb ihnen bis zum letzten Halt im Westen. Die Frau in Schwarz war gegangen, zu Elke und Willi in den Speisewagen. Doch sie hatte ihren zarten Duft im Abteil zurückgelassen. Kölnisch Wasser. Oma Energie. Pralina. Verständnis.

Marlis blickte sich um: der gelbe Flieger, die vielen Koffer und Taschen, ihre Jacken. Das Abteil einer großen Familie. Scheinbar lebendig und vertraut.

Sie hob den Blick und entdeckte ihren Mann an der Tür. Gerd legte seine Hand an den Griff und hielt inne. Nur eine Scheibe trennte sie.

Marlis versuchte, in seinem Blick zu lesen. Vergebens. Da stand ein Fremder. Nicht der Vater ihrer Kinder, nicht die Liebe ihres Lebens. Ein Fremder, ein durchaus attraktiver Fremder, der sogleich die Tür zur Seite schieben und fragen würde: «Ist hier noch Platz?»

Sie würde lächeln und zur Seite rutschen, in der Hoffnung, dass er sich vielleicht neben sie setzen würde. Sie würden eine Weile schweigen, sich nach und nach etwas erzählen. Erst ganz banale Dinge, dann eventuell mehr. Am Ende ihrer Fahrt, wer weiß, vielleicht hätte sie den Mut gehabt, ihn nach mehr zu fragen.

Gerd öffnete die Tür, und es schien ihn allen Mut der Welt zu kosten, ins Abteil zu treten. Behutsam legte er den Flieger zur Seite und setzte sich ihr gegenüber. Er wirkte anders als zuvor. Unsicher, ratlos. Was war los?

Gerd nahm einen tiefen Atemzug, dann griff er in seine Jackentasche und reichte ihr ein dünnes, braunes Kuvert. Er hatte es, um es in der Jackentasche aufbewahren zu können, einmal in der Mitte gefaltet. Marlis hatte diesen Umschlag noch nie gesehen.

«Ich wollte das eigentlich in Ruhe mit dir besprechen, wenn wir wieder zu Hause sind, aber ... Das geht ja jetzt nicht mehr ...» Seine Stimme wurde dünn.

Marlis sah auf das Kuvert und wurde nervös.

«Lies es, bitte.»

Marlis entfaltete langsam den Briefumschlag. Weder ein Absender noch eine Adresse waren darauf. Dann öffnete sie ihn. Ein einziges Blatt Papier war darin, unliniert. Mit Schreibmaschine beschrieben. Über dem Text prangte ein kraftvolles Logo. Sie erkannte den stilisierten Propeller sofort. Um diesen Propeller herum lief eine Schrift in Kreisform, harmonisch aufgeteilt in zwei Worte. *Flugzeugwerke* war das obere, *München* das untere Wort.

Unter dem Text prangte eine Unterschrift, groß, geschwungen, voller Versprechen.

Marlis begriff. Wut stieg in ihr auf. «Flugzeugwerke München?»

Gerd hob den Blick. «Ich war am Donnerstag bei einem Vorstellungsgespräch in Riem. Als du mit den Kindern im Zoo warst.»

«Als du mich mit den Kindern in den Zoo geschickt hast», korrigierte sie ihn.

«Ja, als ich dich mit den Kindern in den Zoo geschickt habe.»

Marlis hätte Gerd nun gerne weggetan.

Wärst du nur der Fremde, der da an der Tür gestanden hat, der sich neben mich gesetzt hätte und dem ich am Ende, in Berlin, meine Adresse gegeben hätte.

«Ich habe Elke angemeldet, in der Schwanthaler Grundschule, und Willi im Gymnasium gegenüber», fuhr er leise fort. «Wir können erst einmal bei meiner Schwester leben, deswegen hat Heidi die große Wohnung an der Theresienwiese behalten. Zwei Zimmer für uns und die Kinder.» Gerd deutete auf das Schreiben. «Ich kann da im September anfangen, als Chefingenieur.»

Marlis' Halsschlagader pochte. «Dann musst du aussteigen, Gerd», sagte sie mit fester Stimme.

Gerd starrte sie geschockt an, und Marlis vergaß einen Moment zu atmen.

«Ist das dein Ernst?»

«Ja», hörte sie sich sagen.

84 | SASCHA

Lichtfetzen trafen sein Gesicht. Die Sonne war herausgekommen. Seine blonden Locken strahlten wie ein Heiligenkranz. Sascha stand in der Toilette vor dem Spiegel und versuchte, wieder klar zu denken. Wieso nur hatte er Carla nie auf die Stasi angesprochen? Er hatte mit Peter und Siggi über seinen Verdacht geredet, aber nicht mit ihr. Warum zum Teufel nicht?

Hell, dunkel, hell ... Ein Morsecode der Sonne. Eine Botschaft für ihn, die er nur noch nicht zu lesen vermochte. Wieso nur hat er sie nie darauf angesprochen? Jetzt, in dem Moment, da er Gefahr lief, Carla zu verlieren, schnürte es ihm die Kehle zu.

Saschas Augen kamen in den Schattenphasen kaum noch nach, mitunter war sein Gesicht nur noch ein eingebranntes Abbild seiner Netzhaut. *Du verschwindest, wenn deine Sonne weg ist, wenn Carla weg ist,* dachte er.

Carla wollte nicht mehr zurück in die DDR. Das konnte er verstehen. Aber was war mit ihm? Eine unsichtbare Macht schien ihn nach Ost-Berlin zu ziehen.

Sascha versuchte zu ergründen, warum er so an seiner Heimat hing. Warum, verdammt, wollte er unbedingt zurück? Alle Menschen, die ihm wichtig waren, waren hier im Zug. Von seiner Familie lebte niemand mehr. Weder seine Mutter Dora noch sein Vater Alfred, auch nicht seine Schwester Martha oder Großmutter Hedwig. Sie alle waren getötet worden, in diesem Lager, in das auch er hätte gebracht werden sollen. Einzig sein Großvater Samuel war schon längst gegangen, als die Nazis kamen. Der war als junger Mann in China gefallen, im Kampf für sein deutsches Vaterland.

Am Ende war nur noch Saschas Tante Ruth übrig geblieben. Die Schwester seiner Mutter, die Friedhofswärterin von Weißensee. Sie weigerte sich, aus Berlin zu fliehen, als die Nationalsozialisten begannen, die Juden wegzubringen. «Uns beschützt der Golem», hatte sie zu Sascha gesagt. Ein Geist. Sascha war damals erst sechs Jahre alt gewesen, aber schon alt genug, um zu wissen, dass es keine Geister gab. Doch die anderen hatten daran geglaubt.

Der Geist hatte sie tatsächlich beschützt. Ihn und Tante Ruth, die ihn in dem kleinen Keller unter der Aussegnungshalle hatte *wohnen* lassen.

«So wie die Nationalsozialisten an ihren Führer glauben, so glauben sie auch an unseren Golem», hatte sie gesagt.

Tante Ruth hatte recht behalten: Die Nazis drehten bald jeden Stein um auf der Suche nach den letzten Juden in Berlin. Aber auf den Friedhof waren sie nicht gekommen, die Männer mit den Totenköpfen auf der Uniform. Sie hatten Angst vor ihrem Golem.

Doch als auch Tante Ruth eines Tages nicht mehr auf den Friedhof kam, da hatte er das erste Mal diesen Schmerz verspürt. Und dieser Schmerz um Ruth, der verführte ihn, den Friedhof zu verlassen, den Schutz des Golems, auch wenn Ruth ihm das verboten hatte. *Versprich mir, dass du hierbleibst, wenn ich nicht mehr komme!*

Ruth hatte für sie beide auf dem Friedhof einen kleinen Garten angelegt und Sascha alles beigebracht, um überleben zu können. Er hätte bleiben können. Doch er war gegangen, weil er sich schuldig gefühlt hatte, dass er als Einziger noch lebte. Seine Schuld hatte ihn in das Totenreich gezogen. Ja, er hatte seiner Familie folgen wollen.

Sascha beugte sich über das Waschbecken und spritzte Wasser in sein Gesicht. Die Sonne morste nicht mehr. Weich flutete ihr Licht nun durch das Milchglas ins Innere der Toilette. Sascha hatte überlebt.

Wieso nur? Wieso lebte er noch und all die anderen nicht?

Sein linkes Bein schmerzte an einer Stelle, jenseits seiner Narbe, wo mittlerweile nur noch Holz war. Sascha tastete mit den Fingern nach der Stelle. Die Unnachgiebigkeit des Holzes holte ihn zurück in diesen Zug, ließ ihn an den Mann denken, den er hier getroffen hatte. In der Begegnung mit diesem Mann schien die Antwort zu liegen. Alles schien in diesem Zug zusammenzulaufen. So als sei sein ganzes restliches Leben auf diese eine Reise ausgerichtet gewesen. Der Golem hatte ihm diesen Mann geschickt, ein zweites Mal in seinem Leben, den Mann mit der Narbe auf der Wange. War er es wirklich?

Sascha trocknete mit dem Ärmel sein Gesicht ab. Und noch einmal schlug die Sonne ihren Rhythmus an. Hell, dunkel, hell ...

Dann hatte Sascha entschieden.

85 | ARTHUR

Arthur blieb im Gang stehen, noch weit genug weg, um nicht von der Trainerin gesehen zu werden. Da er offiziell runter war von diesem Fall, durfte er keinen Fehler machen. Er hatte nur einen Versuch. Und der musste sitzen.

Arthur nahm noch einen letzten tiefen Atemzug, dann ging er los und blickte diese Frau vor dem Abteil durch die Scheibe offen an. Sie rauchte wieder mal und schaute harmlos fragend, als sie ihn entdeckte. Arthur musste sich eingestehen, dass sie verdammt gut pokerte.

Er gönnte sich noch einen Moment, bevor er das Abteil öffnete.

«Was vergessen?», fragte sie.

Arthur setzte sich wieder auf «seinen» Platz zwischen die Schlagzeugkoffer und die Turnerin. «Wie man's nimmt.»

Die beiden Frauen sahen einander kurz fragend an. Arthur merkte, dass er doch tatsächlich aufgeregt war. Sein Puls ging schneller, seine Stimme war belegt. Er liebte es.

Arthur musterte die Trainerin. War auch sie aufgeregt? Wenn dem so war, versteckte sie es wahrlich gut.

Dann wandte er sich an die Turnerin. «Ich bin übrigens Arthur.»

«Sabine», gab sie ihm schüchtern zurück und sah fragend zu ihrer Trainerin. Offenbar brauchte sie die Erlaubnis, mit ihm reden zu dürfen. Die Frau nickte knapp.

Arthur holte eine Tüte Chips aus seiner Manteltasche und bot sie dem Mädchen an.

«Nein. Danke. Sie isst so etwas nicht», antwortete die Trainerin für ihren Schützling.

«Und Sie?»

Die Trainerin schüttelte vehement den Kopf. «Um Gottes willen, nein, so etwas esse ich nicht!»

«Nein, ich meine, wie ist Ihr Name?»

«Was wird das hier, ein Verhör?», fragte sie nach kurzem Zögern.

«Ich wollte nur höflich sein», log Arthur und legte seinen Mantel ab.

«Christa Hartmann.»

«Oh, Ihr Name sagt mir was.»

«Würde mich wundern», sagte sie und nahm einen tiefen Zug von ihrer Zigarette.

Das brachte Arthur kurz aus dem Konzept, doch seine Dauernadel hielt dagegen. «Doch, doch, Sie haben Gold im Turnen geholt, mit der Mannschaft, Olympia 36.»

«Lange her», sagte sie nur. Aber das kleine Flackern ihrer Augenlider verriet Arthur, dass er sie getroffen hatte.

«Ich habe damals den Film gesehen, im Kino, von der Riefenstahl. Ich kann mich noch genau erinnern! Sie waren die Einzige mit Zopf und waren mit Abstand die ... Ähm, ich meine, Sie sahen toll aus.»

Auch wenn sie es nicht wollte, das merkte Arthur, lächelte sie. Ihre Mundwinkel hoben sich, ein kleines Grübchen wuchs auf ihrer Wange.

Mal sehen, ob das, was ich jetzt vorhabe, dir auch gefällt?

Arthur schickte ihr einen frechen Blick, dann griff er in seine Manteltasche und legte fast schon behutsam die Schachtel mit den Ampullen neben sich.

Sie versuchte noch immer zu pokern, aber das zarte Grübchen war verschwunden. Volltreffer. Sie nahm noch einen tiefen Zug von ihrer Kippe, dann lehnte sie sich zurück.

Arthur zögerte noch einen Moment, dann wandte er sich an das Mädchen. «Wärst du so lieb und würdest uns allein lassen?»

Das Mädchen sah seine Trainerin fragend an. Die nahm einen weiteren Zug und maß Arthur mit scharfem Blick.

Arthur hielt dem stand. «Ich glaube, wir sollten uns unterhalten.»

Christa zögerte noch einen Moment, dann nickte sie dem Mädchen zu. Die Turnerin nahm verwirrt ihr Buch und verschwand schweigend aus dem Abteil.

Die Trainerin machte sich eine neue Zigarette mit der alten an. Arthur sah, wie ihre Finger unmerklich zitterten. Er lehnte sich zurück, und sie blickte ihm direkt in die Augen. Die Schlacht war eröffnet.

86 | SASCHA

Als Sascha die Zugtoilette verließ, fühlte er sich zurückversetzt in jene Nacht.

Er sah die erschöpften Gesichter der Alten, die kleinen Wölkchen, die ihr Atem in der kalten Nachtluft hinterließ, in dem Viehwaggon. Er roch ihre Angst, das Erbrochene, den Kot. Und er hörte das Schlagen der Räder auf den Schienen, fast so wie hier in diesem Zug. Und dann die Schüsse.

Sascha blieb einen Schritt entfernt von der Abteiltür stehen. Im Anschnitt konnte er den schwarzen Jungen sehen, in der Spiegelung der Scheibe, aber auch den Mann mit der Narbe auf der Wange. Der schickte dem Jungen gerade einen stolzen Blick, als der Kleine seine Dame schlug.

Sascha kamen Zweifel. *Ist dieser Mann tatsächlich jenes Monster? Oder ist das alles nur ein dummer Zufall?* Es war dunkel gewesen in jener Nacht vor achtzehn Jahren.

Ein Beben ging durch seinen ganzen Körper. Stoßwellen gleich. Immer und immer wieder. Sascha machte einen Schritt nach hinten und versuchte, Halt zu finden. Er hatte jene Ereignisse sorgsam weggepackt, in eine dunkle, abgeriegelte Schicht in seiner Seele. Jetzt war er überrascht, mit welcher Wucht sie wiederauftauchten und welche Macht sie über ihn hatten.

Sascha blickte aus dem Fenster und versuchte, Herr über seinen Körper zu werden.

Der Zug drosselte ein wenig die Geschwindigkeit und begann dann, hin und her zu schaukeln wie eine Kinderwiege. Es fühlte sich fast tröstlich an. Sascha wurde ruhiger. Der Zug sprach zu ihm wie die Sonne in einem geheimnisvollen Takt. Hin und her.

Sascha gab sich noch eine Weile dieser Bewegung hin, dann rang er letzte Zweifel nieder und öffnete die Tür.

Der Mann hob den Blick und lächelte ihn ohne Argwohn an. «Ich habe schon zweimal gewonnen», sagte der Junge und schien sich wirklich zu freuen, Sascha wiederzusehen.

«Und das ohne Ihre Hilfe», ergänzte der Mann und wandte sich an den Jungen. «Aber diesmal werde ich gewinnen!»

Sascha versuchte ein Lächeln und setzte sich auf seinen alten Platz.

Der Mann rückte seinen weißen Läufer quer über das Feld. «Schach, matt!», sagte er dann zu dem Jungen.

Der Junge ging mit großen Augen in Gedanken all die Optionen durch, die sein König noch hatte, und gab sich schließlich geschlagen. «Noch ein Spiel!», sagte er und stellte die Figuren wieder auf.

«Ich brauche mal eine Pause», sagte der Mann und lehnte sich zurück.

Der Junge maulte kurz, doch dann holte er eine Holzkiste für die Schachfiguren aus seinem Rucksack.

«Weißt du, es war in Wahrheit gar kein Unfall», wandte Sascha sich an den Jungen und klopfte auf seine Prothese.

Der Junge staunte. «Nein?»

«Ich war etwas jünger als du. Und ich war auch in einem Zug. Nicht in so einem wie diesem. Das war ein Güterzug, in dem sonst nur Vieh transportiert wird. Aber der ... der Waggon war in dieser Nacht voll mit Menschen.»

Sascha wagte einen kurzen Blick zu dem Mann, doch

der zeigte keine Regung. Nichts. Hatte Sascha sich getäuscht? War alles nur ein dummer Wunschtraum seiner tief verstörten Seele?

«Wir hatten alle Angst», fuhr Sascha schließlich fort und merkte, wie die Mutter des Jungen den Kopf von ihrer Liste hob und fragend zu ihnen sah.

«Warum? Warum hatten diese Menschen Angst?», fragte der Junge.

«Weil wir ahnten, dass wir an einen schrecklichen Ort gebracht werden würden.»

Der Junge schwieg betroffen.

«Mehr wollen wir nicht wissen», sagte seine Mutter knapp, und Sascha sah, wie ihr Blick nervös zwischen ihrem Sohn und dem Mann hin und her wanderte.

Der aber sortierte nur stoisch die Schachfiguren in die kleine Holzkiste. Doch auf seiner Stirn stand Schweiß.

Sascha überlegte, wie er weitermachen sollte. *Als ich in den Keller zog, unter jener Totenhalle, da war ich so alt wie du.*

«Der Zug wurde gestoppt. Von Menschen, die uns befreien wollten.» Dann schwieg Sascha. Er wollte es dem Jungen überlassen, ob er noch weitergehen durfte.

«Und dann?»

Seine Mutter wurde sichtlich sauer. «Hans!»

«Erst habe ich mich versteckt, dann wollte ich weglaufen. Aber da war eine Weiche.» Kurz stockte Sascha. Die Erinnerung machte ihm zu schaffen. «In der habe ich mir den Fuß eingeklemmt. Und als der Zug wieder losgefahren ist –» Weiter kam er nicht.

Und da, ganz kurz nur, ein Zucken um den Mund, um diese Halbmondnarbe, die Sascha nicht vergessen konnte.

Als ob der Junge spüren würde, was hier gerade passierte, suchte er auch den Blick seines neuen Vaters.

«Aber der Mann in der Lok, hat der Sie denn nicht gesehen?», fragte der Junge dann.

Sascha nahm sich Zeit für seine Antwort. «Doch, das hat er. Der Mann in der Lok ist sogar noch mal ausgestiegen und –»

«Seien Sie endlich still! Das ist kein Thema für ein Kind.» Der Mann starrte Sascha an, und für einen kurzen Augenblick schien Wut in seinen Augen aufzublitzen.

Auch die Frau und der Junge schienen überrascht.

Sascha schwieg.

Das ist die Geschichte eines Kindes, die ich hier erzähle.

«Kommt, wir gehen in den Speisewagen!» Der Mann stand auf und würdigte Sascha keines Blickes mehr.

Hans folgte seinem neuen Vater und griff sichtlich verwirrt nach dessen Hand. Dann folgte die Frau.

Als sie hinter sich die Tür schloss, sah sie Sascha kalt an. Dann war auch sie verschwunden. Sascha blieb allein zurück und starrte völlig überfordert auf das leere Schachbrett, das nun auf dem Platz des Jungen lag.

87 | INGRID

Ingrid folgte aufgewühlt ihrem Sohn und Rudolf durch den Gang. Was nur hatte dieser Musiker gewollt? Warum zum Teufel hatte er Hans diese grausige Geschichte erzählt? Hatte er das wirklich erlebt? War er ein Jude? Gab es überhaupt noch welche hier?

Als sie den Speisewagen betraten, wurde Ingrid wieder ruhiger. Der Wagen hatte etwas Lichtes, wie ein modernes Café in Schwabing. Glas, Metall, ein Tresen in der Mitte.

Rudolf setzte sich an den ersten freien Tisch. Still und pragmatisch. Wie immer.

In ihren dunkelsten Momenten, nachdem sie Hans bekommen hatte, hatte Ingrid sich gewünscht, ein Russe hätte ihr das Kind gemacht oder ein englischer Soldat. Dann hätte nicht alle Welt gesehen, was sie jetzt sah.

Fast zehn Jahre hatte ihr Vater nicht mehr mit ihr gesprochen. Der NSDAP-Ortsgruppenleiter hatte nun ein schwarzes Kind zum Enkel. Einen Bastard der Besatzer.

Erst als Rudolf in ihr Leben trat, wandte sich das Blatt. Mit Rudolf wurde alles anders. *Ein guter Mann*, hatte ihr Vater irgendwann sogar gesagt. Ingrid durfte ihre Eltern wieder besuchen, sie durfte mit Hans zurück nach Hause, zurück aus ihrem Exil. Und jetzt war ihr Vater sogar bereit, ihre Hochzeit auszurichten. Ganz wie es Brauch war in ihrer Gegend.

Ingrid war am Tisch im Speisewagen angekommen. Rechts von ihr saß Hans, auf der anderen Seite Rudolf. Kurz überlegte sie, an wessen Seite sie sich setzen sollte. Ingrid nahm schließlich Rudolf gegenüber Platz und spürte erst jetzt, wie die anderen sie ansahen. Die Mutter mit dem Negerkind. Seit Rudolf in ihrem Leben war, hatten diese Blicke sich verändert. Nun stellten sie auch noch eine Frage: Was will denn der mit *dieser* Frau?

«Alles in Ordnung, Liebling?», fragte Ingrid und blickte Rudolf an, suchte den weichen Ausdruck, den sie an ihm so mochte. Seine festen Lippen, die dunkelbraunen Augen, die fast so dunkel waren wie die ihres Sohnes.

Rudolf hielt Ingrids Blick nur kurz, dann nickte er. «Habt ihr Hunger?» Er wischte sich mit seinem Taschentuch den Schweiß von der Stirn.

«Darf ich Wackelpudding?», fragte Hans, und Rudolf nickte wieder. Hans freute sich, und sein zukünftiger Vater konnte wieder lächeln.

«Und du?», sah er nun auch Ingrid an.

«Ich? Wackelpudding?»

«Warum nicht?», sagten Hans und Rudolf wie aus einem Mund. Ihre beiden Männer, die sich so gut verstanden.

«Nein, danke. Aber nimm du ruhig», sagte sie zu Hans.

Rudolf lächelte ihr zu, dann erhob er sich und ging zum Tresen.

Ingrid blieb mit Hans allein zurück am Tisch. Und sofort fühlte sie sich wieder den Blicken ausgesetzt, die sie so gut kannte. *Die Hure mit dem Negerkind.*

88 | ARTHUR

Ich saß vorhin schon im richtigen Abteil, aber das wissen Sie ja», sagte der Kommissar.

Die Trainerin sah ihn nur angriffslustig an und schaute wieder aus dem Fenster.

Arthur öffnete die Schachtel mit den Ampullen. «Wer hat Ihnen dieses Zeug verkauft?»

Christa ließ sich Zeit mit ihrer Antwort. «Ich habe das noch nie gesehen», sagte sie schließlich.

«Das habe ich mir gedacht.»

Wieder nur ein provokantes Lächeln. *Auch du gefällst mir.*

Kurz war Arthur wieder der junge Polizeianwärter im Gloria-Palast in München. Roter Samt, auf der Leinwand diese freche Turnerin. Die einzige mit Zöpfen. Als er die ersten Bilder von ihr sah, malte er sich damals aus, wie sie wohl mit ihrer Trainerin darüber gestritten haben mochte, dass Zöpfe nicht erlaubt waren. Und dennoch, sie hatte sich durchgesetzt. Eine junge, strebsame Frau, die sich nichts verbieten ließ.

Und nun saß sie ihm gegenüber. Noch immer erzählte ihre Haltung diese Geschichte. Eine wahrlich würdige Gegnerin. Arthurs altes, abgeklärtes Herz schlug schneller.

«Dann stört es Sie ja auch nicht, wenn ich mit dem Kinderwagen am nächsten Bahnhof aussteige», sagte er.

Christa schien zu überlegen, wie sie nun darauf reagieren sollte. «Was wäre denn die Alternative?», fragte sie schließlich.

Bingo! Damit hatte sie zumindest zugegeben, dass das Zeug von ihr war. Alle Achtung!

«Ich lasse Ihnen das hier, und Sie liefern mir einen Beweis, damit ich dieses Schwein drankriege.»

Wieder maß sie ihn mit einem unverschämten Blick. Dann lehnte sie sich zurück. «Wenn das so ist, steigen Sie lieber mit dem Kinderwagen aus.»

«Verstehe.» Arthur war erstaunt. Das hatte er nicht erwartet. Sie opferte ihren Großeinkauf, um diesen Arzt zu schützen.

Arthur kämpfte mit dem Verlangen, die Kippe hinter seinem Ohr zu zücken. «Na, dann wollen wir doch mal sehen, ob Ihre Kleine mir vielleicht weiterhelfen kann», sagte er dann.

«Sie dürfen dieses Mädchen nur in meiner Anwesenheit befragen. Sie ist noch minderjährig.»

«Sie kennen sich aber gut aus.» Arthur war wirklich angetan. Christa war eine wahrlich faszinierende Spielernatur. Zwei Rebellenzöpfe und Olympiagold ... Was hatte er zu bieten? Vierzehn abgeschossene Panzer und eine mittelmäßige Karriere bei der Polizei.

Arthur stand auf, um nach Sabine zu suchen.

«Ich werde sie holen!», sagte Christa und erhob sich auch.

Für einen Moment standen die beiden im Abteil voreinander, nur wenige Zentimeter voneinander entfernt. Ihr Körper hatte noch immer die Kraft einer Turnerin. Einer verdammt weiblichen Turnerin.

Arthur überlegte, ob er Christa tatsächlich gehen lassen sollte. Sie würde das Mädchen auf die Vernehmung vorbereiten. Dessen war er sich sicher.

Doch noch bevor er etwas sagen konnte, legte sie ihre Hand auf seinen Unterarm, seltsam vertraut. «Sie können natürlich gerne mitkommen.»

Sie lächelte ihn an, nicht falsch, nicht offensiv. Es war eher das Lächeln eines Menschen, der das Leben gesehen hatte, mit all seinen Schatten. Mehr noch, sie schien mit diesem Lächeln zu sagen: *Wir beide haben das Leben gesehen. Mit all seinen Schatten. Ich bin wie du.*

«Sie können gerne mitkommen», wiederholte sie und ließ seinen Arm wieder los.

«Ach lassen Sie mal. Ich warte hier», sagte Arthur und machte Platz, damit sie an ihm vorbeigehen konnte.

Christa nickte, schenkte ihm ein offensives Lächeln und schloss hinter sich die Tür.

Arthur blickte eine Weile durch das Glas der Tür auf die vorbeifliegende, hügelige Landschaft. *Die Hügel werden höher, die Grenze kann nicht mehr weit sein*, dachte er. Und für einen Moment dachte er darüber nach, ob die Kommunisten wohl nun auch diese Trainerin hinter ihrer Mauer einsperren würden. Das wäre schade!

89 | MARLIS

Marlis saß auf ihrer Bank und vermied es, ihren Mann anzuschauen. Der stand im Abteil und packte stoisch seine Sachen. War ihre Ehe, ihre Familie schon so zerrüttet, dass er ihre Ansage einfach so hinnahm?

Marlis versuchte, ihrer Wut Herr zu werden. Ja, sie hatte ihrem Mann nichts vom Bau der Mauer erzählt. Sie hatte gehofft, für sich, für ihre Kinder, für ihre Familie – auch für ihren Mann –, dass sie wieder nach Hause fahren würden. Weiterleben wie bisher. Getragen von ihrer Vision für eine bessere Welt. Sie hatte gehofft, dass der Bau dieser Grenze nur eine Episode sein würde, ein Wimpernschlag in der Geschichte, den sie nur hätten überstehen müssen.

Doch ihr Mann war schon längst auf der anderen Seite unterwegs gewesen. Er hatte ein Leben im Westen geplant. Im Geheimen. Und dass er ihr erst zu Hause hatte davon erzählen wollen, änderte nichts daran, dass auch er sie hintergangen hatte. Hatten sie überhaupt noch eine Chance? Und wollte sie noch eine?

Verkeilt. Dieses seltsame Wort fiel Marlis ein in dem Versuch, ihre Situation irgendwie zu erfassen. Manchmal sagte ihr Chef Dr. Rüdiger in der Plankommission *verkeilt*, um zu beschreiben, dass sich Betriebe und Partei bei der Wirtschaftsplanung völlig zerstritten hatten und nichts mehr ging. Und nach *verkeilt* kamen *Kompromisse*, die oft noch viel schlimmer waren als *verkeilt*.

Gerd schob den gelben Flieger beiseite und öffnete den zweiten großen Koffer. Marlis hatte die Kleidung ihrer Familie nicht getrennt gepackt. Wieso sollte sie auch? Sie hatte Schmutzwäsche zu Schmutzwäsche getan, Hemden zu Hemden usw. Wahllos, dachte sie.

Nun sah sie, wie ihr Mann die Wäsche so umverteilte, dass er den gelben, kleineren Koffer mitnehmen konnte in sein neues Leben.

Er verteilt um. Auch so ein Begriff aus der Plankommission, dachte Marlis. *Umverteilen*. Öl nach Bautzen, Brot nach Gera, Gummistiefel nach Suhl. Und die Jagdwaffen? Die nach Berlin für die hohen Herren.

Dann entdeckte sie ein Muster. Die Erkenntnis traf sie wie ein Schlag. Sie hatte die Wäsche weit weniger wahllos sortiert, als sie annahm. Sie hatte, bis auf wenige Ausnahmen, alles vorbereitet. Gerds Wäsche und die ihrer Tochter hatte sie in den kleinen Koffer gepackt und ihre eigene zusammen mit Willis Sachen in den großen roten.

Was hatte sie da getan? Sie versuchte sich einzureden, dass der rote Koffer schließlich größer gewesen war und sie und Willi mehr Kleidung dabeihatten als die anderen beiden. So war es immer.

Aber das traf es nicht. Sie hatte tatsächlich die Koffer so gepackt, dass Elke und Gerd aussteigen konnten. Zusammen. Sie konnten sich den kleinen Koffer nehmen und einfach gehen. Sie hatte sich darauf vorbereitet, dass die

Nachricht vor der Grenze die Runde machte, und sie hatte unbewusst schon für sie alle entschieden.

Gerd schloss den großen Koffer, der nun Elkes, Willis und ihre Sachen beherbergte. Dann den kleinen, den seinen. Und war bereit. Er zog seinen Mantel an, sah Marlis noch einmal in die Augen, dann griff er nach dem kleinen Koffer.

Marlis' rechte Hand fing wieder an zu zittern. «Bitte nicht!», platzte es aus ihr heraus.

Sie griff nach seiner Hand, und Gerd hielt inne. «Ich soll gehen, das waren deine Worte», sagte er bitter.

«Lass uns reden», sagte Marlis nun mit fester Stimme und sah ihrem Mann direkt in die müden Augen. Die Haut darunter lag in Falten. Falten, die sie noch nie bei ihm gesehen hatte. Er roch fremd, nach kaltem Rauch und Kapitulation.

«Ich möchte einen Weg finden, den wir zusammen gehen können. Wir alle vier», sagte sie schließlich.

Gerd zögerte einen Moment, dann setzte er sich wieder hin, seiner Frau gegenüber. «Marlis, ich wollte es dir erst zu Hause sagen. Damit du in Ruhe, damit du frei entscheiden kannst.»

«Frei ...», wiederholte Marlis mit einem bitteren Unterton.

«Ja, du hast recht!», sagte er leise. «Es war –»

Gerd brach mitten im Satz ab. Etwas an der Tür ließ beide herumfahren. Ihr Sohn Willi stand im Gang und blickte durch die Scheibe, dann erschien auch Elke, direkt neben ihm.

Gerd schob die Tür auf, und die Kinder betraten das Abteil. Sie wirkten angespannt.

«Geht es euch gut?», fragte Marlis.

Willi und Elke nickten nur und setzten sich stumm auf ihre Plätze. Diesmal nahm Willi den Flieger auf den Schoß, obwohl Elke ihm zu verstehen gab, dass er das nicht müsse.

Gerd, noch immer in seinem Mantel, starrte auf den kleinen Koffer, der zwischen ihnen auf dem Boden stand. Marlis kämpfte mit den Tränen. *Sag doch was*, blickte sie ihren Mann flehend an.

Gerd nahm allen Mut zusammen. «Gut, ähm ...», brach er die Stille.

Weiter kam er nicht. «Nichts ist gut!», sagte Willi wütend und sah nicht etwa seinen Vater an, wie Marlis es erwartet hätte, sondern sie.

«Willi», sagte Marlis und bereute sogleich, ihn getadelt zu haben.

«Der Junge hat ja recht ...» Gerd stellte den gelben Koffer ins Gepäcknetz und zog seinen Mantel aus. Dann nahm er wieder seinen Platz ein.

«Vati und ich ... Also, wir überlegen noch, was wir mit dieser schwierigen und ... na ja, überraschenden ...», Marlis blickte ihren Mann an, «Situation machen sollen.»

«Die Situation ist nicht überraschend, Mama. Du hast davon gewusst!», sagte Willi mit Verachtung in der Stimme. «Und Papa will im Westen bleiben. Richtig?»

«Was?», rief Elke und sprang auf.

Gerd und Marlis sahen sich an, dann nickte Gerd. «Ja, ich habe ein Angebot in München. Da kann ich wieder Flugzeuge bauen.» Er versuchte, seine Tochter in den Arm zu nehmen. «Und du könntest dann vielleicht mal Pilotin –»

Elke entzog sich ihm. «Ich will keine Pilotin mehr werden!» Sie schnappte sich den Flieger von Willis Schoß, warf ihn wütend zu Boden und stürmte aus dem Abteil.

«Elke!» Gerd wollte ihr nachgehen, doch Willi hielt ihn zurück.

«Vati, lass mal», sagte er. «Ich kümmere mich um sie, und ihr –» *Kümmert euch um euren Scheiß*, sagten seine Augen voller Wut.

Mit diesen Worten verließ ihr Sohn das Abteil und schloss die Tür hinter sich, unmissverständlich. Gerd wollte ihm folgen, doch Marlis griff nach seiner Hand. Er starrte noch eine Weile stumm auf die geschlossene Tür, dann setzte er sich wieder.

«So eine verdammte Scheiße», sagte er schließlich laut.

90 | ERNST

Ernst war allein am Tisch im Speisewagen. Auch die Tische um ihn herum hatten sich gelichtet. In seinem Blickfeld saßen nur noch drei der Musiker und ein Paar mit einem schwarzen Jungen.

Wie kamen sie nur zu diesem schwarzen Jungen? Sie hatte ihn wahrscheinlich von einem amerikanischen Soldaten. Doch der Junge war höchstens acht oder neun Jahre alt. Sie musste ihn also weit nach Kriegsende bekommen haben. Der Mann schien sehr vertraut mit dem Jungen. Vielleicht war es ja auch sein Kind?

Ernst wischte diese Gedanken beiseite. Was ging ihn das an!

Er fragte sich, warum Anna wieder gegangen war. Er

hatte seine Frau vor ein paar Minuten auf dem Gang gesehen, doch nachdem sie sich angeblickt hatten, war sie verschwunden.

Ernst sah in Richtung des Ausgangs, da, wo Anna gestanden hatte. In dem Moment kamen die beiden Kinder zurück, Elke und Willi. *Seine beiden Kinder.* Er musste schmunzeln. Sie schickten ihm einen scheuen Blick, blieben dann am Anfang des Speisewagens stehen und diskutierten lebhaft miteinander. Ihre Eltern schienen nicht dabei zu sein. Sollte er zu ihnen gehen, ihnen sagen, dass sie auch ein zweites Mal bei ihm willkommen waren? Er beobachtete die beiden noch eine Weile, dann verwarf er den Gedanken. Er hatte das Gefühl, dass sie allein sein wollten.

Ernst trank den Rest seines Bieres aus und ertappte sich dabei, dass er nach all den Jahren immer noch damit rechnete, dass irgendwann einer «Tiefflieger!» durch den Zug brüllen würde.

«Darf ich das abräumen?», fragte der Kellner und riss ihn aus seinen Gedanken.

Ernst blickte auf den Tisch. Die Zettel für «Wer bin ich?» lagen noch zwischen den leeren Gläsern.

«Nicht die Zettel», sagte er.

Der Kellner nickte und räumte ab.

Ernsts Blick blieb an einem der Zettel hängen. *Luis Trenker.* Er hatte ihn geschrieben und dem Jungen an die Stirn geklebt. Doch Willi hatte von Luis Trenker noch nie gehört. Ernst hatte seinen Fehler zu spät begriffen. Woher sollte der Junge den Bergsteiger auch kennen? Seine Filme waren kurz nach 1945 in der sowjetischen Besatzungszone verboten worden.

«Als ich so alt war wie deine Eltern, da war er mein Held», hatte Ernst Willi erklärt.

Als er im Chaos der letzten Kriegswochen zur Flak nach München gekommen war, hatte Ernst sich sogar gefreut, dem Reich seines Idols etwas näher sein zu können. Den Alpen. Freilich war Ernst dann doch erstaunt gewesen, dass München so flach war, viel flacher als Dresden. Er hatte immer ein Bild von einer Stadt in den Bergen vor Augen gehabt. Aber immerhin, bei klarer Sicht hatte er von München aus die Alpen sehen können. Das Trenkerreich. Doch gutes Wetter war damals gefährlich gewesen. Die amerikanischen Bomber waren auf Sicht geflogen. Hatte Ernst die Alpen sehen können, hatten die Bomber auch *sie* sehen können.

Ernst starrte wieder auf die Zettel. Sein Sohn Werner kannte Luis Trenker. Ernst hatte Werner zu seinem sechzehnten Geburtstag in Dresden ins Kino eingeladen, in Trenkers besten Film. *Der verlorene Sohn.* Ein Auswanderungsdrama von einem Bauernsohn aus den Dolomiten, der einer Frau wegen nach New York ging und sich dann dort verlor. Ernsts Herz krampfte sich zusammen. Er sah vor seinem geistigen Auge, wie sie damals im Kino saßen, sein Sohn neben ihm. Und als der Film losging, hatte Werner aufgeregt nach seiner Hand gegriffen.

Eine diffuse Sehnsucht nach seinem Sohn bahnte sich den Weg in sein Bewusstsein. Vorbei an all dem Groll. Wieso jetzt?

Nicht einmal während der letzten Tage in München hatte Ernst solche Gefühle gehabt. Werner hatte sie verlassen und verraten. Ihn, seinen Vater, und die Gärtnerei der Familie. Sie waren die letzten Tage nur einen Katzensprung von ihm entfernt gewesen, Anna und er. Selbst auf dem Bahnsteig, wo dieser Zug nach Garmisch gestanden hatte, nicht einmal dort hatte Ernst auch nur eine Sekunde das Bedürfnis gehabt, seinen Sohn wiederzusehen.

Aber nun?

Er wagte noch einen Blick zu den Kindern. Willi hatte seine Arme um Elke gelegt, sie den Kopf an seine Schulter gelehnt. Der Klumpen in seiner Brust wurde wieder weicher. Wie es wohl den Eltern dieser Kinder ging? Ihnen lief die Zeit davon. Und ihm, Ernst? Lief ihm auch die Zeit davon?

Ein Gedanke machte sich in ihm breit. Einer, den er schon lange nicht mehr bewusst gedacht hatte. Und gegen den er in München erfolgreich angekämpft hatte. Ob *sie* wohl noch lebte? Sie, die Frau, die ihn damals gerettet hatte, nach dem Kriegsgefangenenlager?

Ernst nahm den Stift vom Tisch, drehte den Zettel um, auf dem *Trenker* stand. Er zögerte noch einen Moment, dann tat er etwas Unerhörtes und schrieb: *Johanna*.

91 | GERD

Marlis hatte sich an die fleckige Gardine am Fenster ihres Abteils gelehnt und starrte apathisch auf den gelben Flieger, der noch immer zwischen ihnen am Boden lag, dort, wo ihn Elke hingeschmissen hatte.

Gerd hob die Mustang hoch. Ihr rechter Flügel war leicht gebrochen, ein großer Riss ging nun durch den silbernen Stern. Das Leitwerk hing schief am Ende des Rumpfes.

«So wollten wir nie sein», sagte er leise, ohne seine Frau dabei anzublicken. Beinahe hätte er nach ihrer Hand gegriffen. *Verdammte Scheiße*, er wollte kein Leben ohne sie!

«So wollten wir nie sein.» Marlis seufzte.

«Dann eben doch Kartoffelerntemaschinen», sagte er und legte die Mustang neben sich. Gerd hatte den Flieger zusammen mit Elke gebaut. Die Mustang war sein «Gesellenstück» gewesen, mit dem er sich bei den Flugzeugwerken in Dresden beworben hatte. Gerd hatte lange mit sich gerungen, ob er es wagen sollte, sich mit einem amerikanischen Jagdflugzeug zu bewerben und das obendrein mit den Sternen der U.S. Air Force zu lackieren. Doch dann hatte ihm die Vorstellung gefallen, seinem neuen Chef die Insignien des Klassenfeindes unter die Nase zu reiben. Er hatte geglaubt, sich das erlauben zu können, immerhin war er der Beste seines Diplom-Jahrgangs gewesen – fast 200 Studenten hatten in dem Jahr ihr Maschinenbaustudium abgeschlossen.

Nun nahm er doch ihre Hand. Die Berührung ließ sie erschaudern, das merkte Gerd. Sie wandte sich ab und sah aus dem Fenster. Ihre grünen Augen blitzten traurig im Licht der Sonne. Unendlich verletzlich erschien sie ihm gerade. Marlis war ein Mensch, der eine Überzeugung hatte. Das achtete und liebte er an seiner Frau. Sie wollte noch immer ein besseres Leben für alle, er nur noch für sich und seine Familie. Das bessere Leben für alle hatte Gerd längst aufgegeben. Und dafür schämte er sich nun. *Gerd, die bauen eine Mauer!*, versuchte er sich von dieser Scham zu befreien. Doch das gelang ihm nicht. Auch er hatte lange die gleichen Ideale wie Marlis gehabt. Er war stets der Erste gewesen, der auf den Kapitalismus geschimpft hatte. *Der macht die Menschen kaputt,* davon war Gerd überzeugt gewesen. Der Kapitalismus war in seinen Augen auch der Grund für diesen Krieg.

«Ich steige mit aus», sagte Marlis schließlich und blickte ihn wieder an. Ihre Augen waren feucht.

Plötzlich kam ihm sein ganzer Plan nur noch naiv vor. Marlis würde zugrunde gehen, sie würde alles verraten, für das sie gekämpft hatte. An das sie glaubte. Dann lieber nicht mehr fliegen.

«Das geht nicht», sagte er schließlich.

Doch Marlis wischte sich die Tränen aus den Augen und schüttelte den Kopf. «Sie haben dir dein Fliegen genommen, und ich habe in den letzten Monaten erleben müssen, was das mit dir macht.»

Sie sah ihn fest an, und Gerd hätte fast heulen müssen.

Beide schwiegen, und er wusste nicht mehr weiter. Dann sah er, wie sie hilflos ihr Gesicht in ihre Hände legte.

Gerd war regelrecht geschockt. Für Marlis gab es eigentlich kein *Ich weiß nicht mehr weiter.*

Er legte seine Hand in ihren Nacken. Eine Weile ließ sie die Berührung zu, dann hob sie den Kopf. «Wenn wir zusammenblieben, Gerd, egal ob im Osten oder im Westen, das würde unsere Ehe nicht aushalten. Irgendwann würden die Vorwürfe kommen oder das Bedauern über die Entscheidung, und das wäre ungerecht, egal für wen.»

«Hör auf, so was zu sagen!», entgegnete Gerd.

Marlis stöhnte nur zur Antwort und vergrub ihr Gesicht wieder in ihren Händen.

92 | PAUL
Ost-Berlin, Einsatzzentrale Volkspolizei, 12:25 Uhr

Wie viele Panzer haben Sie noch einsatzbereit?», schrie Paul ins Telefon und sah dabei auf das Foto von seiner Tochter auf dem Schreibtisch.

«Vielleicht zwölf oder dreizehn», antwortete der Offizier auf der anderen Seite. Sehr zögerlich, wie Paul fand, zu zögerlich für einen Major der Panzertruppe.

Zwanzigtausend Menschen demonstrierten bereits auf der Straße. Dazu kam, dass auch einige von Pauls Männern das Lager gewechselt hatten. Einige waren sogar nach West-Berlin geflohen.

Sollte Paul wirklich Panzer auf die Straße schicken?

Das war schon 1953 beinahe schiefgegangen, am 17. Juni, dem blutigen Mittwoch von Berlin, Pauls erstem großen Einsatz als Offizier der Volkspolizei. Damals hatte nicht er die Panzer gerufen, damals waren es die Sowjets gewesen. Das Ergebnis: fünfzig Tote, auch Kollegen von ihm. Paul war damals 52 Jahre alt, hatte also sein halbes Leben hinter sich. Er hatte im Ersten Weltkrieg gedient, den Zweiten hatte er in verschiedenen Konzentrationslagern *verpasst*. Er war bekennender Kommunist und konnte eine Waffe halten. Er war gerne und überzeugter Polizist in der jungen DDR. Doch seine Überzeugung hatte Grenzen. Paul hatte am 17. Juni an vorderster Front miterlebt, was Panzer in einer Stadt anrichten konnten. Er wäre damals selbst beinahe von einem russischen MG-Schützen erschossen worden, der in seinem T-34-Panzer in Panik geraten war.

Paul hatte danach die Einsätze offen kritisiert. Die Polizeiführung hatte Pauls Kritik damals *zur Kenntnis genommen* und ihn daraufhin nicht etwa rausgeschmissen, sondern ihn befördert.

Der Presslufthammer von der Straße meldete sich wieder. Doch sein Schlagen erzählte Paul keine Geschichte mehr von Aufbruch. Plötzlich klang es nach Bedrohung. Unbändiger Bedrohung.

«Dann schicken Sie alle Panzer, die Sie flottkriegen!», brüllte Paul schließlich ins Telefon, dann legte er auf.

«War das richtig?», flüsterte er und sah wieder auf das Bild von Marlis. «War das richtig?»

Wieder ratterte der Presslufthammer durch das offene Fenster. *Paul, beruhige dich, das ist nicht das Mündungsfeuer von MPs.* Er brauchte eine ganze Weile, bis er den Mut fand aufzustehen, um das Fenster zu schließen. Das Bild, das sich ihm draußen zeigte, war Lohn für seinen Mut. Die Maurer arbeiteten. Die Soldaten rauchten beieinanderstehend, die Frauen waren verschwunden. Ein paar Leute glotzten vom Ende der Straße. Die Steine waren noch immer kubisch. Die Mauer mittlerweile mannshoch.

Paul setzte sich wieder an seinen Schreibtisch und blickte auf die Karte von Berlin. So beruhigend das Bild von draußen gewesen war – die gelben Zettel schrien ihm entgegen: *Das werdet ihr bereuen!*

Schon wieder sah er auf das Familienfoto seiner Tochter. Sie und ihre Familie – sogar seinen Schwiegersohn rechnete er nun mit ein – waren alles, was ihm noch geblieben war. Selbst, und das hatte er noch niemandem erzählt, selbst seine Überzeugung drohte an, ihn zu verlassen. Doch wonach dann streben? Paul war bereit gewesen, sein Leben für diesen Weg zu geben, nicht nur einmal. Es grenzte an ein Wunder, dass er überhaupt noch lebte. Und dennoch. Oder gerade deswegen zweifelte er. Dieser Zweifel kam nicht plötzlich, von einem Tag auf den anderen. Aber heute begriff Paul, wogegen er sich all die Monate, in denen die Menschen aus der DDR geflohen waren, gewehrt hatte. Die Erkenntnis, dass vielleicht alles doch umsonst gewesen war.

Paul hatte sich erhobenen Hauptes den Nazis entgegengestellt, selbst in Buchenwald, als Thälmann erschossen worden war, da hatte Paul nicht abgeschworen. Doch nun drohte er den Glauben zu verlieren.

«Wann hast du angefangen, heute Nacht?»

Paul drehte sich um; er hatte Ulrike gar nicht kommen hören.

«Viertel eins», antwortete er und versuchte gar nicht erst, seine Gemütslage vor Ulrike zu verstecken.

Ulrike pinnte stumm einen neuen gelben Zettel auf die Karte. Paul glaubte, eine Fünfhundert zu erkennen, an der Bornholmer Straße. Dann wurden seine Augen feucht.

«Kann ich dir irgendwie helfen?», fragte Ulrike leise.

«Nein», log Paul und verlor den Kampf gegen seine Tränen.

Wieder musste er auf das Bild von seiner Tochter blicken.

«Da kannst du jetzt nichts machen ... nur vertrauen», sagte Ulrike sanft.

Doch Paul hatte die Kontrolle verloren. Seine Ordnung.

Panzer fuhren in die Stadt. Er hatte es befohlen.

93 | KURT
Probstzella, Bahnbetriebswerk, 12:28 Uhr

Kurt kniete im Gleisbett vor der *Sachsenstolz*. Im Sucher seiner Kamera sah er Edith. Von unten gefilmt. Heldenhaft. *Sergej Eisenstein hätte seine Freude an ihr*, dachte Kurt.

Schwarzer Stahl, roter Stahl, davor diese junge Frau in ihrer blauen Uniform. Ihre schönen Hände, kräftig, dennoch weiblich. Ihr Blick. Der einer Träumerin, die ihre Träume kannte. Ihr Lachen. Frech, manchmal etwas unsicher oder neugierig, die kleine Zahnlücke zwischen den Schneidezähnen.

Edith ist anders. Anders als die jungen Frauen an der Filmhochschule in Babelsberg oder bei der DEFA in Berlin, dachte Kurt. Sie war auf ihre Art mehr Abenteurerin. *Edith Salzmann.* Als Kurt in den Zug nach Probstzella gestiegen war, hatte er keine Lust auf diesen Auftrag gehabt. Und nun?

Edith strahlte bei ihrer Arbeit. Sie liebte, was sie tat. Ob das bei ihm auch so war, wenn er drehte? Vielleicht strahlte er ja jetzt gerade.

Hollywood und so, kam es ihm in den Sinn. Er hatte es vorhin einfach so gesagt. Ja, er hatte diesen Traum. Und sie, die Lokführerin aus Probstzella, hatte diese Wahrheit aus ihm herausgeholt. Mit einer simplen Frage. Frech und offen. Er hatte ihr etwas gesagt, was ihm selbst in seiner schlichten Klarheit so noch nicht bewusst gewesen war. *Hollywood und so.* Sein Dokumentarprofessor wäre stolz auf Edith gewesen. *So stellt man Fragen!*

Schrrrr ... Der Ton der Kamera änderte sich: Aus dem

warmen Rattern wurde ein hohles Schleifen. Der Film war alle.

Edith jedoch untersuchte das Fahrwerk ihrer Lok weiter, als sei nichts passiert, ganz professionell. Kurt musste schmunzeln. Dass die Rolle auslief, passierte ihm ganz selten. In der Regel wusste er, wann der Film zu Ende war. *Jeder Meter Film ist Gold.* Aber heute hatte er es vergessen, *weggeträumt.* Ihr Kameraprofessor an der Filmschule hatte es mit ihnen sogar trainiert, sodass ihnen das nicht passieren würde. «Die schönste Szene ist nichts wert, wenn Sie dieses Geräusch hören», hatte er ihnen immer und immer wieder gesagt. Drehen war allem voran der Umgang mit knappen Ressourcen: Zeit. Licht. Filmmaterial. Und natürlich der Magie des Moments. Alles musste passen. Und gerade passte alles, bis eben auf das Material. Das war alle.

Kurt ließ die Kamera etwas weiterlaufen. Schrrrrrr. So konnte er Edith weiter ungestört beobachten. Nicht für den Film, nur noch für sich.

Wusste sie, dass die Rolle leer war? Sie verriet sich, das kleine Grübchen auf ihrer Wange verriet sie.

Edith machte dennoch weiter. Sie tastete die Räder ab, nahm den Hammer, schlug gegen den Stahl, dann ging sie weiter, zum nächsten Rad, zur nächsten Achse. Und er? Auch er machte weiter. Und damit verrieten sie sich beide.

Noch eine Weile spielten sie das Spiel, dann stoppte Kurt die Kamera. «Ich muss die Rolle wechseln», sagte er und richtete sich auf.

Edith legte den Hammer beiseite und lachte. «Zeigst du mir das, ich meine, wie du die Rolle wechselst?»

«Klar, ich muss dazu nur in den Schatten.»

«Sonst wird der Film belichtet, richtig?», sagte sie und zeigte auf das Bahnwerk. «In der Werkstatt ist es dunkel.»

Kurt hatte alle Hände voll zu tun, sie nicht anzugrinsen. *Ganz schön offensiv oder nur naiv?*

Doch Edith rannte schon los in Richtung der dunklen Kammer.

94 | EDITH

Edith öffnete die grüne Tür zur Lok-Werkstatt. «Unsere Dunkelkammer.»

Edith warf einen Blick zurück in die Lok-Halle wie eine Diebin, aber keiner hatte sie gesehen. Dann schloss sie die Tür hinter sich. «Die Mechaniker sehen es nicht gerne, wenn wir Lokführer uns hier rumtreiben. Es ist ihre Aufgabe, die Loks zu warten», flüsterte sie in einem Ton, der eher ein Versprechen denn eine Warnung war.

Sie mochte diesen Raum. Die Wände voller Werkzeug, einer Ordnung folgend, die Jahrzehnte gewachsen war. Alles hatte seinen angestammten Platz.

Edith schloss die Fensterläden, und nur noch ein kleiner scharfer Sonnenstrahl zerschnitt die ölige Luft.

«Dunkel genug?»

«Dunkel genug», sagte Kurt, und für einen Moment blickte er sie neugierig an. Edith hielt seinen Blick fest, und ihr Herzschlag wurde schneller.

Kurt entfloh diesem Moment und legte die Kamera auf die Werkbank. Dann öffnete er die Filmkassette, holte die volle Filmspule heraus und verstaute sie vorsichtig in einer runden Dose, die er dann beschriftete.

«Erzähl mir, was du da tust», forderte sie ihn auf.

Kurt lächelte, er freute sich offensichtlich über ihre Bitte und begann zu referieren: «Von der vollen Spule ungefähr so viel abrollen. Dann diesen Knopf hier nach rechts drücken, das ist der Zähluhrknopf. Jetzt kann man die Spule auf diesen Zapfen stecken. Und ganz wichtig: Das abgerollte Filmende muss nach rechts unten zeigen!»

Edith war beeindruckt. Das Wechseln des Films war komplizierter, als sie gedacht hatte.

«Willst du mal?» Kurt hielt ihr die Kamera hin.

«Nein, lieber nicht.»

«Doch, mach ruhig.»

Edith zögerte noch einen Moment, dann putzte sie sich ihre Hände an einem Lappen ab und nahm behutsam die Kamera.

«Gut. Jetzt die beiden Andruckkufen hier leicht zusammendrücken.»

Edith folgte vorsichtig seinen Anweisungen, und – *knack* – die Kufen rasteten ein.

«Gut! Jetzt das Filmende um diese Zahntrommel legen … Genau, die Zähne müssen durch die Perforationslöcher gucken …»

Kurt führte ihre Finger sanft an die richtige Stelle, und Edith musste schlucken.

Sie fädelte das Filmmaterial ein, legte es um die kleine Trommel, sodass die kleinen Stahlstifte durch die Löcher im Filmmaterial guckten, und konnte sich beileibe nicht vorstellen, dass das am Ende funktionierte.

«Jetzt den Knopf hier.»

Edith drückte den braunen Knopf, eine kleine Kufe schnappte ein und drückte nun den Film auf die Rolle.

«Schritt Nummer eins geschafft.»

«Wie viele Schritte sind es noch?»

Kurt lachte. «Soll ich wieder?»

«Vielleicht besser, falls du heute noch filmen willst», sagte sie und lächelte ihn an. Für einen Moment sah er ihr in die Augen, hier in ihrer Dunkelkammer, und ihr Herz setzte für einen Schlag aus.

Dann nahm er Edith die Kamera aus der Hand und fädelte, drückte Knöpfe, verschob Kufen ...

Edith war wirklich beeindruckt.

«Voilà.» Kurt verschloss die Kamera wieder. Sein Werk war getan. Und jetzt?

Edith wusste nicht recht, was nun. Eine Frage brannte ihr auf der Seele, doch sie hatte Angst, sie zu stellen.

«Hast du das vorhin ernst gemeint?», traute sie sich dann doch zu fragen. «Du und ich in der weiten Prärie?»

Edith konnte Kurts Blick nicht deuten.

Sag doch was!

Doch das tat er nicht. Stattdessen strich er ihr sanft mit der Hand über die Wange, und ein warmer Schauder lief Edith über den Rücken.

«Frau Salzmann?», rief Frau Renner von irgendwoher aus der Halle.

Edith lächelte Kurt an, dann steckte sie den Kopf aus der Tür. «Frau Renner?»

«Oh, da sind Sie ja ... Telefon.»

«Telefon? Für mich?»

«Ja, für Sie.»

Edith sah über die Schulter, zurück in ihre Kammer,

zurück zu Kurt, und bedauerte dann doch sehr, dass sie gestört worden waren.

«Wir treffen uns bei meiner *Sachsenstolz*», sagte sie und ging zum Aufenthaltsraum.

«Edith Salzmann am Apparat», sagte sie ins Telefon.

«Major Fuchs, Paul Fuchs. Volkspolizei Berlin.»

«Ja?», sagte Edith überrascht und blickte zu Frau Renner. Das Telefon hing im Aufenthaltsraum der Eisenbahner an der Wand, ein paar Meter vom Verschlag der Dienstleitung entfernt. *In Hörweite.* Frau Renner tat so, als würde sie die Dienstpläne ablegen. Doch in Wahrheit war sie ganz bei dem Telefonat. Das merkte Edith und versuchte, sich ihre Verwunderung über den Anruf nicht anmerken zu lassen. Was wollte dieser Mann von ihr?

«Aufgrund ... spezieller ... Sicherheitsmaßnahmen, die heute durchgeführt werden, würde ich gerne wissen, ob der Schienenverkehr im Grenzbereich planmäßig läuft.»

Edith konnte dem Mann anhören, dass es ihm schwerfiel, diese Worte auszusprechen.

«Von mir?», fragte Edith verwirrt und blickte auf die Bestentafel mit den Löchern der Geflohenen.

«Ihre Kollegin meinte, Sie übernehmen in Ludwigsstadt gegen eins den D 151 nach Berlin, richtig?»

«Ja, das stimmt, ich fahre von Ludwigsstadt ab 13:23 Uhr in Richtung Berlin, wenn der Zug pünktlich ist», sagte Edith verwirrt.

«Und, ist er pünktlich?»

«Das weiß ich noch nicht.»

Was will der verdammt noch mal von mir? Wieder blickte Edith auf die Bestentafel, diesmal auf ihr Porträt vom Mai.

«Bringen Sie ihn bitte sicher nach Hause», sagte der Mann schließlich atemlos.

«Darf ich fragen, um was für *spezielle Sicherheitsmaßnahmen* es sich handelt?» Edith sah, wie Frau Renner die Ohren spitzte.

«Dazu kann ich keine weiteren Angaben machen.» Der Mann atmete schwer und schien nach weiteren Worten zu suchen, sagte aber nichts mehr. Edith hörte nun im Telefon das Geräusch von Presslufthämmern.

«Ja, ich bringe den Zug sicher nach Hause», sagte sie.

«Vielen Dank», rief der Mann nun gegen den Lärm an.

«Bitte sehr.»

Edith legte auf und sah verwirrt zu Frau Renner. Die senkte ertappt den Blick und blätterte wieder durch die Dienstpläne.

Edith versuchte ihre Gedanken zu sortieren. Was war los? *Besondere Sicherheitsmaßnahmen?* War eine bestimmte Person oder Fracht an Bord des Zuges? Oder drohte irgendeine andere Gefahr?

Sie sah wieder auf die Wandtafel mit den Besten des Monats, als ob dort die Antwort stünde. *Die Tafel mit den Lücken.* Und ihrem Gesicht. Sie gleich zweimal vor dem Lenin-Mausoleum in Moskau.

«Was hat er denn gewollt?», hörte sie Frau Renner fragen.

«Das weiß ich nicht. Ist irgendwas passiert?»

Frau Renner schwieg, doch ihre Chefin vom Dienst schien etwas zu wissen, was Edith noch nicht wusste.

95 | MELDUNG
AN DAS PRÄSIDIUM DER VOLKSPOLIZEI
BERLIN, 12:25 UHR

Am Kontrollpunkt 59 fand gegen 12:15 Uhr ein Grenzdurchbruch in Richtung West statt. Während der Ablösung der Kampfgruppen gelang es einer männlichen und einer weiblichen Person, durch den Stacheldraht nach West-Berlin durchzubrechen.

VPI Mitte: Lage am Brandenburger Tor: Ca. 2000 Personen, am linken Flügel offensichtlich Provokateure, die sich durch laute Sprechchöre hervortun. Sie rufen: «Ulbricht muss hängen», «Ihr Schweine, ihr Lumpen», «Macht die Grenzen auf».

Panzer am Brandenburger Tor aufgefahren, Lage droht zu eskalieren. Bevölkerung wird durch Volkspolizei bis zum M.-E.-Platz zurückgedrängt.

96 | ARTHUR
Bei Pressig-Rothenkirchen, Interzonenzug D 151, 12:30 Uhr

Der Kommissar wartete, bis sich Christa und Sabine wieder gesetzt hatten. Die Turnerin kaute nervös an ihren Fingernägeln.

Arthur zückte seine Dienstmarke und hielt sie dem Mädchen unter die Nase. «Ich bin von der Kripo München.»

Sabine schickte ihrer Trainerin einen ängstlichen Blick, doch die gab ihr nur stumm zu verstehen: *Du hast nichts zu befürchten.*

Arthur steckte seine Marke wieder weg und öffnete die Schachtel mit den Ampullen. «Weißt du, was das ist?»

Sabine zögerte. «Nein», sagte sie dann, und Arthur konnte in ihren Augen lesen, dass sie log.

«Kennst du einen Arzt mit dem Namen Dr. Schlesinger? Der hat eine Praxis in der Augustenstraße 285, in München.»

Sabine hielt den Atem an.

«Der steht nämlich im Verdacht, drei Menschen getötet zu haben», fuhr er fort.

«Sind Sie jetzt fertig?», fragte die Trainerin scharf.

Arthur überlegte einen Moment. «Gut, dann spielen wir jetzt ein anderes Spiel. Wie groß sind deine Eltern?»

Sabine hob erschrocken den Kopf. Wieder blickte sie zu ihrer Trainerin.

«Du musst darauf nicht antworten», sagte diese.

Arthur ließ die Frage noch etwas wirken. «Ich vermute

mal, sie sind größer als du», sagte er dann. «Und weißt du, warum ich das denke? Weil ich glaube, du bekommst dieses Zeug von deiner Trainerin schon eine ganze Weile.» Er hielt ihr eine der Ampullen vor die Nase.

Sabine schüttelte den Kopf.

«Das sind Hormone. Mit denen kann man das Wachstum des Menschen steuern. Man kann es fördern oder auch hemmen. Dann bleibt man schön klein und schmächtig. Ideal für eine Turnerin.»

Arthur sah, wie Sabines ganzer Körper sich anspannte.

«Hat deine Trainerin dich je gefragt, ob du klein und knabenhaft bleiben möchtest? Hm?», fragte Arthur nun drängender. «Wie alt bist du?»

«Achtzehn», sagte sie.

Arthur sah die Trainerin scharf an. «Ah, da schau her, Sie haben mich belogen.»

Christa zuckte nur mit den Schultern.

Der Kommissar wandte sich wieder an Sabine. «Du siehst eher aus wie vierzehn, höchstens fünfzehn. Hast du schon deine Periode?»

«Das geht Sie gar nichts an!», sagte die Trainerin scharf, doch Arthur ignorierte sie, und Sabine senkte den Blick.

«Dachte ich's mir. Also, frage ich dich noch mal, hat dich Deine Trainerin je gefragt, ob du klein und knabenhaft bleiben möchtest.»

Sabine starrte auf dem Boden.

«Im Leistungssport muss man eben Opfer bringen, wenn man an die Spitze will!», sagte Christa laut, erst zu Arthur, dann aber blickte sie auch ihr Mädchen an.

«Opfer bringen …» Arthur nickte wissend und sah Sabine direkt in die Augen. «Das hat man mir auch gesagt, im Krieg. Ich müsse ein *Opfer bringen*.» Er hielt Sabine die Ampulle hin, «Uns hat man auch Zeug gegeben. Und genau wie bei dir wussten wir am Anfang nicht, was in der Schokolade war, oder später dann in diesen kleinen weißen Pillen. Wir merkten nur, dass etwas mit uns passierte. Alle merkten das. Wir konnten tagelang fahren in unseren Panzern, ohne uns groß auszuruhen. Wir schluckten es und fuhren. Niemand von uns fragte nach, am Anfang zumindest nicht. Und die Franzosen waren völlig fertig. Sie dachten, na ja, die Deutschen müssten doch irgendwann einmal anhalten. Aber das taten wir nicht. Wir fuhren einfach weiter und weiter, Tag und Nacht. Ich wechselte mich mit meinem Richtschützen ab, und wir fuhren am Ende sieben Tage ohne Unterbrechung, von den Tankstopps mal abgesehen. Erst am Atlantik hielten wir an, nach zweitausenddreihundert Kilometern im Panzer.»

Arthur verspürte kurz den Stich einer diffusen Sehnsucht in seiner Brust. Eine Sehnsucht nach dieser Zeit. Eine Sehnsucht, die er verabscheute.

«Wir hatten gewonnen. Aber wir waren kaputt. Ich schlief drei Tage und Nächte durch. Und kam danach nie wieder richtig auf die Beine. Ohne das Zeug. Wir merkten, es hatte uns kaputt gemacht.»

Arthur hielt kurz inne und sah, wie Sabine anfing ihre Finger zu kneten. Ihre Schultern hingen nach vorn. Die Spannung aus ihrem Körper war gewichen. Der Moment für seinen finalen Satz war gekommen.

«Und dann sagte man uns, wir sollten dieses Zeug weiter nehmen. Wir müssten dieses Opfer halt bringen – für den Sieg.»

Sabine starrte auf die Ampullen.

«Ich frage dich nun noch einmal. Kennst du einen Dr. Schlesinger in München? Ist das Zeug von ihm?»

Sabine starrte zu Christa. Die Spannung kehrte zurück in ihren Körper. Ihr Gesicht wurde rot, die Adern an ihrem Hals traten hervor. Er hatte sie!

Doch dann drehte sie sich zu Arthur und sagte mit fester Stimme: «Ich habe von diesem Mann noch nie gehört.»

Christa erwachte aus ihrer Starre. «Also, Ende der Märchenstunde», sagte sie barsch.

Arthur sah das Mädchen nur regungslos an und schwieg.

97 | ERNST

Ernst lief auf der Suche nach seiner Frau den Gang entlang. Nein, wenn er ehrlich zu sich war, floh er vor dem Zettel, den er im Speisewagen geschrieben hatte, in diesem unbedachten Moment. Er hatte ihn nur Augenblicke später wieder zusammengeknüllt und auf den Boden geschmissen. Doch nun waren sie da, die Gedanken, die Erinnerungen an *diese Frau aus München*.

Der Zug war schon merklich leerer. Wahrscheinlich waren viele Ostdeutsche ausgestiegen. Wie viele Menschen wohl heute auf dem Bahnsteig in Leipzig oder Ost-Berlin stehen und auf ihre Kinder, Enkel, Geschwister warten würden, mit Blumen in der Hand? Ehefrauen, Eltern, Großeltern, Schwestern und Brüder, und das umsonst. Wie viele Väter wohl heute ihre Söhne verlieren würden? Oder Söhne ihre Väter? Ernst sah wieder Bilder aus *Der verlorene Sohn*. Bilder voller Dekadenz und zerstörter Illusionen, voller Armut – in den Straßen von New York. Auch sein Sohn hatte diese Bilder gesehen, dennoch war er gegangen. Ja, er konnte verstehen, dass Werner die Kommunisten hasste, aber deswegen seine Heimat und seine Familie verraten? Ernst glaubte nicht, dass der Westen nur einen Deut besser war. Nicht einmal nun, nachdem die Kommunisten eine Mauer bauten. Sie waren Gärtner, quasi unantastbar. Das war bei den Nazis schon so gewesen, und das war bei den Kommunisten nicht anders.

Der Zug ruckelte in den Gleisen hin und her. Rechts, links, rechts … Beinahe wäre Ernst gestürzt. *Wie in der Ukraine* … Auf der Rückfahrt vom ersten Fronturlaub hatte sich Ernst kurz vor Kiew im Zug den Arm so heftig geprellt, dass er nicht an die Front, sondern gleich ins Lazarett gemusst hatte. Freilich nur für eine kurze Untersuchung, um dann festzustellen, dass der Arm nicht gebrochen war. Und so war Ernst zwei Tage später hinter einem Panzer IV wieder durch den Schlamm gerobbt.

Er wartete im Gang, bis der Zug sich wieder etwas beruhigt hatte, dann ging er weiter. Nach ein paar wackeligen Schritten blieb er erneut stehen. Er hatte seine Frau gefunden.

Anna hatte sich ein neues Abteil gesucht, unweit ihres alten. Sie saß da, umringt von ihrem ganzen Gepäck, und hatte einen Brief auf dem Schoß liegen. Ernst ahnte, was für ein Brief das war.

Der Brief, den er nie gelesen hatte.

98 | ANNA

Ihr Mann stand auf dem Gang. Sie sahen sich eine Weile nur an, und Anna entdeckte wieder jene Härte, jene Verschlossenheit der letzten Jahre in seinen Augen. Schließlich öffnete Ernst die Tür und setzte sich ihr stumm gegenüber.

Anna suchte nach der Lebendigkeit, die sie bei ihm im Speisewagen noch gesehen hatte, zusammen mit diesen Kindern. Doch sie war verschwunden.

Der Brief ihres Sohnes lag zwischen ihnen, die Worte ihres Sohnes. Es waren ungelenke Worte. Und sie waren nicht an sie gerichtet, sondern an Ernst, seinen Vater. Anna hatte vorher schon gewusst, dass ihr Sohn gehen würde. Werner hatte sie eingeweiht. Seinen Vater nicht.

Ja, ich habe es gewusst, und ja, ich habe dir verschwiegen, dass er gehen wollte.

Anna schnürte es die Kehle zu. Sie hatte ihrem Mann das Schweigen vorgeworfen. Doch ihr eigenes wog viel schlimmer, denn in ihrem Schweigen steckte eine Lüge. *Bitte lies ihn!*, wollte sie sagen.

Ernst schüttelte den Kopf, als habe er ihre stumme Aufforderung gehört, und erhob sich wieder.

«Wir haben Werner nicht mal geantwortet», entfuhr es ihr.

Anna reichte ihrem Mann den Brief. «Er hat ihn für dich geschrieben.»

Noch eine Weile stand Ernst nur wortlos vor ihr, längst wieder verschlossen. Doch dann setzte er sich zu ihrer Überraschung wieder hin.

«Vorhin, als du mit den Kindern …», stammelte sie. «Da

war er wieder da, der Ernst ... in den ich mich damals ... Der Ernst ... der alles für seinen Sohn getan hätte», traute sie sich schließlich zu sagen.

Ernst seufzte nur und blickte zu Boden. Anna wartete einen Augenblick, dann griff sie nach seiner Hand. «Bist du eigentlich glücklich?»

Ernst hob den Blick. «Was ist denn das jetzt für eine Frage?»

«Die nächste Beerdigung ... das könnte meine sein oder deine ...»

«Rede nicht so ein Zeug», polterte er.

Anna nahm all ihren Mut zusammen und reichte Ernst den Brief. Gott hatte ihr die Hand gereicht, vielleicht schenkte er ihr auch den Mann zurück. Und sie würde Abbitte leisten können für ihr Schweigen.

Ernst starrte eine Weile auf den Brief, dann legte er ihn auf den Platz neben sich, stand wieder auf und ging.

Anna blieb zurück. Sie hatte das Gefühl, nun alles verloren zu haben.

99 | ELKE

Elke und ihr Bruder hatten sich an einen Tisch im Speisewagen gesetzt. Willi ging zum Tresen, um etwas zu bestellen. Elke war völlig aufgelöst. Was war da gerade passiert, im Abteil? So hatte sie ihre Eltern noch nie erlebt.

Willi kam mit dem Kellner im Schlepptau zurück, und der Mann stellte eine Flasche Cola auf den Tisch.

«Wir dürfen doch keine Westbrause», sagte Elke unsicher.

«Heute schon!» Willi setzte sich und schob ihr die Flasche über den Tisch.

Elke zögerte noch einen Moment, dann setzte sie die Flasche an und nahm einen Schluck. Die Brause schmeckte süß und irgendwie nach Hustensaft. Elke nahm noch einen Schluck und noch einen, bevor ihr Bruder es sich anders überlegen würde. Die Westbrause schmeckte ihr, sehr sogar.

«He, he, nicht alles ...» Willi riss ihr die Flasche aus der Hand, ein paar braune Tropfen spritzten auf ihre weiße Bluse. Sie liebte diese Bluse. Sie hatte sie extra angezogen für den Jungfernflug der gelben Mustang. Doch der Morgen in München erschien ihr plötzlich ganz weit weg. So als sei ihr Flieger nie geflogen.

Willi trank nun auch von der Brause, nicht weniger gierig als sie, dann schob er die Flasche beiseite und sah Elke an, mit einer verdammt erwachsenen Miene. «So, du Zwerg», begann er.

«Nenn mich nicht immer Zwerg!»

Willi ignorierte es und blieb bei seiner Miene. «Was willst du? Osten mit Mama oder Westen mit Papa?»

«Ich will, dass wir zusammenbleiben», stieß sie hervor.

«Kannste vergessen», entgegnete Willi und nahm noch einen Schluck von der Brause.

Ihr großer Bruder glaubte also tatsächlich, dass Mutti und Vati sich heute, hier in diesem Zug, trennen würden. Na ja, wahrscheinlich hatte er recht. Immerhin hatte Vati vorhin schon den Mantel an und den gelben Koffer in der Hand.

«Und was willst du?», traute sich Elke zu fragen und nahm Willi die Flasche aus der Hand. Er ließ es geschehen, sah ihr zu, wie sie trank, und wartete sogar geduldig, bis sie die Flasche wieder absetzte.

«Ich will zurück nach Hause, zu meinen Freunden. Außerdem kann Vati mich nicht leiden», sagte ihr Bruder dann.

«Das stimmt doch gar nicht!»

«Natürlich. Du bist sein Liebling. Und du willst fliegen. Also ...» Willi zuckte mit den Achseln und nahm ihr die Flasche wieder ab.

Elke wurde flau im Magen. Sie hatte sich in der letzten Zeit nichts sehnlicher gewünscht, als dass ihr großer Bruder verschwinden möge. Für immer. Ihr blöder großer Bruder, der sie nur noch ärgerte. Und nun?

Plötzlich kämpfte sie mit den Tränen. Sie dachte an die Sache mit dem Brot und Jens Kluge aus der Sechsten, auf dem Platz vor ihrer Schule. Das war im letzten Sommer gewesen. Sie hatte sich in der großen Pause mit ihren Freundinnen auf den alten Brunnen gesetzt und ihre Brote ausgepackt. Und da war Jens gekommen und hatte ihr das Brot, in das sie gerade hineinbeißen wollte, weggeschnappt. Als Willi das mitbekommen hatte, war er auf Jens losgegangen und hatte ihm mit der flachen Hand ins Gesicht geschlagen. Einfach so. Jens war damals bestimmt einen halben Kopf größer als Willi gewesen. Aber das war ihrem Bruder egal gewesen. Willi hatte sie verteidigt und Jens Elke danach nie wieder geärgert.

«Und was ist mit uns? Dann sehen wir uns nie wieder ...» Elke hatte Mühe, diesen Satz zu sprechen.

«Sei doch froh, dann können wir uns nicht mehr streiten.» Willi hatte versucht, witzig zu klingen, das merkte

Elke, doch das machte es nur noch schlimmer. Sie verlor den Kampf. Eine Träne rollte ihr über die Wange.

Willi sah das und versuchte, cool zu bleiben. Er reichte ihr die Colaflasche. «Na komm, trink aus.»

Elke schüttelte nur den Kopf.

In diesem Augenblick veränderte sich der Gesichtsausdruck von Willi. Elke folgte seinem Blick und sah, dass ihr Vater den Speisewagen betreten hatte. Vati blieb an ihrem Tisch stehen. Seine Miene war versteinert.

«Kommt ihr bitte mit?», brachte er schließlich hervor. «Wir möchten gerne mit euch reden.»

Elke bemerkte, dass die Stimme ihres Vaters zitterte.

100 | EDITH
Probstzella, Bahnbetriebswerk, 12:40 Uhr

Das Telefonat mit dem Polizisten und Frau Renners Nachricht hatten Edith völlig aus der Bahn geworfen. Plötzlich war alles anders. Der Dreh, der Tag, der Mann mit der Kamera. Alles hatte eine neue Bedeutung. Die Grenzen im Waschbecken, der Sprung im Spiegel vom Sommerfest, quer durch ihr Gesicht. *Sie machen die Grenzen dicht.* Das hatte ihr Frau Renner nach dem Telefonat mit diesem Polizisten gestanden. Sie hatte es gehört, kurz nachdem Edith mit Kurt zu ihrer *Sachsenstolz* gegangen war.

«Alles okay?», fragte Kurt und erhob sich, als Edith zu ihrer Lok zurückkam. Sein ganzes Equipment lag nun wieder im Schatten der *Sachsenstolz*, seine Kamera frisch geladen.

«Ja, alles okay, wieso?», sagte sie möglichst unbekümmert.

«Der Anruf ...»

«War nur, ach, vergiss es ... Alles gut.» Edith zögerte. Sollte sie ihm sagen, was sie wusste?

«Wie geht's denn jetzt weiter?», fragte Kurt und nahm die Kamera in die Hand.

Edith versuchte, wieder klar zu denken, und blickte auf ihre Uhr. «Na ja, Michael, mein Heizer, müsste gleich kommen, dann machen wir den Bremstest, und dann fahren wir rüber nach Ludwigsstadt. Die Fahrt dauert ungefähr zehn Minuten. Dort übernehmen wir den 151er und fahren ihn nach Berlin», sagte sie so beiläufig wie möglich. *Wenn sie mich denn überhaupt noch rüberlassen*, dachte sie und stieg auf die stählernen Stufen zum Führerhaus ihrer Lok.

«Na, dann wollen wir mal», sagte Kurt und setzte die Kamera auf die Schulter.

Schon wollte er ihr folgen, in die Lok, da drehte sie sich abrupt zu ihm um. «Ich glaube, die bauen eine Mauer», sagte sie.

Kurt blickte eine Weile stumm durch den Sucher, als habe er nicht verstanden, dann nahm er die Kamera von der Schulter. «Was?», fragte er tonlos.

«Sie bauen eine Mauer!»

Kurt ließ mit offenem Mund die Kamera sinken. Sie konnte ihm ansehen, dass auch ihn diese Nachricht wie ein Faustschlag traf.

101 | WILLI
Vor Ludwigsstadt, Interzonenzug D 151, 12:45 Uhr

Willi war der Letzte auf dem Gang im Zug. Vor ihm liefen Elke und sein Vater – auf dem Weg zu seiner Mutter.

Ihr Vater hatte entschlossen wirken wollen. Aber Willi wusste: Er war es nicht. Ganz und gar nicht. Er war unsicher. So unsicher, wie er ihn noch nie erlebt hatte. Und das machte Willi nervös. Sein Vater tat ihm fast leid.

Oft hatte Vati streng sein wollen. Dabei ahmte er manchmal Opa Paul nach. Aber sein Vater hatte nicht das Format von Opa Paul. Ganz zu schweigen von dessen Uniform. Wenn Opa streng war, hatte Willi tatsächlich Respekt. Wenn sein Vater es versuchte, verachtete Willi ihn. So als würde sein Vater sich auf seine Kosten aufspielen, als würde Willi dann die Zeche zahlen müssen dafür, dass sein Vater sich groß fühlen durfte.

Aber jetzt, jetzt war alles anders. Willi sah über seine Schwester hinweg zu seinem Vater. Sah, wie dieser durch den wackeligen Zug lief und versuchte, sich dennoch aufrecht den Weg zum heimischen Abteil zu bahnen, es aber nicht konnte. Sein Vater wirkte weder entschlossen noch stark oder souverän. Und Willi war erstaunt darüber, dass er sich plötzlich gewünscht hätte, sein Vater wäre stark.

Das Gleis war an dieser Stelle besonders schlecht. Der Zug bebte. Wie bewegte sich sein Vater wohl in einem Flieger, der zur Erprobung in der Luft war? Wahrscheinlich genauso hilflos. Und dennoch oder gerade weil sein Vater plötzlich so schwach wirkte, so ehrlich schwach, passierte etwas mit Willi. Eine Erinnerung stieg in ihm auf. Er hatte sie längst vergessen.

Willi hatte in seinem Bett gelegen. Es war ein Doppelstockbett gewesen, das er zusammen mit Elke bezogen hatte, in ihrer alten Wohnung in Dresden. Er, Willi, hatte darauf bestanden, dass er unten schlafen durfte, und das, obwohl Elke da vielleicht erst vier oder fünf Jahre alt gewesen war und für sie das Schlafen im oberen Bett eigentlich zu gefährlich. Doch Elke hatte für ihn den Platz unten geräumt. Und nun erinnerte sich Willi auch, warum er unbedingt hatte unten schlafen wollen. Es war ihr Gutenachtritual gewesen: Sein Vater hatte sich zu ihm gebeugt, wie jeden Abend, seine Hände – damals erschienen sie Willi noch groß und kräftig – auf seine Schultern gelegt und ihn immer wieder in die Matratze gedrückt, sodass Willi auf und ab getanzt war, dem Gesicht von seinem Vater entgegen. Willi hatte dabei versucht, einen stehenden Ton zu summen, der durch das Auf und Ab immer wieder unterbrochen worden war. Und je stärker sein Vater ihn hatte hüpfen lassen, desto stärker hatte er gesummt. Bis beide immer wieder hatten lachen müssen, so ulkig hatte der Ton geklungen. Und ganz besonders hatten sie es gemocht, wenn sich ihre Nasen getroffen hatten. Dann hatten sie besonders laut gelacht.

Ihr Vater blieb im Gang stehen und machte einem Mann Platz, der kurz mit ihm sprach und ihm ganz selbstverständlich eine Zigarette anbot. Sein Vater nickte und nahm tatsächlich die Kippe! Wieder staunte Willi. Sein Vater mit einer Zigarette in der Hand?

Sein Vater steckte die Kippe ein, der Mann wuschelte Elke durchs Haar, lief an Willi vorbei und verschwand. Er hatte Willi freundlich angeblickt. Und das schien etwas zu bedeuten. Denn Willi ahnte intuitiv, dass dieser Mann selten freundlich schaute.

Ihr Vater ging weiter, und Willi fühlte sich plötzlich klein, gefangen in etwas, was bald passieren würde. Er wusste, der Zug würde bald ein letztes Mal im Westen halten. Sie hatten vielleicht noch eine halbe Stunde.

102 | ELKE

Der Zug fuhr langsamer. Elke blickte aus dem Fenster, und für einen Moment vergaß sie ihre Angst vor dem Gespräch mit den Eltern. Auf einem Feld stand ein Wagen, gezogen von einem Pferd. Es war ein kleines Feld. Zu Hause waren die Felder größer. Viel, viel größer. Um den Wagen herum standen vier Menschen. Zwei große, zwei kleine. Vielleicht waren es Vater, Mutter, Tochter und Sohn. Bestimmt sogar. Die vier waren seltsam angezogen, fand Elke. Wie aus einem Film über früher. Vielleicht lag das aber auch nur an dem alten Wagen und dem Pferd.

Irgendetwas machte dieses Bild mit ihr. Doch was, verstand Elke nicht sofort. Und sie verstand eigentlich immer alles sofort.

Das Bild war irgendwie ordentlich. Ja, das da draußen verströmte diese Ordnung, die sie so sehr mochte. Ein Gefühl, das sie hatte, wenn sie zum Beispiel ihren kleinen Schreibtisch aufgeräumt hatte, im Zimmer, das sie sich mit Willi teilte. Oder wenn sie bei Opa Paul war. Sein ganzes Haus machte, dass sie sich so fühlte. Die technischen Zeichnungen ihres Vaters – auch die machten das mit ihr.

Das Mädchen auf dem Feld trug ein rotes Kopftuch, *wie im Märchen*, dachte Elke. Es hob die Hand und grüßte. Elke winkte zurück. *Das Mädchen auf dem Feld könnte eine Freundin sein*, dachte sie. Gerne hätte sie dem Mädchen ihren Flieger gezeigt. *Schau, das ist eine amerikanische P-51 Mustang, das schnellste Propellerflugzeug, das je gebaut wurde.* Elke hätte dem Mädchen vielleicht erklären können, warum sie die schöne gelbe Mustang auf den Boden geschmissen hatte. Sie hätte diesem Mädchen davon erzählt, dass sie und ihr Vater fast ein Jahr daran gebaut hatten. Ihr Vati hatte das Flugzeug auf seinem Zeichenbrett entworfen. Mit seiner schönen Schrift hatte er die Maße eingetragen. Und dann hatten sie den Flieger zusammen nach seinen Maßangaben gebaut, vierundneunzig Zentimeter Spannweite! Elke hatte die Spanten aus Balsaholz gesägt, mit der Laubsäge. Die für den Rumpf und die für die Flügel. Balsaholz war nämlich das leichteste Holz, das es gab. Und es war wichtig, dass es leicht war, wenn die gelbe Mustang schnell sein sollte. Und das sollte sie – unbedingt (Elke hatte errechnet, dass sie mindestens hundertvierzig Stundenkilometer schaffen würde mit dem richtigen Motor).

Elke hatte mit ihrem Vater die Spanten verleimt und bezogen, den Rumpf mit dünnem Furnierholz, die Flügel mit festem Papier. Dann hatte sie allein auf dieselbe Weise Höhen- und Seitenleitwerk gebaut, während ihr Vater den Tank für das Flugzeugbenzin gelötet hatte, das wiederum aus Alkohol und Äther gemischt wurde. Auch das würde sie ihrer neuen Freundin erzählen. Nun, und nachdem alles montiert gewesen war, hatte nur noch der

Motor gefehlt. Das war die schwierigste Aufgabe gewesen. Denn ein Motor mit der Leistung, die sich Elke gewünscht hatte, den gab es im Osten nicht. Deswegen hatten sie ihn in München besorgt.

Und das Mädchen mit dem roten Kopftuch, was hätte es Elke erzählt? Vielleicht von ihrer Familie. Mama, Papa und ihrem Bruder, die da mit ihr auf dem Feld standen, im Westen, und die niemals auseinandergehen würden.

Elke musste schlucken. Das Mädchen verschwand aus Elkes Blickfeld, und erst da merkte sie, dass sie stehen geblieben war.

Elke sah zu ihrem Vater, und ein Geruch stieg ihr in die Nase, der so gar nicht zu ihm passen wollte. Der Geruch von Opa Gerd. Ihr Vater hatte eine Zigarette in der Hand!

«Elke, komm», sagte er. Und all die schlimmen Gedanken waren zurück. Willi war schon an ihr vorbeigegangen und verschwand gerade im nächsten Waggon.

Ihr Vater lächelte Elke liebevoll an, nahm einen Zug und schnippte die Zigarette dann aus einem Zugfenster. Seine Bewegung war so fließend, als würde er das jeden Tag tun.

«Komm.»

103 | SASCHA

Sascha humpelte durch den Zug. Sein linkes Bein schmerzte, wieder da, wo nur Holz war. Er blieb im Gang am Anfang des letzten Wagens stehen. Da war sie: Carla lehnte am letzten Fenster und rauchte. Sie hatte das Fenster geöffnet, und der Fahrtwind zerrte an ihren Haaren.

Soweit Sasha das sehen konnte, waren sie allein in diesem Waggon. *Waren wahrscheinlich alle schon ausgestiegen*, dachte er bitter. Sie entdeckte ihn, und Sascha verließ der Mut. Er blieb stehen, und sie sahen sich eine Weile nur an.

Er hatte sie immer für selbstverständlich gehalten. Er war sich ihrer sicher gewesen. Und nun? Nun war diese Sicherheit weg.

Sascha zögerte noch eine ganze Weile, dann ging er zu ihr «Es tut mir leid», sagte er leise. «Das mit der Stasi, meine ich ... und dass ich heute ...» Er brach ab.

Carla nickte nur.

«Ich möchte wieder nach Hause, Carla», traute er sich dann zu sagen.

«Ich weiß. Aber ich verstehe es nicht», sagte sie leise. Sascha seufzte.

«Deine ganze Familie, alle, die dort gelebt haben, sind tot.»

Sascha wusste immer noch nicht, was er sagen sollte.

«Sascha! Wenn du jetzt zurückfährst, dann wirst du da vielleicht nie wieder wegkommen», sagte Carla mit fester Stimme.

«Ich liebe diese Stadt. Der Staat ist mir egal», entgegnete er.

«Und deine Freiheit, ist die dir auch egal?»

«Wenn ich als Jude eines begriffen habe nach diesem gottverdammten Krieg: Freiheit ist hier drinnen.» Sascha berührte mit der flachen Hand ihre Brust. «Und die kann dir niemand nehmen.»

Seine Worte schienen Carla zu berühren. Sie nahm noch einen tiefen Zug von ihrer Zigarette und blickte aus dem Fenster.

«Okay. Wenn du das möchtest, komme ich mit dir mit … nach Hause.»

Sascha schüttelte den Kopf. «Ich will nicht, dass du meinetwegen … Das bringt nur Unglück.»

«Dann steig bitte mit uns aus!», sagte sie, und Sascha sah, dass sie den Tränen nahe war.

«Berlin ist meine Heimat.»

Eine Weile sah Carla aus dem Fenster. Als sie sich zu ihm drehte, wirkte sie gefasster und blickte ihm direkt in die Augen. «Lass *mich* deine Heimat sein», flüsterte sie.

Sascha war wie vom Donner gerührt. Der Satz traf ihn tief ins Mark. Dann nahm er sie in den Arm, und sie ließ es zu. Es fühlte sich an, als ob Carla mit diesem Satz eine Wunde gestillt hatte, von der Sascha gar nicht gewusst hatte, dass sie die ganze Zeit in ihm blutete.

«Lass mich deine Heimat sein», wiederholte sie leise.

«Sollen wir wieder gehen?», hörte Sascha die Stimme von Peter hinter sich auf dem Gang.

Peter und Siggi kamen auf sie zu, und weder Sascha noch Carla konnten antworten.

«Sollen wir wieder gehen?», wiederholte Peter nun vorsichtiger.

«Nein, nein», sagte Sascha schließlich, und Carla löste sich aus seinen Armen. Er sah in ihren Augen, dass sie lieber *Ja* gesagt hätte. Doch nun war es zu spät.

«Und, was wird jetzt mit euch?», fragte Siggi.

Carla blickte Sascha fragend an. *Sag etwas.*

Doch Sascha schwieg.

Sie holte tief Luft. «Ich steige aus. Is mir egal, was ihr macht. Ich fahre nicht mehr zurück in dieses Scheißland», sagte sie bestimmt.

Sascha blickte in die Runde. Der Moment der Wahrheit war gekommen. Für sie und ihre Band.

«Wenn du das willst, steige ich auch aus», sagte Peter zu Siggi.

Der grinste frech. «Ja, das will ich! Ist ja fast so, als würden wir heiraten.»

Peter nickte.

Alle blickten Sascha an. Er spürte, wie das Blut durch seine Adern rauschte.

«Ich kann das nicht», sagte er schließlich.

«Vollidiot!», sagte Siggi nur, und Sascha ahnte, dass gerade Carlas Seele implodierte.

104 | ELKE

Auch wenn ihre Mutter versuchte zu lächeln, als Elke das Abteil betrat, erkannte sie sofort, dass diese geweint hatte. Sie hatte Mutti noch nie weinen sehen. Elke versuchte wieder an ihre Freundin auf dem Feld zu denken. An diese Familie mit dem Wagen und dem Pferd.

Mutti streckte die Hand nach ihr aus und versuchte, sie auf ihren Schoß zu ziehen. Doch Elke wollte nicht. Sie machte sich los und floh, weit weg von ihrer Mutter ans Fenster. Dort blickte sie wieder nach draußen, doch da waren nur kleine Häuser.

Ihre Mutter sagte nichts, ihr Vater sagte nichts. Willi war an der Tür stehen geblieben und verschränkte die Arme.

«Mama und ich, wir haben noch keine Entscheidung

getroffen», setzte ihr Vater schließlich an und nahm einen tiefen Atemzug. «Wir möchten das gerne mit euch gemeinsam besprechen.»

«Wollt ihr uns veralbern?», platzte es aus Willi heraus.

«Nein, wir –»

Weiter kam ihre Mutter nicht, denn Willi schnitt ihr das Wort ab. «*Wir* haben das schon geklärt. Unser Zwerg hier steigt mit Papa aus. Mama und ich, wir gehen zurück zu Opa in den Osten.» Willi sah ihre Mutter wütend an, dann bohrte sich sein Blick in Elke, bis sie verstand, dass sie etwas sagen sollte. Sie nahm all ihren Mut zusammen und nickte.

Nicht nur ihre Mutter, auch ihr Vater war schockiert, das spürte Elke. Ihre Eltern wirkten furchtbar hilflos, und das war das Schlimmste.

105 | GERD

Willi, aber, äh ... so einfach ist das nicht», brachte Gerd hervor.

Doch Willi schnaubte nur. «Haste 'ne bessere Idee?»

Gerd suchte den Blick seiner Frau. Dieser Blick hatte ihm all die Jahre eine Richtung gegeben. Hatte ihn stark gemacht. So stark sogar, dass er den Mut aufgebracht hatte, eine Familie zu gründen.

Diese Frau willst du nun verlassen? Vielleicht hat sie recht. Vielleicht ist all die Freiheit im Westen nur eine vermeintliche. Vielleicht ist der Existenzkampf im Westen viel gefräßiger, viel freiheitsraubender, als die Partei im Osten je sein kann. Was, wenn deine neue Firma pleitegeht, du deinen Job verlierst? Dein Chef von dir etwas will, was du nicht willst?

Seine Mutter hatte mal gesagt: «Im Osten kannste deinem Chef alles sagen, was de willst, nur den Politikern nicht. Im Westen ist es umgekehrt.»

Gerd sah zum Fenster, wo seine Tochter nun stand. Der Anblick von Elke raubte ihm den Atem. Die Sonne brach durch die vorbeiziehenden Bäume und ließ sie erstrahlen. Wie eine kleine Madonna. Eine Madonna, die um das Überleben kämpfte. Ihr Kinn bebte, so wie am Morgen, als sie mit dem Flieger auf der Theresienwiese in München eine Bruchlandung hingelegt hatte.

Gerd erstarrte: Seine Tochter, die gelbe Mustang mit dem demolierten Flügel, das Fliegerjahrbuch auf dem Tisch am Fenster. Plötzlich wurde ihm zum ersten Mal wirklich bewusst, dass seine Leidenschaft etwas Zerstörerisches hatte. Ja sogar aus der Zerstörung gespeist wurde. Die Leidenschaft, die er seiner Tochter vererbt hatte. Die Leidenschaft, die ihn dazu angetrieben hatte, im Westen nach einer Arbeit zu suchen. Und er verstand den Zusammenhang zu dem, was hier gerade passierte. Plötzlich sah er sich auf dem Balkon in Dresden stehen. Hunderte englische Bomber zogen über ihn hinweg, durch den Nachthimmel. Sie flogen nicht besonders hoch. Gerd konnte sie recht gut ausmachen im Licht der Flak. Es waren Lancaster-Bomber Avro 683. Jeder Bomber zog vier helle Abgasstreifen hinter sich her, die wie Silberfäden leuchteten. Bei einigen Bombern konnte Gerd sogar das Vierlings-MG am Heck erkennen.

Ein tiefes Brummen kribbelte in seinem Bauch. Eine Viertelstunde zuvor hatten Sirenen Luftalarm ausgelöst.

Die Menschen waren in ihre Keller geflohen. Doch er stand mit seiner Mutter auf dem Balkon. Es war die Nacht vom 13. auf den 14. Februar 1945. Zwei Tage nach seinem zwölften Geburtstag.

«Wenn wir von einer Bombe getroffen werden, dann nützt das auch nichts, wenn wir im Keller hocken», hatte seine Mutter gesagt und war mit ihm hochgegangen, auf den Balkon an der Küche, auf dem sie im Sommer immer frühstückten, mit bestem Blick über die ganze Stadt, nach Osten über das ganze Elbtal.

Das nächste Bild, an das sich Gerd erinnern konnte, war ein Ring aus kleinen Feuern. Die Engländer hatten rund um die Stadt brennende Weihnachtsbäume abgeworfen – so nannten sie die Brandsätze, mit denen sie für die nachfolgenden Bomber das Ziel markierten.

Was die Zielsucher der *Royal Air Force* jedoch nicht berechnet hatten, war, dass in jener Nacht ein satter Westwind blies. Der Wind fegte über die Hänge von Dresden, Kesselsdorf, Wilsdruff und Gorbitz die Luft in die Stadt. «Das ist die Frischluftzufuhr Dresdens», hatte sein Vater immer gesagt. *Sturmhöhe*, so nannten sie deswegen auch die Gegend, in der sie wohnten.

Gerd hörte es gerne, das Rauschen der Pappel vor dem Haus, wenn der Westwind blies. Dieser Westwind hatte in jener Nacht die Weihnachtsbäume von ihrem Haus weggetrieben, in Richtung Stadtzentrum, bevor sie den Boden getroffen und damit die Hölle markiert hatten.

Und dennoch, am Ende jener Nacht detonierte eine Bombe nur einen Steinwurf entfernt von ihrem Haus, auf dem kleinen Fußballplatz im Park, in dem sie immer spielten. Alle Fenster im Haus gingen zu Bruch. Gerd konnte sich noch genau erinnern, wie er mit seiner Mutter in der Küche saß. Sie hatten den Balkon schon wieder verlassen, und er las gerade in jenem kleinen blauen Büchlein, das er von seinem Vater zum Geburtstag geschenkt bekommen hatte. *Kriegsflugzeuge* – zur Identifikation von Freund- und Feindflugzeugen. Jeder Flak-Kanonier kannte es auswendig.

Als tausend Splitter ihm entgegenflogen, studierte Gerd im fahlen Mondlicht gerade die Umrisse der sagenumwobenen P-51 Mustang (er durfte wegen der Verdunklung nicht einmal eine Kerze anmachen). Ein langer Splitter bohrte sich in seinen linken Arm, ein anderer schlug stumpf auf seine Stirn, sodass er beinahe das Bewusstsein verloren hätte.

Und jetzt, hier in diesem Zug, wurde Gerd klar, wie alles verbunden war. Die Bomber hatten den Tod gebracht, und dennoch oder vielleicht auch gerade deswegen: Diese allmächtigen Maschinen über ihrem Haus hatten die unbändige Leidenschaft entfacht, die fortan in seiner Seele brannte. Eine Leidenschaft, die nun alles zu zerstören drohte. So wie die Bomber damals alles zerstört hatten. Und noch eine Tatsache, obwohl sie jahrelang vor ihm auf dem Reißbrett nach Beachtung geschrien hatte, erkannte Gerd erst hier. Ihre Baade 152, das Turbinen-Verkehrsflugzeug, in das er seit seinem Studium jegliche Energie, seine Träume und Visionen gesteckt hatte, basierte auf einer Bomber-Konstruktion aus dem Zweiten Weltkrieg. Er, der als Kind den Tod aus der Luft erlebt hatte, der seinen besten Schulfreund in jener Nacht verloren hatte, dem ein fast zwanzig Zentimeter großer Glassplitter im Oberarm steckte, weil eine Luftmine auf seinem Bolzplatz detoniert war – er war hemmungslos verloren an die Idee, Flugzeuge zu bauen. So sehr, dass Gerd nun bereit war, für diesen Traum seine Ehe und seine Familie zu zerstören.

106 | KURT
Nach Probstzella, Sachsenstolz, 12:48 Uhr

Sie fuhren mit der *Sachsenstolz* in Richtung Grenze – Edith, der Heizer und Kurt. *Hollywood und so.* Kurt hatte es vorhin einfach so gesagt. Nun, vielleicht war dieser Dreh die letzte Möglichkeit, diesen Traum zu leben, falls sie ihn überhaupt noch mit der Lok rüberlassen würden. Eine Genehmigung hatte er in der Tasche. Aber war die heute noch etwas wert? Und was, wenn die Grenzer über ihn Bescheid wussten?

Kurt versuchte, diese Gedanken abzuschütteln und sich auf den Dreh zu konzentrieren: Mit schlafwandlerischer Sicherheit bediente Edith ihre Lok. Öffnete Hebel, schloss Kanäle. Las Barometer ab. Und der Heizer an ihrer Seite, wie ein magischer Knecht, schaufelte Kohle nach in den Schlund. Die *Sachsenstolz*, ihr pechschwarzes Inneres durch seine Kamera. *Wie eine Höhle in der Unterwelt von Dante. Beherrscht von einer faszinierenden Frau. Ein wahrlich archaischer Kosmos*, dachte Kurt und wurde langsam wieder ruhiger.

«Die Grenze …», sagte Edith und drosselte die Geschwindigkeit der Lok.

Kurt hob den Blick und sah, dass sie auf einen kleinen Grenzbahnhof zufuhren. Auf einem Bahnsteig standen zwei Soldaten, dahinter war Stacheldraht. Bilder von damals stiegen in ihm auf. Auch er war Soldat gewesen. Das war der Preis, den er zu zahlen bereit gewesen war, um seinen Film-Studienplatz zu bekommen. Er hatte freiwilligen Wehrdienst in der NVA geleistet. Dennoch, in seinem letzten Studienjahr hatten sie ihn noch einmal ins Wehrkreiskommando beordert.

Als Kurt damals die Villa in der August-Bebel-Straße in Potsdam betreten hatte, in der das Wehrkreiskommando untergebracht war, warteten sie schon auf ihn. Zwei Herren im Anzug, nicht in Uniform. Sie gingen mit ihm in den zweiten Stock der Villa, in das ehemalige Dienstbotenzimmer. Ein kleiner Raum mit Dachschrägen und einem viel zu großen Tisch in der Mitte.

Die Luft war stickig. Durch das einzige Fenster des Raumes fielen die Sonnenstrahlen ungebremst auf die helle Tischplatte.

An jeder Stirnseite hatte einer der Herren Platz genommen. Einer war der Good Cop, einer der Bad Cop. Das erkannte Kurt sofort.

Was wollen die von mir?

«Was möchten Sie denn gerne machen, wenn Sie fertig sind mit Ihrem Filmstudium?», fragte Good Cop. Die kurzen grauen Haare und kantigen Gesichtszüge wollten so gar nicht zu seiner gespielten Freundlichkeit passen.

«Ich würde gerne bei der DEFA in der Spielfilmabteilung arbeiten», sagte Kurt, «als Regisseur.»

Sind die Männer wirklich von der Armee? Wollten sie, dass ich Offizier werde?

Während die Herren noch eine Weile mit ihm über seine berufliche Zukunft plauderten, wurde Kurt von einer unerhörten Idee heimgesucht. Er hatte nach dem Treffen an ein Filmset fahren wollen und in seinem Rucksack ein batteriebetriebenes Tonbandgerät dabei. Eine RFT Smaragd. Diesen Rucksack hatte er unter dem Tisch gestellt, zwischen seine Beine. Fieberhaft dachte er nun nach, wie er das Tonbandgerät unter dem Tisch unbemerkt zum Laufen bringen konnte. Ein Mikrophon war angeschlossen. *Was für eine kühne Idee!*

«Alles in Ordnung?», fragte Bad Cop.

«Ja, ja, alles in Ordnung», sagte Kurt schnell und war sich plötzlich nicht mehr sicher, welche die Aufnahmetaste war. So oft hatte er in den letzten Jahren dieses Tonbandgerät bei Drehs bedient. Es hatte fünf Tasten. Die mittlere war die Stopptaste. Jeweils rechts und links, nun also direkt oberhalb und unterhalb, lagen die Tasten, mit denen man das Band schnell vorspulen oder zurückspulen konnte. Doch welche war die Taste, mit der er die Aufnahme starten konnte? Die oberste oder die unterste? Drückte er die falsche Taste, würde das Tonbandgerät das Band abspielen. Und da sie die Bänder immer wiederverwendeten, würde das Gerät den Ton vom letzten Dreh wiedergeben, laut und deutlich unter diesem Tisch.

«Wir können Ihnen bei Ihrem Berufswunsch helfen», sagte Good Cop. «Sie helfen uns, machen sich verdient für den Sozialismus, und wir helfen Ihnen bei Ihrem Lebensweg in diesem unserem Land.»

Kurt hatte schon den linken Arm vom Tisch genommen, so als wolle er sich an seinem Bein kratzen, da schob ihm der Good Cop seinen Dienstausweis über den Tisch wie eine Pokerkarte. «Wir sind vom Ministerium des Inneren, Abteilung Staatssicherheit.»

Kurt richtete sich schlagartig wieder auf. Das Blut rauschte in seinen Ohren. *Die Männer sind von der Stasi!* Er starrte eine Weile auf den Ausweis, dann nickte er, und der Mann steckte seinen Ausweis wieder weg.

«Sie wohnen im Internat im Heideweg, richtig?», fragte Bad Cop. «Wie ist denn da so die Stimmung unter den Studenten?» Seine ganze Erscheinung täuschte Harmlosigkeit vor. Er hatte ein rundes, glänzendes Gesicht, kleine, eng zusammenstehende Augen und den Igelschnitt eines Fünftklässlers.

Kurt zuckte mit den Schultern. «Gut.»

«Und das Essen?»

«Das Essen?»

«Ja, das Essen. Sie essen doch da, oder?», wollte Good Cop wissen.

«Klar. Frühstück und Abendbrot», antwortete Kurt, noch immer in Gedanken bei seinem kühnen Plan. Sollte er wirklich? «Gut. Das Essen ist gut. Also, wie man es nimmt.»

«Also sehen Sie da Verbesserungsbedarf?», hakte Bad Cop nach.

Kurt nickte und beugte sich dann wieder runter. Während er in seine rechte Hand hustete, drückte er die unterste Taste. Der Motor des Tonbandgerätes sprang an, aber der Lautsprecher schwieg. Erst jetzt merkte Kurt, dass ihm der Schweiß über den Rücken lief.

«Ja, klar sehe ich da Verbesserungsbedarf», sagte er, und das leise Schleifen des Bandes drang zu ihm hoch wie ein zarter Applaus aus der Unterwelt.

Dann sah Kurt auf die Uhr. Viertel elf. Er hatte ein 180-Meter-Band eingelegt. *Bei 9,5 Zentimeter je Sekun-*

de, rechnete er, *macht das eine Aufnahmedauer von dreißig Minuten.* In dreißig Minuten musste er entweder diesen Raum verlassen haben oder – und das war noch schwieriger, als das Band geräuschlos zu starten – das Band ebenso geräuschlos wieder stoppen. Doch das war laut. Die Taste sprang mit einem blechernen *KLICK* in ihre Ausgangsposition. Also würde es um kurz vor dreiviertel elf ernst werden.

«Sie erzählen uns, wie es so geht, im Studium, im Wohnheim», sagte Good Cop freundlich. «Und wir helfen Ihnen, Ihren Berufswunsch zu erfüllen.»

«Und was, wenn ich das nicht tue?», fragte Kurt Good Cop. «Habe ich dann umsonst studiert?»

Mutig? Nein, gefährlich übermütig. Das laufende Band zu seinen Füßen hatte ihn verführt. *Kurt, pass auf. Du bist hier nicht in einem Film.*

«Es gibt viele Möglichkeiten, in unserem Land zu arbeiten.» Die Augen von Bad Cop verengten sich, und nun sah sein Gesicht gar nicht mehr so harmlos aus.

Good Cop schickte seinem Kollegen einen tadelnden Blick, dann wandte er sich wieder an Kurt. «Ich hatte eigentlich das Gefühl, unser Gespräch liefe in eine positive Richtung.»

«Und was ist, wenn Sie mich später über meine besten Freunde etwas fragen? Muss ich Ihnen dann auch Rede und Antwort stehen?»

Die beiden Männer schwiegen einen Moment. Kurt hatte den entscheidenden Punkt angesprochen.

«Wir werden Sie zu nichts zwingen», sagte Good Cop schließlich. Der andere Stasimann machte sich eine Notiz.

Kurt blickte zwischen den beiden Männern hin und her

und war sich plötzlich sicher, dass er das Band niemals geräuschlos würde anhalten können. Und war es tatsächlich ein 180-Meter-Band? Oder war es kürzer? Panik stieg in ihm auf. Er musste hier raus.

«Ich habe mit der Waffe in der Hand meinem Land gedient. Ich glaube aber nicht, dass ich dem Sozialismus auf *diese* Weise einen guten Dienst leisten kann.»

Die beiden Männer sahen sich an.

Kurt griff nach seinem Rucksack und erhob sich. «Ich würde jetzt gerne gehen.»

Good Cop sah ihn prüfend an, nun gar nicht mehr so Good Cop. «Sie gehen, wenn *wir* es sagen!», bellte er.

«So?»

«Setzen Sie sich wieder hin!»

«Ich muss in einer halben Stunde an der Glienicker Brücke bei einem Dreh sein.»

«Dann muss Ihr Dreh eben warten», sagte Good Cop mit scharfer Stimme.

Kurt setzte sich wieder.

«Sind Sie sicher, dass Sie nicht mit uns kooperieren wollen?», fragte Good Cop, nun wieder freundlich.

Kurts Hemd klebte an seinem Rücken. Was hatte er nur getan?

«Ja, bin ich mir.»

Die Männer nickten mit versteinerter Miene. Bad Cop legte vor Kurt einen Zettel auf den Tisch. «Dieses Gespräch hat nie stattgefunden.»

Der andere reichte Kurt seinen Stift. «Lesen Sie sich das sorgfältig durch und unterschreiben Sie.»

Kurt griff nach dem Papier. Es war eine Verschwiegenheitserklärung.

«Zu niemandem ein Wort!», schärfte Good Cop ihm ein.

«Und wenn ich das nicht unterschreibe?»

«Vorher werden Sie diesen Raum nicht verlassen!», sagte Good Cop.

Noch fünf Minuten?

Kurt zögerte noch einen Moment. Was, wenn jetzt das Band zu Ende war? Die Spule, die vom Motor angetrieben wurde, würde dann ungebremst hochdrehen. Laut und deutlich hörbar.

Schließlich griff er nach dem Stift und unterschrieb. Dann nahm er seinen Rucksack und schickte sich an, den Raum zu verlassen.

«Moment», sagte der Bad Cop streng. «Sie haben das Datum vergessen.»

Kurt drehte sich noch einmal um, nahm den Rucksack auf den Rücken und spürte das leichte Vibrieren des Tonbandgerätes auf seiner nassen Haut. *Nur raus hier!*

Hastig setzte er das Datum 5.6.1959 neben seine Unterschrift, dann ging er. Genau in dem Moment, in dem er die Tür hinter sich schloss, lief das Band aus. Die angetriebene Spule drehte hoch, und das rhythmische Schlagen des Bandendes hallte wie ein leises Dauerfeuer über den Gang.

Die Lok kam zum Stehen, und Kurt stoppte die Kamera. Normalerweise ließ er sie in so einer Situation laufen, doch in Anbetracht seiner Vorgeschichte traute er sich das nicht mehr.

Er hob den Blick und sah zu Edith. Was nur dachte sie?

107 | EDITH
Bei Probstzella, innerdeutsche Grenze, 12:50 Uhr

Als Edith aus ihrer Lok stieg, merkte sie sofort, dass heute etwas anders war. Sie hatten den Zaun, der am Ende des Bahnsteigs die Grenze markierte, mit Stacheldraht verstärkt. Panzersperren säumten die Gleise. Die Grenzer waren sichtlich nervös.

«Papiere!», sagte einer der Soldaten knapp.

Sie kannte den Mann. Rote Haare, blasse Haut. Er war ein kluger Mann, *zu klug für einen Grenzer*. Edith hatte sich schon ein paarmal mit ihm unterhalten in den letzten Monaten. Er war stets freundlich zu ihr gewesen. Und er liebte Filme mit Hildegard Knef. Sie sei seiner Mutter ähnlich, hatte er mal gesagt. Nicht stolz oder eitel. Eher verwundert. Eine Mutter, die der Knef ähnlich sah. Und er blass und rot?

«D 151. Lokwechsel in Ludwigsstadt», sagte Edith zu dem Mann und versuchte, dabei so alltäglich wie möglich zu klingen. Doch sie hörte, wie ihre Stimme kippte.

Er hob den Blick und sah sie prüfend an.

Es brodelte in ihr. Was, wenn es das letzte Mal war, dass sie in den Westen fahren durfte? Wie sollte sie mit der Situation umgehen? Ihre Chance nutzen? Ihre Chance worauf? Auf Freiheit? Sie hatte sich bisher in ihrem Leben, in diesem Land frei gefühlt. Frei genug. Doch nun? Vielleicht würden sie den Grenzverkehr sogar komplett einstellen. Dann gäbe es keinen D 151 München–Berlin mehr.

Edith sah zu Kurt. Dieser Mann war mit seiner Kamera,

seinem Blick, seinen Fragen zu ihr in die Lok gestiegen. Dieser Mann mit seinen verrückten Träumen.

«In Ordnung», sagte der Grenzer und schickte Edith einen letzten fragenden Blick. *Wirklich alles in Ordnung?*

Edith riss sich zusammen und nickte.

Der Grenzer wandte sich nun an Kurt: «Und Sie?»

«Kurt Blochwitz, ich drehe für die DEFA einen Dokumentarfilm über Frau Salzmann. Sie ist eine unserer ersten Lokführerinnen.» Kurt reichte dem Grenzer seinen Ausweis. Der Soldat studierte das Dokument, dann öffnete er die kleine Box, die er vor der Brust trug, und holte eine Liste heraus, auf der er offensichtlich nach Kurts Namen suchte.

«Sie müssen hierbleiben», sagte der rothaarige Grenzer schließlich und gab Kurt den Ausweis zurück.

«Ich habe eine Genehmigung für einen Dreh im Westen. Parteiauftrag», sagte Kurt. Er gab dem Grenzer seine Akkreditierung. *Parteiauftrag* aus seinem Mund – Edith hätte fast gegrinst.

Der Grenzer warf einen flüchtigen Blick auf das Papier und schüttelte den Kopf.

«Aber ...», setzte Kurt zu einem Widerspruch an.

«Befehl aus Berlin», unterbrach ihn der Grenzer.

«Ich verstehe nicht ...»

«Müssen Sie auch nicht!» Der Grenzer reichte Kurt das Schreiben zurück.

«Also stimmt es, das mit der Mauer», hörte Edith sich sagen. Der Grenzer musterte sie, nun weniger freundlich als zuvor. «Sie meinen den antifaschistischen Schutzwall?»

«Eh, ja», sagte sie und biss sich auf die Lippen.

Der Grenzer nickte.

Nun fuhr der zweite Grenzsoldat Kurt an: «Und jetzt machen Sie hinne!»

Kurt schickte Edith einen flüchtigen Blick. «Ich muss noch meine Ausrüstung aus der Lok holen», sagte er.

«Na dann.»

Kurt stieg wieder in die Lok.

«Und Sie bleiben auch hier», wandte sich der erste Grenzer nun an den Heizer.

Der Heizer blickte Edith verdutzt an. «Was?»

«Aber ich brauche einen Heizer», protestierte Edith.

«Nicht für die paar Meter.»

Der zweite Grenzer führte den Heizer ab. Edith sah den beiden mit einem flauen Gefühl im Magen nach.

Kurt kletterte mit seinem Tonband und dem Kamerastativ aus der Lok, und der Grenzer mit den roten Haaren stieg ins Führerhaus, um nachzusehen, ob Kurt auch wirklich alles mitgenommen hatte.

Für einen Moment waren sie allein. Kurt blickte Edith stumm an. Da standen sie, zwischen diesen Soldaten, flankiert von Stacheldraht und Panzersperren. Neben ihr ihre *Sachsenstolz*, die Edith zumindest noch einmal in die Freiheit bringen würde.

«Sehen wir uns wieder?», flüsterte er schließlich.

Edith spürte, dass in seiner Frage mehr lag als nur das. Auch Edith wollte das, *mehr*.

«Ich meine *drüben* ... wiedersehen», ergänzte er leise.

Sie schluckte.

«Ich komme nach, irgendwie schaffe ich das schon.» Kurt blickte hastig zum Führerhaus der Lok.

Edith bekam weiche Knie.

Einmal mit dir durch die Prärie.
Dieses freche Angebot bekam plötzlich eine völlig neue Dimension. Eine Größe, die zu groß schien für diesen Tag. Zu groß für ihre flüchtige Begegnung.

«Gut, Sie können.» Der Grenzer war wieder aus der Lok gestiegen, und der andere Grenzbeamte öffnete das Tor. Das Tor zum Westen.

Edith zögerte einen Moment, dann küsste sie Kurt mitten auf den Mund. Der riss vor Überraschung die Augen auf. *Er schmeckt*, dachte Edith. Sie schenkte Kurt noch ein verschmitztes Lächeln, dann stieg sie in ihre *Sachsenstolz*. Ihr Herz raste.

Noch ein letztes Mal sah sie zu Kurt, sah in seinen Augen seine Frage. *Sehen wir uns wieder?*

Sie löste den Bremshebel, und die Lok fuhr an. Das rhythmische, immer schneller werdende Schlagen der Kolben beruhigte sie ein wenig. Doch seine Frage tobte hemmungslos in ihrer Seele: *Sehen wir uns wieder?*

108 | CARLA
Vor Ludwigsstadt, Interzonenzug D 151, 12:55 Uhr

Der Kellner stellte einen Kirschlikör vor Carla auf den Tresen.

«Für mich?», fragte sie verwundert.

Der Kellner nickte nur, und Carla erkannte Mitleid in seinem Blick. Wollte sie das? Mitleid von *diesem* Typen?

«Meine Mutter lebt im Osten. In Wernigerode», sagte der Mann.

Carla schaute den Mann verwirrt an. «Tatsächlich?»

Der Mann nickte. «Trotzdem, ich bin verdammt froh, dass ich jetzt aussteigen kann.»

Carla trank das Glas halb leer. Der süße Alkohol leistete sofort ganze Arbeit. «Ich auch», sagte sie schließlich, und der Kellner sah sie skeptisch an.

«Drei von uns steigen aus, um genau zu sein», beantwortete sie seine stumme Frage. «Damit ist unsere Band Geschichte.» Sie trank den Rest in einem Zug aus, und der Kellner schenkte nach.

Und unsere Liebe auch.

Siggi begann leise einen Takt auf den Tisch zu schlagen. Peter ging zu seinem Kontrabass und folgte Siggi in perfekter Harmonie mit seinen dunklen Saiten. Es war ihr Abschiedssong vom Publikum, den sie in der Regel als Zugabe spielten. So auch gestern Abend in diesem Club in Giesing. Es war der einzige Song, den Carla mit Sascha zusammen geschrieben hatte. *Der Song für ihren Abschied.* Ein Vorgeschmack auf ihre Zukunft.

Sascha war im Gang zurückgeblieben. Und auch jetzt, wo er sie mit Sicherheit spielen hörte, kam er nicht.

Carla kämpfte mit den Tränen. Dann trank sie den zweiten Likör und wandte sich an ihr Publikum im Wagen: «Liebe ... Mitreisende, in zwanzig Minuten werden wir in Ludwigsstadt halten ...» Ihre Stimme brach. Kurz musste sie sich sammeln. «Zeit für einen Abschiedssong.»

Carla ließ den Blick durch den Speisewagen schweifen, sah in die Gesichter der Menschen. Drei Tische waren noch besetzt. Da war der Arbeiter, mit dem sich Siggi angelegt hatte, der einer alten Frau gegenübersaß. *Seine Mutter?* Zwei junge Frauen in ärmellosen Sommerkleidern betranken sich mit Wein. Vielleicht mussten sie das tun, um ihre Fahrt fortsetzen zu können. An den Augen des Mannes, der in ihrem Abteil gesessen hatte, blieb sie hängen. Es war der mit der Narbe auf der Wange, auf den Sascha so seltsam reagiert hatte. Carlas Worte hatten auch diesen Mann getroffen. Das merkte sie. Abschied? Vielleicht auch für ihn ein Thema. Aber wollte er nicht heiraten, die Frau, die ihm da gegenübersaß? Der schwarze Junge lehnte sich an ihn an.

Noch einen Moment sah sie den Mann an, dann blickte sie zu Peter und Siggi. Siggi nickte Peter zu, und der schlug nun fester auf den Tisch. *Eins, zwei, drei, vier,* dann setzte auch Carla ein.

«*Alles hat seine Zeit ...*»

Genau eine Zeile schaffte sie, dann stand Sascha in der Tür. Carla versagte die Stimme. Eine Weile blickten sie sich nur an, stumm. Der Kellner, ihr neuer Freund, reichte Carla noch einen Schnaps. Sie trank und setzte wieder an.

> «*Alles hat seine Zeit,*
> *Und auch wir zwei.*
> *Doch Zeit aber vergeht,*
> *Aber sie geht niemals wirklich vorbei.*»

Carlas Stimme begann zu beben. Es schien ihr, als hätten Sascha und sie diesen Song für diesen Augenblick und nur für diesen Augenblick geschrieben.

Sascha trat in die Tür des Speisewagens und griff nach seiner Gitarre. Noch einen Moment zögerte er, dann stieg er mit ein in ihren Song. Aber nicht wie sonst, nur mit seinem Instrument, er sang auch mit. Ein letztes Mal waren sie komplett.

«Du kehrst nicht mehr um,
Mach es mir nicht schwer.
Wir haben gelacht und geliebt und geweint,
Und jetzt wollen wir mehr.
Schau mir ein letztes Mal in die Augen
Und versprich,
Du machst dir keine Sorgen um mich.»

Carla wagte einen weiteren Blick zu Sascha, sah, wie er da mit seiner Gitarre in der Tür stand. Stolz und aufrecht, gebrochen und verloren, für sie und die ganze Welt.

Ein Bild stieg in ihr hoch. Wie Sascha damals in der Tür gestanden hatte, in ihrem kleinen Probenraum in Pankow. Als sie noch zu dritt gewesen waren und einen Gitarristen gesucht hatten. Es war der 17. März 1956 gewesen, ihr 19. Geburtstag, und das Schicksal hatte ihr ein ganz besonderes Geschenk geschickt. Das merkte sie sofort. Ein Blick von diesem Mann hatte ihr damals genügt und sie ihre gemeinsame Zukunft sehen können. Als Band und als Paar. Eine Zukunft, die nun Vergangenheit werden würde.

«Irgendwann werden wir uns wiedersehen,
Als wäre nie etwas geschehen …»,

sangen sie zusammen, und Carla ahnte, dass diese Textzeilen nur eine Illusion waren, ein dummer Wunschtraum, Opium gegen das Brennen des Abschieds.

109 | ERNST

Ernst stand auf dem Gang und lauschte der Musik, die leise aus dem Speisewagen zu ihm drang. Das Lied war melancholisch. Es erinnerte ihn an Lili Marleen. Ihr Überlebenselixier im Schützengraben. Er bereute in dem Augenblick zutiefst, diese dumme Reise nach München gemacht zu haben.

Begrabt mein Herz in Dresden.

Ja, er verstand seinen Schwager, besser vielleicht als jeder andere hier in diesem Zug. Auch er, Ernst, war nach dem Krieg wieder nach Dresden gefahren. In seine Heimat, zurück zu seiner Familie. Selbst nachdem er diese Frau in München getroffen hatte.

«Irgendwann werden wir uns wiedersehen», hörte er die Sängerin aus dem Speisewagen, als würde sie nur für ihn singen.

Wie sein Leben wohl verlaufen wäre, wenn er geblieben wäre, bei dieser Frau. Die ihn so lebendig hatte werden lassen. Nach all dem Wahnsinn und dem Lager.

Johanna. Sie war der Grund gewesen, warum er nach dem Tod seines Schwagers nicht hatte nach München fahren wollen, sie war der Grund, warum er in München das Haus nicht hatte verlassen wollen. Sie war der Grund, warum er all die Jahre in Dresden, die Jahre nach dem Krieg, nie wirklich da war.

Was wäre gewesen, wenn er bei Johanna geblieben wäre? Vorhin, da im Abteil bei dieser Familie – nicht die Erinnerung an seinen Sohn hatte ihn dazu verleitet, Willi und Elke in den Speisewagen mitzunehmen. Nein, es war die an Johanna und ihre beiden Kinder. Einen Sohn und eine Tochter. Die Erinnerung an die kleine Familie, die sie im Sommer 1946 in München waren.

Was, wenn diese Frau noch lebte? Der Gedanke raubte ihm fast die Sinne. Was, wenn Johanna noch lebte?

Ernst blickte aus dem Fenster und wurde wieder etwas ruhiger. Er liebte diese trüben Sommertage. Er hatte sie lieben gelernt, hier in Bayern. Er war im Sommer '45 in einem Kriegsgefangenenlager im Osten von München gewesen, bei Bad Aibling. Wassersuppe, einen Kanten Brot, schlafen auf der Erde, so wie fast eine Million andere Soldaten der Wehrmacht. Im Juni noch hatten sie sich gefreut, wenn die Sonne geschienen, nach den kühlen Nächten die steifen Knochen gewärmt hatte. Doch im Juli und August war die bayerische Sonne unerträglich geworden. Vor allem, wenn der Föhn über die Alpen gezogen war. Dann hatte sie nur noch gebrannt.

Heute war so ein guter trüber Tag im August. Sie hätten sich gefreut. Es wäre ein guter Sommertag gewesen für sie im Lager.

Ernst lauschte wieder der Musik. Die Melancholie tat ihm gut. Lili Marleen im Schützengraben. Ihr Lebenselixier. Eine Weile noch stand er einfach nur da. Die Landschaft zog an ihm vorbei, aber er nahm sie nicht mehr wahr. Weder die Wolken noch die satten Wiesen oder die Allee am Horizont. Nichts davon.

Johanna. Wie wäre sein Leben verlaufen, wenn er damals bei dieser Frau geblieben wäre?

Johanna.

110 | INGRID

Ingrid sah zu Rudolf, der ihr noch immer im Speisewagen gegenübersaß. Sie wusste, dass er, wenn er nervös war, seine Krawatte löste (so wie nach dem Antrittsbesuch bei ihren Eltern). Er hatte den Krawattenknoten noch immer geschlossen. Eigentlich ein gutes Zeichen. Vielleicht hatte sie sich getäuscht.

Ihr Sohn Hans war weggedämmert und schlief im Schoß von Rudolf. Auch dieses Bild hätte sie beruhigen müssen. Doch irgendetwas stimmte nicht mit ihrem zukünftigen Mann. Rudolf schien ganz im Bann dieses Musikers zu sein, der vorhin in ihr Abteil gekommen war – und der nun dieses Abschiedslied am Eingang mit der Gitarre spielte.

111 | MARLIS

Die Tür von ihrem Abteil war einen Spalt geöffnet, und so konnte Marlis leise die Musik hören, die diese Band im Speisewagen spielte. Es war ein ruhiges Lied, voller Wärme, voller Abschied.

Ihre ganze kleine Familie, Gerd, die Kinder und sie, sie alle vier saßen auf einer Bank zusammen. *Ein Familienknäuel.* Umringt von den drei Familienkoffern, dem kaputten Flieger, ihren Jacken.

Marlis lehnte mit dem Rücken an ihrem Mann. Sie spürte seinen ruhigen Atem im Nacken. Warm und vertraut. Sein Pullover war weich. Seine Haut glatt. Er hatte sich heute früh rasiert – zur Feier des Tages. Wo er doch sonst an einem Sonntag seine Stoppeln sprießen ließ. Heute hatte er sich rasiert. *Für Elke und die gelbe Mustang.*

Marlis hielt ihre Kinder im Arm. Willi saß rechts vor ihr, Elke links. *Ein Familienknäuel.*

Leise drang der Song aus dem Speisewagen zu ihnen. So als würde diese Band ihn nur für sie spielen.

«Du kehrst nicht mehr um,
Mach es mir nicht schwer.
Wir haben gelacht und geliebt und geweint,
Und jetzt wollen wir mehr.
Schau mir ein letztes Mal in die Augen.»

Sollte Marlis doch aussteigen? Ihr Zuhause hinter sich lassen, ihren Vater und ihre Überzeugung? Ihren Glauben an eine bessere Welt?

Marlis spürte nun den Herzschlag ihres Mannes. Er war schneller, als sein Atem es vermuten ließ. Sein Herz schlug so schnell wie manchmal, nachdem sie miteinander geschlafen hatten.

Gerd und sie kannten sich seit sechzehn Jahren, waren seit vierzehn Jahren verheiratet. Kurz war Marlis versucht, die Tage auszurechnen, die sie bis heute verheiratet waren. Am 3. Mai 1947 hatten sie sich das Ja-Wort gegeben, im Fasanen-Schlösschen von Schloss Moritzburg. Heute war der 13. August 1961 ...

Kurz übernahm die Ökonomin das Ruder. Die Ökonomin, die nicht wollte, dass sie fühlte. Doch der zarte Duft von Elkes Haaren vertrieb sie wieder, bevor sie es ausgerechnet hatte. Elkes Haare rochen nach süßem Apfel. Auch ihre Tochter hatte sich heute früh herausgeputzt – für den Jungfernflug ihrer gelben Mustang. An einem normalen Tag war Elke ihr Aussehen völlig egal. Da kam Elke sehr nach ihrer Mutter.

Aber heute war eben alles anders.

Sollte sie doch aussteigen?

112 | ARTHUR

Arthur war sich nun sicher. Der Rat von Dr. Schlesinger mit der Zigarettenschachtel war absoluter Quatsch. Schließlich hatte sich auch Odysseus an den Mast binden lassen und die Sirenen nicht eingeladen, gleich mitzufahren. Arthur hatte zwar bis jetzt widerstanden, aber er merkte, er würde nicht mehr lange durchhalten. Seine Widerstandskraft ließ nach, nicht nur gegen die Kippen, sondern auch gegen das Erinnern.

Er war an diesem gottverdammten 13. August in den Zug nach Berlin gestiegen, gegen das Verbot seines Chefs – und hatte verloren.

Arthur ging zum Kinderwagen und steckte den Rest der Ampullenschachteln in seine Manteltasche. *Wie ein Kaffeeschmuggler nach dem Krieg*, dachte er. Na ja, vielleicht würden ihm die Ampullen helfen, seinen Job behalten zu können. Immerhin bewiesen sie, dass Arthur auf der richtigen Spur gewesen war.

Arthur glotzte auf den Hasen und fragte sich, ob er auch ihn mitnehmen sollte, seinen neuen Freund. Im Zweifel wäre auch der Hase ein Beweisstück. Aber eben in einem Fall, den er nicht mehr hatte. Arthur legte den Hasen wieder in den Wagen. Er, Arthur, hatte versagt. Gegen den Arzt hatte er noch immer nichts in der Hand.

Innerhalb von vier Tagen waren drei junge Menschen in München an Herzversagen gestorben – so wie Arthur beinahe auch nur wenige Wochen vorher. Aber er war ein alter Mann, dreißig Jahre älter, Raucher, Trinker.

Das erste Opfer von Dr. Schlesinger, Gerda Specht, war Studentin an der TU München gewesen, Alter einundzwanzig, fast noch ein Mädchen. Leichtindustrie hatte sie studiert. Sie war hübsch gewesen: kurze blonde Haare, herzförmiges Gesicht, kleiner, voller Mund, sportliche Figur. Sie war in ihrem Bett gestorben. Herzversagen.

Das zweite Opfer, Selma Geith, vierundzwanzig, hatte am Abend unter der Dusche das Zeitliche gesegnet.

Arthur hätte damals den Fall zu den Akten gelegt, wäre nicht noch ein dritter junger Mensch gestorben. Der sechsundzwanzigjährige Joachim Zetsche, auch er in seinem Bett. Seine Mutter hatte ihn gefunden. Dieses Opfer «machte» für Arthur den Fall. *Wie immer die Opfer den Fall machten.* Doch hier war es anders. Was niemand im Dezernat wusste, nicht einmal Andi: Arthur kannte Joachim. Das erste Mal hatte er ihn am ersten Weihnachtsfeiertag 1936 gesehen. Da war Joachim erst ein paar Tage alt gewesen.

«Das ist dein Sohn», hatte die junge Frau mit den roten Zöpfen gesagt, die an jenem Morgen vor seiner Tür gestanden hatte. Vor der Tür von ihm und seiner damaligen Frau Inge. Sie hatte seinen Sohn in ein Tuch gewickelt und Arthur das Bündel in den Arm gedrückt.

Arthur hatte die Mutter von Joachim nur ein einziges

Mal gesehen, neun Monate zuvor. Er hatte nicht einmal ihren Namen gekannt. Sie aber seinen, und so hatte sie Arthur finden können.

Er hatte die Frau mit den roten Zöpfen in der Folgezeit ein paarmal besucht, heimlich. Sie und ihren Sohn, *seinen* Sohn. Später hatte er ihr immer mal wieder Geld geschickt. Doch als Arthur dann im Mai 1940 in den Panzer gestiegen war, um Frankreich zu erobern, hatte er das zum Anlass genommen, aus dem Leben seines Sohnes zu verschwinden. Er hatte nicht einmal mehr gewusst, ob diese Frau und der Junge noch lebten, als er 1945 wieder nach München kam. Bis zu jenem Tag, als Arthur an einen Tatort gerufen wurde. In die Wohnung des Schlossermeisters Joachim Zetsche in die Zieblandstraße in der Münchner Maxvorstadt. Andi hatte Arthur zu Hause angerufen. Es war nach Dienstschluss gewesen. Arthur hatte sich noch einmal rasiert, ein frisches Hemd angezogen und war dann zum Tatort gelaufen. Einmal quer durch den alten Nordfriedhof. Die warme Abendsonne, das satte Grün des Junis, alles hatte irgendwie belebt gewirkt. Selbst die Gräber.

Arthur hatte nicht einmal fünf Minuten gebraucht für den Weg zu seinem Sohn.

Mit dem Tod dieses Jungen hatte sich alles geändert. Die Frau mit den roten Zöpfen war ergraut, doch Arthur hatte sie sofort wiedererkannt. Und sie ihn auch.

Er hatte in den Folgetagen jeden Stein umgedreht und schließlich entdeckt, dass alle drei Opfer in den Tagen vor ihrem Tod bei Dr. Schlesinger gewesen waren.

Im Blut der Opfer waren jedoch keine Auffälligkeiten feststellbar gewesen. Keine Vergiftung. Falsche Medikamentierung? Nichts, zumindest nichts, was Arthur dem

Arzt direkt hätte anhängen können. Und dennoch, er roch, dass dieser Arzt schuldig war. Er *musste* schuldig sein.

Arthur deckte den Hasen sorgsam zu, sodass nur noch der Kopf und die Ohren mit dem Knopf zu sehen waren. So hatte er seinen Sohn nie gebettet.

Tschau, mein guter Freund.

Dann griff Arthur nach der Kippe, die noch immer hinter seinem Ohr klemmte. Und gerade als er sie zwischen seine Lippen steckte, öffnete eine Frau die Waggontür, und ein Song aus dem Speisewagen wehte leise zu ihm herüber. Arthur lauschte. Es war die schöne Löwin, die da sang. Die Frau mit dem kriminellen Potenzial. Auch bei ihr ging es um alles, das hörte Arthur. Der Song berührte etwas in ihm. Das Lied erzählte von etwas, das nun vorbei war und nie wiederkommen würde. Arthur sah wieder dieses kleine Bündel, das sein Baby gewesen war, die gelbe weiche Decke, das seltsam faltige Gesicht, die kleine Nase und die Augen, diese großen neugierigen Augen, die ihn da anblickten.

Der Kommissar vergaß über diese Erinnerung, das Feuerzeug aus der Tasche zu holen. Er vergaß, dass er eine Kippe im Mund hatte. Er vergaß, dass er diesen Fall versemmelt hatte. Arthur sah nur noch diesen kleinen Jungen vor sich.

113 | EDITH
Bei Probstzella, innerdeutsche Grenze 13:00 Uhr

Als Edith mit ihrer Lok das Grenztor passiert hatte, war ihr Herz kurz stehen geblieben. *Bum, Bum.* Auch die Schienen hatten von diesem Schritt erzählt. *Bum, Bum.*

Sie würde nun neun Minuten brauchen bis Ludwigsstadt, dann ankoppeln ... Und dann 13:23 Uhr zurück.

Was, wenn das tatsächlich das letzte Mal ist, dass du rauskommst?

Falls der D 151 pünktlich war, hatte sie alles in allem nun dreißig Minuten Zeit, um eine Entscheidung zu treffen.

Die Entscheidung ihres Lebens.

114 | KURT

Die Grenzer, die das Tor geschlossen hatten, schulterten ihre MPs und kamen auf ihn zu.

«Kann ich hier warten, bis sie wiederkommt?», fragte Kurt die Männer.

Wenn sie wiederkommt ..., dachte er.

Der eine Grenzer, offensichtlich der Offizier, zuckte gleichgültig mit den Schultern, und die Männer gingen weiter zu ihrer Wache.

Kurt blickte wieder in Richtung Edith. Die *Sachsenstolz* war im Wald verschwunden. Nur noch eine Spur aus weißem Rauch zog langsam über den Himmel.

115 | CARLA
Kurz vor Ludwigsstadt, Interzonenzug D 151,
13:00 Uhr

Carla hörte auf zu singen.

Stille. Niemand wagte zu klatschen.

Sie musste an einen Moment in der Werner-Seelenbinder-Halle denken, vor zwei Wochen. Da hatten viertausend Menschen für einen Augenblick geschwiegen, als sie diesen Song, ihre Zugabe, beendet hatten. Nur für einen Wimpernschlag, bevor es Beifall gegeben hatte. Ein letztes Mal. Es war magisch gewesen. Vielleicht ihr größter Augenblick als Band.

In der Werner-Seelenbinder-Halle in Ost-Berlin hatten sie Magie erlebt. Im Gegensatz zu gestern Abend. In diesem Club in München-Giesing. Dunkel, einsam, kalt.

Carla suchte Saschas Blick. Er stand noch immer in der Tür des Waggons. Er schaute zu Boden. Carla spürte, wie er damit kämpfte, den Blick zu heben und sie anzusehen. Doch er tat es nicht.

«Verehrte Fahrgäste, in wenigen Minuten erreichen wir Ludwigsstadt, den letzten Halt vor der Grenze. In Ludwigsstadt übernehmen unsere ostdeutschen Kollegen den Zug. Daher möchten wir uns nun von Ihnen ganz herzlich verabschieden und wünschen eine gute Weiterfahrt.»

Carla, Siggi und Peter blickten einander an. Es war so weit.

116 | RUDOLF

Rudolf war mit Ingrid und Hans zurück in ihr Abteil gegangen. Nur noch ein paar Minuten, dachte Rudolf, dann würden sie zusammen aussteigen, und sein Schwiegervater Ludwig würde ihn auf dem Bahnsteig mit einem prüfenden Blick begrüßen, so wie er es immer tat. Dann würden sie ins Haus seiner Schwiegereltern fahren und spätestens am Abend, nachdem Ludwig und er die ersten Worte über Politik verloren hatten, freilich unter vier Augen, wäre alles wieder gut. Wenn die Politik nicht wäre, Ludwig hätte ihn niemals als Schwiegersohn akzeptiert, das ahnte Rudolf. Ludwig schien die Lüge zu riechen. Doch sein Schwiegervater war noch immer in der alten Welt gefangen. So wie alle Männer in Ludwigsstadt, der ganze Männerclub um den ehemaligen Ortsgruppenleiter der NSDAP. Und Rudolf verstand es gut, in diesem Club zu glänzen. Mit den alten Werten.

Rudolf sah wie taub auf Ingrid, die ihr Gepäck zusammenpackte und dabei außer Atem kam, so aufgeregt war sie. «Ich freue mich schon auf den beschwipsten Kirschkuchen von Oma. Aber als Erstes muss ich das Kleid mit Dampf wieder in Form bringen.» Sie öffnete den großen, weißen Brautmoden-Karton, hielt für einen Moment die Luft an und schloss den Karton dann wieder, voller kindlicher Vorfreude. «Oh, ich glaube, ich habe deine Manschettenknöpfe vergessen», sagte sie dann zu Rudolf.

Seine Lüge schnürte ihm die Luft ab. Er öffnete die Krawatte, dann den obersten Knopf seines Hemdes.

Er hatte beschlossen, seinen Weg als ein notwendiges

Übel zu sehen. Eine Last, die er nun mal tragen musste, ob er wollte oder nicht.

«Rudi, wir sind gleich da!», sagte Ingrid verwundert.

Doch noch immer konnte Rudolf ihr nicht in die Augen sehen.

«Rudi?»

Rudolf zögerte noch einen Augenblick. Es war so ungeheuerlich, dass er nicht sofort sprechen konnte.

«Ich werde nicht mit euch aussteigen», presste er dann hervor.

«Was?», brachte Ingrid hervor.

«Ich werde nicht mit euch aussteigen.»

«Was redest du da?»

Hans hielt in der Bewegung inne und starrte auf die Schachfiguren, die er gerade zusammenpacken wollte. Genau genommen auf den weißen König, seinen Helden.

Rudolf schwieg.

Dann hob Hans den Kopf. «Du wirst doch morgen mein Papa ...»

Rudolf hielt dem Blick des Jungen nicht stand. Er sah zu Ingrid, die mit dem Brautmoden-Karton starr mitten im Abteil stand.

«Können wir kurz draußen ...?», sagte Rudolf leise zu ihr.

Ingrid nickte nur, legte den Karton vorsichtig auf die Bank und folgte Rudolf auf den Gang.

Als er die Tür schloss, sah er, wie Hans wieder auf den weißen König stierte, offensichtlich unfähig, diesen in die kleine Schachfigurenkiste zu legen, die Rudolf ihm am Tag zuvor geschenkt hatte.

117 | INGRID

Ingrid zitterte nun am ganzen Körper. Sie spürte den ängstlichen Blick von ihrem Sohn im Rücken.

Es war alles viel zu schön gewesen, um wahr zu sein.

«Hat es etwas mit dem Mann zu tun, der vorhin im Abteil war? Mit dem blonden Musiker?», brachte sie mühsam hervor.

Rudolf nickte, packte sie an den Oberarmen und zwang sie, ihn anzuschauen. Was sie sah, zog ihr den Boden unter den Füßen weg. Schweißperlen standen auf seiner Stirn, sein Kinn bebte, der Blick war wie von Sinnen. So hatte sie ihn noch nie erlebt.

«Ich heiße eigentlich Otto Kant, und ich habe im Osten, genau genommen in Bautzen ... eine Familie.»

«Du hast *was?*»

Nicht zu Hans blicken. Um Gottes willen nicht zu Hans blicken!

«Eine Frau ... Martha und zwei Kinder ... Heinz und Ursel», sagte der Mann, der nun ein Fremder war.

«Was?»

Doch der Mann schwieg, der einmal Rudolf gewesen war, der gute Bäcker aus der Ludwigstraße.

«Was soll das heißen? Rede mit mir!», rief Ingrid.

«Ich habe sie seit '45 nicht mehr gesehen.»

«Weiß deine Frau, dass du noch lebst?»

«Ich konnte nach dem Krieg nicht mehr zurück, weil ich ...»

Ingrid versuchte krampfhaft, einen klaren Gedanken zu fassen. Sie, die Braut, die morgen in ihrer Heimatstadt alles wiedergutmachen wollte. Die Braut mit dem schwarzen Jungen und dem Vater, der ihr endlich verzeihen wollte.

«Du hast sie einfach sitzengelassen?», presste sie hervor. «Du hast das Gleiche gemacht wie ...» Sie brach ab und blickte nun doch zu ihrem Sohn, der mit seinem Schachspiel mitten im Abteil stand und nicht begriff, was gerade passierte.

«Bitte lass mich erklären ...», setzte Rudolf wieder an.

«Nein! Du brauchst mir nichts zu erklären!»

«Ingrid, bitte ...»

Ingrid öffnete die Abteiltür und schnappte sich ihr Gepäck.

«Komm, Hans, wir steigen aus.»

Hans rührte sich nicht von der Stelle. «Und was ist mit Papa?»

«Das ist nicht dein Papa!», sagte Ingrid barsch und ergriff die Hand ihres Sohnes. «Wir gehen!»

«Ingrid, bitte ...», versuchte Rudolf noch einmal, sie aufzuhalten.

Doch Ingrid starrte ihn nur entsetzt an. «Ist dir eigentlich klar, dass du das Gleiche mit deiner Frau und deinen Kindern gemacht hast wie der Vater von Hans mit mir?!»

«Papa hat eine Frau?», fragte Hans.

Rudolf schwieg, und Ingrid antwortete mit einem fahrigen Nicken.

«Und ich habe gedacht, mit dir wird alles gut», sagte sie zu diesem Mann. Dann nahm Ingrid ihren Sohn und verließ das Abteil.

118 | CARLA

Carla, Peter und Siggi hatten ihre Koffer bereits auf den Gang gebracht, als der Waggon-Lautsprecher wieder knarzte.

«Wir erreichen nun den Bahnhof Ludwigsstadt. Die planmäßige Ankunft war 13:05 Uhr. Weiterfahrt ist planmäßig um 13:23 Uhr. Die Mitarbeiter der Deutschen Bundesbahn verabschieden sich nun und wünschen Ihnen eine gute Weiterreise.»

«Gute Weiterreise ...», wiederholte Siggi sarkastisch und starrte dabei Sascha an.

«Und ihr wollt wirklich in ein Land, in dem ihr nicht mal ... vögeln dürft?», fragte Sascha Peter und Siggi. Es sollte leicht klingen, aber keinem war danach zumute.

«Halt die Klappe», entgegnete Peter.

«Du verdammter Idiot.» Siggi setzte an, Sascha zu boxen, tat es aber dann doch nicht. Er nahm seine Koffer und ging in Richtung Tür. Peter umarmte Sascha und folgte Siggi. Carla und Sascha blieben nun allein zurück. Und auch wenn sie etwas hätte sagen wollen, sie konnte es nicht.

«Carla ... es tut mir leid», sagte Sascha schließlich leise.

Doch das half ihr nicht. Es tat nur noch weh, verflucht noch mal!

«Mir auch», presste sie schließlich hervor.

Der Zug wurde langsamer. Die Bremsen sangen ihren Abschiedssong. Leise, dann immer lauter. Schließlich verstummten auch sie.

Stille.

Der Zug war angekommen auf dem letzten Bahnhof ihrer Reise.

Carla blickte Sascha noch einmal an, dann ging auch sie, ohne ihn zu umarmen, und er blieb allein zurück.

119 | SABINE
Ludwigsstadt, Bahnhof, 13:08 Uhr

Die Turnerin spürte in die Stille des Waggons hinein. Kein *Bum, Bum* der Räder mehr, kein Wackeln. Feste Stille. Wie nach einem Pferdsprung, den sie perfekt gestanden hatte.

In ihr stieg ein Gedanke auf. Noch war sich Sabine nicht sicher, ob sie sich das trauen sollte. Aber sie könnte etwas tun, das ihr Leben verändern würde.

Sabine blickte verstohlen auf ihre Armbanduhr, dann zu ihrer Trainerin. In zwölf Minuten würde der Zug weiterfahren. Sollte sie es wirklich tun? Sie hatte zwölf Minuten.

Sabine trainierte, seit sie fünf Jahre alt war. Noch vor der Einschulung hatte sie damit begonnen. Jahrein, jahraus. Sechs Tage in der Woche, sechs Stunden am Tag. Was blieb ihr, wenn das nicht mehr wäre?

Dass etwas nicht stimmte mit ihrem Körper und den «Vitaminen», die ihr Christa gab, das hatte sie schon länger geahnt. Im Frühjahr war Sabine für drei Wochen in der Charité gewesen, weil sie beim Versuch, einen Flickflack auf dem Balken zu springen, abgerutscht und mit dem Kopf auf dem Holz aufgeschlagen war. In diesen Wochen war etwas mit ihrem Körper passiert. Sie war plötzlich gewachsen und hatte Brüste bekommen. Sie war halb zur Frau gereift, als sie die Klinik verließ und Christa ihr die Vitamine wieder geben konnte. Zu einer Frau, die sie eigentlich schon länger hätte sein sollen und im Innern auch war. Und nun wusste sie, warum.

Christa reichte ihr eine Thermoskanne. «Trink.» Sie sagte das mit jenem Blick, der keine Widerrede duldete.

Sabine kämpfte gegen ihren Impuls an, sofort zu gehorchen. Immerhin hatte sie das zwölf Jahre getan.

«Trink!»

«Was ist da drin?» Sabine spürte, wie ihr Herzschlag schneller wurde.

«Tee», sagte Christa scharf, und ihre Augen verengten sich.

Sabine starrte ihre Trainerin an, dann schüttelte sie mutig den Kopf, stand auf und zog sich ihre Jacke an.

«Was soll das?»

Sabine zögerte. Ihr Mut raubte ihr fast den Atem. All die Jahre hatte ihr Christa einen eisernen Willen antrainiert. Einen Willen, der so eisern war, dass sie im Frühjahr mit einem angebrochenen Wirbel zur innerdeutschen Meisterschaft gefahren war. Sie hatte den Flickflack auf dem Balken gestanden, als erste Frau der Welt.

Doch noch nie hatte Sabine es gewagt, diesen eisernen Willen gegen Christa einzusetzen.

«Wenn du jetzt gehst, war *alles* umsonst», sagte ihre Trainerin.

Die Worte trafen Sabine wie ein Faustschlag, und noch vor vierundzwanzig Stunden wäre sie eingeknickt. Doch nun? Sabine ertastete die Innentasche ihrer Jacke und spürte, wie ihr Herz raste. Der Brief war noch da. Gut so.

Sie drehte sich noch einmal zu Christa um. «Ich habe

dich mehr geliebt als meine Mutter», sagte sie. Dann verließ sie das Abteil, um etwas Unvorstellbares zu tun.

120 | ANNA

Ihr Mann Ernst kam zurück und setzte sich ihr gegenüber.

«Ernst. Bitte lass uns aussteigen.»

Sie roch, er hatte getrunken.

«Wir können doch erst mal in die Wohnung meines Bruders ...»

«Du bist vierundsechzig!», entgegnete er.

«Ja, ich bin vierundsechzig ... Eben.» Anna sah ihm fest in die Augen.

«Ich habe dir erst letztes Jahr die neue Küche eingebaut.»

«Was hat das jetzt mit der Küche zu tun?»

«Die wolltest du doch so gerne!»

Anna schüttelte nur den Kopf, und Ernst griff nach ihrer schwarzen Tasche.

«Was machst du da?», sagte sie.

Ernst holte die Urne ihres Bruders heraus und hielt sie ihr unter die Nase. «Dann erklär mir bitte mal, warum dein Bruder unbedingt in seiner Heimat begraben werden will? *Im Osten.*»

Anna wollte ihm die Urne aus der Hand nehmen. *Das ist verboten ...*

Doch Ernst ließ die Überreste ihres Bruders nicht los. «Beantworte mir die Frage.»

Anna kapitulierte.

«München! Da kennen wir keine Menschenseele», sagt er.

«Aber in Garmisch, da kennen wir eine Menschenseele», entgegnete sie.

Ernst schwieg. Anna konnte sehen, wie ihr Mann wieder verschwand. Wie das Leben aus ihm wich. Die Sanftheit, die vor einer Stunde noch in seinem Wesen mitgeschwungen hatte. Seine grauen Haare, der graue Schnauzbart, die tiefen Furchen in seinen Wangen, seine brüchigen Lippen. Alles erschien ihr plötzlich wieder fremd und kalt.

Anna kämpfte mit den Tränen und verlor. *Wo nur bist du?* Eine Weile saßen sie so voreinander. Sie tränennass, er zu Eis erstarrt.

Und plötzlich war da nur noch Wut in ihr und breitete sich überall aus. Und mit der Wut kam die Klarheit: Sie war allein. Sie war schon immer allein gewesen. Und sie würde es immer sein. Ihr Bruder war seinen letzten Gang allein gegangen, und auch sie würde das tun.

«Ich habe es gewusst. Ich meine, dass unser Sohn in den Westen gehen wollte», sagte sie schließlich.

Ernst zeigte keine Regung. Kein Zucken um seine Mundwinkel, kein Nicken. Nichts.

«Wenn du es genau wissen willst: Ich habe Werner sogar dazu geraten», ergänzte sie. «Er hat es nicht mehr ausgehalten, dein Schweigen. Und ich konnte ihn so gut verstehen!»

Dann nahm sie ihrem Mann die Urne aus der Hand und steckte sie wieder in ihre schwarze Tasche. Sie stand auf und verließ mit der Tasche vor der Brust das Abteil.

121 | SIGGI

Siggi sprang aus dem Zug und half dann Peter und Carla mit den Instrumentenkoffern. Dann sah sich er sich auf dem Bahnsteig um. Sie waren gestrandet in einem Kaff in Oberfranken. Nur weg hier oder doch erst mal einen trinken?

Siggis Blick blieb an der Frau mit dem schwarzen Jungen hängen. Auch sie war ausgestiegen. Offensichtlich aber ohne den Mann, der mit ihr im Abteil gesessen hatte. Wo war der Karton mit ihrem Brautkleid? Wollten die nicht heiraten?

Die Frau stand mit ihrem Sohn verloren mitten auf dem Bahnsteig. Sie blickte voller Sorge über die Gleise hinweg zum hinteren Ausgang des Bahnhofs. Dort stand ein älteres Ehepaar in Tracht. Ihre Eltern? Und auch die schienen verstanden zu haben, dass irgendetwas passiert war. Der ältere Mann sah tadelnd zu dieser Frau. Er wirkte, als wäre er der Vorsitzende des hiesigen Schützenvereins.

Die Begegnung, die gleich kommen würde, schien der Frau den Mut zu nehmen, weiter zu gehen. Die Schande. Dieses Gefühl kannte Siggi nur zu gut. Die Schande eines Lebens außerhalb der Norm.

Siggi schickte Peter einen dankbaren Blick – dem Mann, der bereit war, mit ihm außerhalb der Norm zu leben, sogar hier im Westen.

Die drei nahmen ihre Koffer und gingen zum Ausgang.

«Ich muss mich jetzt betrinken!», sagte Siggi zu den anderen beiden.

Als sie an der Frau vorbeikamen, wandte sich Siggi an sie. «Sie schaffen das!», sagte er unvermittelt.

Die Frau sah ihn fest an und straffte ihren Rücken.

Ja, sie wird es schaffen.

Sie nickten sich zum Abschied zu. Dann sah Siggi zurück zum Zug. Er entdeckte Sascha, der ihnen hinter einem Fenster im Gang hinterhersah.

Du Vollidiot!

122 | EDITH
Kurz vor Ludwigsstadt, *Sachsenstolz*,
13:09 Uhr

Gedankenkarussell. Sie stand allein im Führerhaus ihrer Lok und fuhr zum Bahnhof in Ludwigsstadt.

Wenn Edith im Westen bleiben würde, würde sie wohl nie wieder eine *Sachsenstolz* fahren können. Gab es im Westen überhaupt Lokführerinnen? Edith hatte noch von keiner gehört. Was war ein Land wert, in dem eine Frau an den Herd gehörte? Nun ja, vielleicht war das auch nur ein Klischee. Und wenn nicht? Was war es *ihr* wert, eine Lok zu fahren?

Warum ausgerechnet Lokführerin? Das hatte Kurt sie gefragt. Sie hatte sich das noch nie gefragt.

Edith dachte an den Moment in der Werkstatt. Kurt hatte seine Kamera gerade wieder zusammengesetzt und sie dann angeblickt. Auch ein alberner Gedanke? Ein albernes Gefühl? Konnte ein Gefühl albern sein? Noch dazu ein so starkes? Edith sah aus dem Seitenfenster zurück in

Richtung der Grenze. Ob Kurt wohl noch immer auf dem Bahnsteig stand?

Ich komme nach.

Vielleicht war auch das naiv. Wie sollte er nachkommen können? Sie bauten schließlich eine Mauer, damit er genau das nicht mehr tun konnte.

Der Bahnhof in Ludwigsstadt erschien am Horizont. Ein kleiner Bahnhof mitten in der Provinz. Nicht anders als die kleinen Bahnhöfe im Osten.

Sie war spät dran. Die Grenzkontrolle hatte ihren Plan durcheinandergebracht. Der D 151 stand schon auf Gleis 2 bereit, für sie, die Lokführerin aus dem Osten. Die West-Lok war abgekoppelt. Sie hatte noch zwölf Minuten, wenn sie planmäßig um 13:23 Uhr ihren Rückweg antreten wollte.

Edith drosselte die Geschwindigkeit und fuhr langsam an den letzten Waggon des D 151 heran. Es war hohe Kunst, den richtigen Moment für den Stopp der Lok zu finden. Und sosehr ihr Herz auch schlug, so genau traf sie heute den Moment. Mit einem sachten Schlag berührten sich die Puffer. Ein Rangierer hob bewundernd den Daumen, dann kroch er unter die Puffer und legte die Kupplung an. Nun war sie verbunden mit dem Interzonenzug, durch eine Kupplung aus zentimeterdicken Stahl.

Alberne Gedanken: Nicht nur die Puffer waren gefedert, sondern auch diese Kupplungen. So nur konnte eine Lok überhaupt anfahren mit einem schweren Zug am Haken. Die ersten Zentimeter dehnte sich die Kupplungsfeder, die Lok fuhr dann schon, wenn die Waggons losrollten. Auch die Kupplung war gefedert. Alberne Gedanken. Solche Dinge hätte sie ein Pufferküsser für den

Film gefragt. Kurt jedoch hatte sie gefragt, ob sie mit ihm durch die Prärie fahren würde. Durch Amerika. Das Land, das sie jeden Morgen in den Sprüngen ihrer Waschbecken suchte.

Alberne Gedanken. Gefährliche Gedanken. Gedankenkarussell.

123 | ARTHUR

Der Kommissar stand auf dem Bahnsteig und beobachtete das Treiben um sich herum. *Die Letzten verlassen das sinkende Schiff*, dachte er. Auch hier spielten sich Dramen ab. Die Energie um ihn herum hatte etwas Tragisches und Lebendiges zugleich. Der ehemalige Flugzeugbauer aus dem Osten, dem er eine Kippe angeboten hatte auf dem Gang, kurz vor Bamberg, umarmte Frau und Kinder. Arthur spielte im Kopf die möglichen Szenarien für diese Familie durch. Er blieb im Westen, sie fuhr mit den Kindern zurück in den Osten. Vielleicht ging auch der Sohn mit ihm. *Ach, was weiß ich?*

Langsam leerte sich der Bahnsteig. *Hoffentlich fährt noch heute ein Zug zurück. Wenn sie die Grenze wirklich dichtmachen, können die hier auch das Licht ausknipsen.* Arthur versank in Selbstmitleid. *Auf einem oberfränkischen Provinzbahnhof wird nun meine Karriere zu Ende gehen*, dachte er – und hasste sich dafür.

«Hallo, warten Sie!», hörte der Kommissar da jemanden hinter sich rufen. Er drehte sich um und staunte. Die Turnerin kam auf ihn zugerannt. Sie hatte eine Jacke an, aber kein Gepäck dabei. *Das nenne ich mal Neuanfang*, dachte Arthur, *wirklich mutig.*

Das Mädchen blieb vor ihm stehen. Zögern flackerte in ihrem Blick auf. Und erst jetzt sah er, wie schmal sie war und wie zerbrechlich, obwohl ihr Körper vom täglichen Training sehnig war.

«Hast du jemanden im Westen, zu dem du gehen kannst?», fragte Arthur schließlich.

«Das ist es nicht, was ich will – also, hierbleiben.»

«Was willst du dann?»

Sabine nickte in die Richtung der Päckchen mit den Ampullen, die Arthur unter dem Arm trug.

Ist nicht dein Ernst?!

«Ich habe etwas für Sie. Das könnte Ihnen helfen, diesen Arzt zu überführen», sagte sie.

Arthur war so baff, dass er ein paar Momente brauchte, um überhaupt zu kapieren. *Sie will einen Deal?*

«Der Arzt, den Sie suchen, der testet Medikamente an Sportlern, im Osten und im Westen», sagte sie atemlos.

«Woher weißt du das?»

Sabine reichte Arthur ein Kuvert. «Das ist ein Brief von Dr. Schlesinger an meine Trainerin.»

«Wo hast du den her?»

«Spielt das eine Rolle?»

Arthur musste anerkennend grinsen. In diesem Mädchen hatte er sich getäuscht!

«Wenn du weitermachen willst mit diesem Zeug, wieso hängst du ihn dann hin?»

«Auch das spielt jetzt keine Rolle.» Sabine wurde blass, und Arthur kannte diesen Blick.

«Hat er dich … angefasst?»

Sabine schüttelte den Kopf, doch der Kommissar ahnte, dass er richtig lag. «Verstehe.» Er griff nach dem Brief, doch sie hielt ihn fest.

«Erst die Ampullen.»

Arthur zögerte. «Bist du dir sicher?»

Sabine warf einen Blick zurück zum Zug. Dann sah sie wieder Arthur an. «Sie ist die beste Trainerin der Welt», sagte sie fest.

Arthur atmete scharf ein und reichte ihr die Päckchen. «Ich habe ihm übrigens ordentlich die Fresse poliert», erklärte er.

Sabine wagte ein scheues Lächeln und gab nun Arthur das Kuvert.

«Danke», sagte sie hastig, dann rannte sie zurück zum Einstieg, in akkurater Haltung, als nähme sie Anlauf für eine Kür.

Arthur blickte ihr hinterher, bis sie im Zug verschwunden war. Dann öffnete er das Kuvert und las. Der Brief war eine detaillierte Liste mit Dosierung und Wirkung der Hormone auf den menschlichen Körper, inklusive einer Warnung vor Überdosierung und Nebenwirkungen, erforscht an *freiwilligen* Probanden. Geschrieben auf dem Briefpapier der Praxis, unterzeichnet mit Dr. Schlesinger.

Der Kommissar hob den Blick. Versonnen griff er nach der Kippe hinter seinem Ohr. Dann nahm er das Feuerzeug aus der Manteltasche und ließ den Deckel aufspringen. *Pling*, die Flamme flackerte im Wind. Die Nadel von Dr. Schlesinger brannte ein letztes Mal in seinem Ohr. Dann nahm Arthur einen ersten tiefen Zug und schloss die Augen, als das Nikotin endlich wieder durch seine Adern schoss.

124 | SASCHA

Sascha konnte seine Bandmitglieder noch sehen. Carla lief hinter Siggi und Peter auf das Bahnhofsgebäude zu. Was hoffte er? Dass sie sich noch einmal umdrehen würde? Wozu sollte sie das tun? Er war nicht mitgegangen. Er hatte sich gegen sie entschieden.

Lass mich deine Heimat sein.

Warum konnte er nicht nehmen, was sie ihm geboten hatte? Sascha vergrub die Fingernägel in den Dichtungsgummis der Waggonfenster, bis seine Knöchel weiß wurden.

125 | MARLIS

Marlis, Gerd und ihre Kinder standen eng beieinander auf dem Bahnsteig, der sich mittlerweile gelichtet hatte. Der Schaffner machte sich bereit für die Weiterfahrt. Marlis sah auf die kaputte Mustang in den Händen ihres Sohnes und war sich nun sicher. Verstand und Gefühl existierten wieder nebeneinander. Dennoch, gerade diese Gewissheit raubte ihr den Atem. Sie wollte schreien. Hier auf diesem kleinen Bahnhof, dem letzten ihrer Ehe.

«Du kriegst das bestimmt wieder hin, du Zwerg», hörte sie ihren Sohn zu Elke sagen.

Willi, ihr viel zu großer Sohn, drückte seiner Schwester gerade den Flieger in die Hand, diesen verdammten gelben Flieger, dem nun der eine Flügel gebrochen war.

Gerd nahm Marlis in den Arm. «Sollen wir nicht lieber doch mit nach Hause …?», flüsterte er ihr ins Ohr.

Doch Marlis schüttelte den Kopf. *Nein.* Was auch immer das alles für sie bedeuten würde. Sie war sich sicher: *Nein.*

Gerd löste sich von ihr und sah sie direkt an. Noch ein letztes Mal schien er ihr stumm die Frage zu stellen, ob sie nicht zusammenbleiben sollten. Doch sie hatte ihre Entscheidung getroffen und glaubte zu wissen, was das Beste für sie alle war.

Für einen Moment waren nur sie allein auf diesem Bahnsteig.

Gerd verstand ihre Gedanken offenbar, ihre nicht laut ausgesprochene, finale Antwort. Er nickte, sichtlich um Fassung bemüht, und wollte Willi umarmen, doch der sträubte sich, und so ließ Gerd ihn wieder los. «Du hättest einen besseren Papa verdient gehabt», sagte er.

«Vielleicht kriege ich ja jetzt einen besseren», sagte Willi lakonisch und verzog dabei keine Miene.

«He», murmelte Gerd, und nun ließ auch Willi sich von seinem Vater in den Arm nehmen.

Marlis wandte sich an Elke. «Wir schreiben uns, ja? Ganz oft.»

Elke nickte, und eine Träne kullerte ihr über die Wange.

«Der Papa baut die Flugzeuge und du … Du wirst sie fliegen!», sagte Marlis. Auch ihr Gesicht war nun tränennass.

Tochter und Mutter blickten sich noch einen Moment an.

«Ihr müsst … Der Zug …», sagte Gerd leise.

Marlis richtete sich auf und wischte sich die Tränen ab.

Doch ihre Gefühle überrollten sie erneut, als sie Gerd tief in die Augen blickte. «Ich hasse dich», sagte sie mit einem verzweifelt liebevollen Unterton.

«Ich liebe dich auch», antwortete er.

Marlis musste für einen kurzen Moment lächeln. Doch dann brachen alle Dämme, und sie weinte hemmungslos.

126 | EDITH

Edith schaufelte Kohle in die Feuerbüchse, den Schlund der Lok. Es war kein Koks. Den gab es dieses Jahr im Osten nicht. Selbst jetzt im Sommer nicht.

Sie hatte noch eine Minute, bis sie wieder losfahren musste. Nun war Edith ganz froh, dass sie allein war, hier im Führerhaus, ohne Heizer.

Die körperliche Arbeit tat ihr gut. Noch funktionierte sie. Und das half ihr, einen Augenblick den Gedankenstrom zu stoppen. Denn die albernen Gedanken hatten sich ausgedacht. Sie hatten Platz gemacht für einen, den sie bisher nicht hatte denken wollen. Ihr Vater Heinrich war in den ersten Kriegswochen im Oktober 1939 gefallen. Da war sie fünf Jahre alt gewesen. Ihre Mutter Gertrud lebte immer noch in dem kleinen Dorf Großlehna bei Leipzig, aus dem Edith mit sechzehn Jahren geflohen war nach ihrer Schlosserlehre. Edith hatte sich mit ihrer Mutter überworfen. *Du musst dir einen Mann suchen*, das war das Mantra ihrer Mutti. Deren Enge, die Enge ihres Heimatdorfes hatte Edith irgendwann nicht mehr ausgehalten.

Und dennoch, plötzlich, hier in diesem Moment in

Ludwigsstadt, war ihre Mutter wieder da. Zerrte an ihr. Vielleicht mehr noch, als wenn sie mit ihr im Reinen gewesen wäre.

Hör auf zu schaufeln, du hast genug Dampf auf dem Kessel, um bis nach Berlin zu fahren.

Edith richtete sich auf. Ihre Hände schmerzten. Der Schweiß brannte ihr in den Augen. Sie schloss die Klappe der Feuerbüchse und mit sich selbst einen Vertrag.

Ich werde diesen Zug bis zur Grenze fahren und bis dahin eine Entscheidung treffen.

127 | MARLIS

Ihr Atem ging schwer. Die Luft auf dem Bahnsteig war getränkt vom Rauch der Dampflok. Ein seltsam heimischer Geruch.

Sie verließ gerade ihren Mann und ihre Tochter, und dennoch, es kribbelte in ihrem Bauch, als würde dieser feiern. Sie hatte sich einst entschieden, ihr Leben dem Aufbau einer besseren Welt zu widmen. Und nun? Sie war sich treu geblieben! Sie hatte sich bekannt zu einer Zukunft in ihrer Utopie.

Marlis stand vor der letzten noch geöffneten Tür des Zuges und sah ein letztes Mal zu ihnen. Elke und ihr Mann – war es noch ihr Mann? – standen auf dem Bahnsteig, wo sie sich verabschiedet hatten.

Sie sah, wie Elke ihre rechte Hand in der Hand von Gerd vergrub. In der anderen hielt sie den Flieger, der an allem schuld war.

«Mama, wir müssen», hörte sie ihren Sohn rufen. Willi stand schon im Zug und reichte ihr die Hand.

Und plötzlich fror sie ein. Da, wo gerade noch jenes Kribbeln gewesen war, war nun nichts mehr. Kein Gefühl, kein Gedanke. Nichts. Marlis sah in die Augen ihres Sohnes. Kräftige braune Augen, voller Kraft und Wärme. Es waren die Augen ihres Vaters, die sie da anstarrten. *Komm ...*

Doch Marlis war zu Eis erstarrt. Noch stand sie auf demselben Boden wie ihre Tochter. Noch war sie auf derselben Seite von dieser verdammten Mauer. Noch konnte sie nach der Hand ihres Sohnes greifen, ihn aus dem Zug ziehen, im Westen bleiben. Ihre Mutter hatte sie einst verlassen, nun war sie drauf und dran, das Gleiche mit ihrer eigenen Tochter zu tun.

«Mama?!» Panik schlich sich in die Stimme ihres Sohnes, das hörte sie sofort – und erwachte wieder.

Marlis sah, wie der Schaffner die Kelle hob und pfiff. «Schließen Sie bitte die Tür», rief er ihnen zu. Auch wenn der Mann sich Mühe gab, seinen Dialekt zu verstecken, war offensichtlich, dass er Sachse war. Und offensichtlich dachte dieser Mann, dass Marlis bleiben wollte, auf dem Bahnsteig, hier im Westen.

«Schließen Sie bitte die Tür!»

128 | EDITH
Ludwigsstadt, Bahnhof, 13:25 Uhr

Edith steckte ihren Kopf aus dem Seitenfenster der Lok und sah, dass eine Tür des Zuges noch geöffnet war. Sie hatten bereits zwei Minuten Verspätung.

«Schließen Sie die Tür!», hörte sie den Schaffner rufen.

Eine Frau stand vor der geöffneten Tür, aus der ein Junge seiner Mutter irgendetwas zurief. Die Frau verharrte noch einen Augenblick, dann stieg sie ein und schloss die Tür hinter sich.

Der Schaffner gab Edith das Zeichen. Sie konnte fahren.

Noch einen Moment ließ sie ihren Blick über den Bahnsteig schweifen. Ein Mann mit einem Mädchen und einem gelben Flugzeug waren die Einzigen, die dort noch standen. Sie blickten stumm zu der Tür, die die Frau gerade geschlossen hatte. Bestimmt war das eine Familie gewesen. Fast fühlte sie sich schuldig, dass sie nun den Zug fahren würde, der diese Familie auseinanderriss.

Sie dachte noch einmal an ihre Mutter. Sah sie in ihrer blauen Kittelschürze unter der Trauerweide vor dem alten Haus stehen. Ihre Mutter winkte ihr nach, als Edith die Straße zum Bahnhof hinunterlief, und sie hatte keine Ahnung, dass ihre Tochter nicht mehr wiederkommen würde.

Edith wischte das Bild beiseite und löste den Bremshebel ihrer *Sachsenstolz*. Doch der Stich in ihrer Brust blieb.

Die Lok fuhr an und zog den Zug zurück gen Osten.

129 | GERD

Gerd spürte die kleine, warme und zitternde Hand seiner Tochter in der seinen. Der ganze Bahnsteig schien zu schwingen, im Auf und Ab der Dampflok-Kolben.

Gerd und Elke blickten dem Zug eine Weile hinterher. Und gerade als er sich abwenden wollte, sah er, wie sein Sohn im Zug ein Fenster öffnete und den Kopf herausstreckte. Der Fahrwind blies ihm die Haare ins Gesicht. Er sah noch einmal nach ihnen, sein Sohn. Er war erst dreizehn. Gerd hob die Hand und winkte. Sein Sohn tat es ihm gleich.

Gerd und seine Tochter sahen Willi hinterher, bis sogar der weiße Rauch der Lok verschwunden war, Elkes Hand fest in der ihres Vaters.

«Fahren wir jetzt zurück zu Tante Heidi?», fragte sie, als wirklich nichts mehr vom Zug zu sehen war.

Gerd nickte. «Hast du Hunger?»

Elke zuckte mit den Schultern. «Eis?», fragte sie schließlich vorsichtig.

«Elke!» Gerd bereute sofort den Vorwurf, der in seiner Stimme mitschwang. «Meinst du, die haben hier das Eis mit den Schokostückchen?», beeilte er sich zu sagen.

«Du meinst Stracciatella?»

Gerd musste schmunzeln. «Wenn du das so sagst ...» Er nahm den Koffer und ging mit seiner Tochter Hand in Hand zum Ausgang.

«*Stracciare* ist italienisch und bedeutet zerreißen, zerfetzen», erklärte sie im Gehen. «Das hat mir Mutti in München erklärt, als wir im Zoo Eis gegessen haben.»

Gerd musste schlucken. Doch das Altkluge in ihrer Stimme tat ihm gut. Das hatte sie von ihm, dachte er, und ein kleines Lächeln schlich sich auf seine Lippen.

«Na dann, lass uns ein *Strackatella* suchen», sagte Gerd.

«Das heißt *Stracciatella*», korrigierte seine Tochter.

Nun musste er lachen und wandte den Blick von ihr ab. Er wollte nicht, dass seine Tochter seine Tränen sah.

130 | MELDUNG AN DAS PRÄSIDIUM DER VOLKSPOLIZEI BERLIN, 13:30 UHR

Information Treptow: Bei der Ansammlung von ca. 1500 Personen hat Überprüfung Folgendes ergeben: 8 Panzer der NVA sind zum KP Sonnenallee gefahren. Diese auffahrenden Panzer haben die Menschen mitgezogen.
Am Kontrollpunkt 40, Markgrafenstraße, ist auf westlicher Seite ein Lautsprecherwagen aufgefahren, der Hetzsendungen gegen die DDR ausstrahlt. U.a. wird in den Hetzsendungen erklärt, dass amerikanische Truppen in Stellung gegangen sind, um Berlin vor dem Kommunismus zu retten. Menschenansammlung von schätzungsweise 600-700 Personen. Klatschen Beifall.

Information Mitte: KP Wolliner Str. randalieren 200 Personen. Die Volkspolizisten be-

herrschen die Lage nicht mehr. Abt. Operativ
in Kenntnis gesetzt, Maßnahmen eingeleitet.

131 | PAUL
Ost-Berlin, Einsatzzentrale Volkspolizei, 13:30 Uhr

Paul saß an seinem Schreibtisch. Das Fenster hatte er zugemacht. Nicht, um die Geräusche von der Straße auszusperren. Nein. Zwei Maurer verrichteten ihr Werk, um das Fenster ein für alle Mal zu schließen. Paul und seine Mannschaft würden in den nächsten Tagen dieses Haus räumen. Es gehörte nun zur Mauer selbst, zu jener Grenze, die ihr Land vor dem Untergang bewahren sollte.

Die Presslufthämmer schwiegen längst.

Panzer fuhren durch die Stadt. Er, Paul, hatte sie gerufen.

Seine Karte von Berlin war gespickt mit gelben Zetteln.

Nun war alles möglich.

132 | SASCHA
Nach Ludwigstadt, Interzonenzug D 151, 13:30 Uhr

Sascha stand noch immer am Fenster des Waggons, von dem aus er beobachtet hatte, wie Carla und seine Jungs verschwunden waren. Nun sah er ein kleines Kaff vorbeiziehen, trostlos und verlassen. Eine junge Frau mit Kopftuch lief mit einem Eimer über den Hof hinter ihrem Haus. Ein Bild wie aus dem Mittelalter.

Der Zug fuhr langsam, aber er fuhr, in Richtung seiner Heimat.

Berlin.

Das Kaff verschwand, und der Zug durchquerte einen Wald. *Wahrscheinlich der letzte Wald vor der Grenze*, dachte Sascha. Wieder konnte er sein Spiegelbild sehen. Er sah Entschlossenheit. Und er sah Wut! Nur für einen kurzen Moment, dann raubte ihm ein kleines freies Feld wieder den Blick auf seine Gesichtszüge.

Der Zug fuhr einen langen Bogen durch eine Schlucht, dann sah Sascha am Horizont die Grenze.

Ein Wall aus Stacheldraht.

Sascha hatte nie das Lager gesehen, in dem seine Eltern, Geschwister und Großeltern umgekommen waren, aber er kannte die Bilder aus Buchenwald. Alle Bilder von diesem Lager, die nach dem Krieg gemacht wurden, zeigten Stacheldraht. Wie die Grenze vor ihm.

Vielleicht noch zwei, drei Kilometer ...

Der Zug verließ die Kurve und wurde wieder schneller. Sascha ging zurück zu seinem Abteil. Er hatte erwartet, dort allein zu sein. Doch da saß der Mann mit der Halbmondnarbe.

Sascha wich zurück, als habe er einen Geist gesehen. Eine Weile blieb er in seiner Deckung. Er hatte seine Band verloren, seine Freunde, aber der Mann war ihm geblieben.

Er gab sich einen Ruck und öffnete die Tür. Der Mann hob den Kopf, sein Blick war starr.

«Wollten Sie nicht heiraten, in Ludwigsstadt ...?», fragte Sascha und setzte sich dem Mann gegenüber.

Der Mann nickte nur und schwieg. Sascha spürte, dass

der Mann ähnlich aufgelöst war wie er. Eine Weile sahen die beiden einander an.

«Manchmal holt einen die Vergangenheit ein, vor der man weggelaufen ist», sagte Sascha schließlich.

Der Mann sagte kein Wort.

«Wir kennen uns, richtig?», traute sich Sascha endlich zu sagen. Er merkte, wie seine Hände feucht wurden. Sein Stumpf begann schmerzen.

«Ich habe gesehen, wie Sie ... Wie liebevoll Sie zu diesem Jungen ... Sie können nicht so ein schlechter Mensch sein, wie ich immer dachte ...»

Der Mann zeigte noch immer keine Regung.

«Ich will nur Gewissheit», sagte Sascha und war selbst überrascht, wie sehr diese Frage widerspiegelte, was ihn seit Stunden unbewusst bewegte.

Noch eine Weile rang der Mann mit seiner Antwort, dann zog er fahrig am ohnehin schon gelockerten Knoten seiner Krawatte, als habe er eine Schlinge um den Hals. «Sie müssen mich mit jemandem verwechseln», brachte er schließlich hervor.

Sascha starrte den Mann an, als hätten dessen Worte nur eine Lunte angezündet. Es brauchte eine ganze Weile, bis der Inhalt bei Sascha ankam – und das nahm ihm jeden letzten Funken Energie.

133 | EDITH

Edith lehnte sich aus dem Seitenfenster ihrer Lok und sah, wie die Grenze näher kam. Vielleicht noch vierhundert oder fünfhundert Meter. Und Kurt stand tatsächlich noch immer auf dem kleinen Bahnsteig, das konnte sie bis hierhin erkennen.

Edith nahm das Bild von der Prärie, das sie an das Kesselbarometer gesteckt hatte. *Weite, weit weg im Wilden Westen.*

Noch war sie selbst im Westen.

Edith sah, wie zwei Soldaten das Tor öffneten. Ediths Herz begann zu rasen, lauter und schneller als die Kolben ihrer Lok.

Sie konnte auf die Distanz Kurts Gesicht nur erahnen, stellte sich seinen Blick vor, von dem sie wusste, dass er warm war, seine Augen wasserblau. Wie sie sich mit Blicken duellieren würden. *Grace Kelly und Gary Cooper in High Noon.* Den Film hatte sie in West-Berlin gesehen, als sie bei einer ihrer ersten Fahrten mit dem D 151 über Nacht dort gestrandet war, weil ihre Lok einen Kolbenfresser gehabt hatte.

Grace Kelly und Gary Cooper in High Noon.

Dann zog sie den Bremshebel, fest. Sehr, sehr fest.

Die Bremsen bissen zu. Quietschen. Funken. Stahl auf Stahl.

134 | SASCHA

Die blockierten Räder auf den Schienen schrien, Saschas Körper ruckte nach vorn. Sein Holzbein verweigerte ihm den Halt. Auch sein gesundes Bein war dem Druck des Bremsens nicht mehr gewachsen. Sascha wurde von der Trägheit seines Körpers in Richtung des Mannes geschoben, der ihm gegenübersaß.

135 | EDITH
Vor der innerdeutschen Grenze, Interzonenzug D 151,
13:35 Uhr

Fünfzig Meter vor dem offenen Tor der Grenze kam ihre Lok zum Stehen.
Stille.
Nur das Schlagen der Kolben war noch zu hören. Wie der ruhige Atem eines Löwen nach der Jagd. Die *Sachsenstolz* stand still. Das Universum auch.
Edith starrte auf das Tor vor ihr, zu keiner Regung fähig. Sie glaubte ein Lächeln auf den Lippen von Kurt zu erkennen.
Drei Grenzer, unter ihnen auch der mit den roten Haaren, liefen zum offenen Tor und blieben stehen. Weiter trauten sie sich nicht. Nun musste auch Edith grinsen. Da standen sie mit ihren Waffen an der Grenze ihrer Macht.
Edith meinte zu spüren, wie ihr Halt auch die Herzen in

den Waggons hinter ihr zum Beben brachte. Und was war mit *ihrem* Herzen?

Kurt schien mit seinen Lippen einen stummen Satz zu formen: *Ja, steig aus, ich komme nach.*

Edith liebte Filme, und nun begriff sie auch, warum. Sie liebte es, ihren Heldinnen dabei zuzusehen, wie diese mutig ihrer Wege gingen.

Nun stand sie selbst vor solch einem Weg. Was hätte sie im Kino wohl dazu gesagt, wenn die Heldin sich nicht trauen würde auszusteigen?

136 | ERNST

Ernst sah in Richtung Gang zu seiner Frau. Anna war von ihrem Klappstuhl aufgestanden und blickte aus dem Fenster, wohl um herauszubekommen, was passiert war.

Anna war noch da. Sie war noch bei ihm.

Doch irgendetwas an ihr irritierte ihn. Irgendetwas erschien ihm fremd. Was nur war es? Ihre Kleidung? Sie trug Schwarz. Aber das tat sie, seitdem sie nach München aufgebrochen waren. Nein, das war es nicht.

Und dann entdeckte er es. Es waren ihre Haare. Seine Frau trug einen Pony. Ernst war für einen Augenblick von dieser Erkenntnis völlig überrumpelt. Seit wann zum Teufel hatte sie ihre Haare so?

Eine Weile noch starrte er seine Frau nur an. Doch sosehr er es auch versuchte, er konnte sich nicht erinnern, seit wann sie einen Pony hatte.

Schließlich gab er die Grübelei auf. Er öffnete das Fenster und sah hinaus. Der Zug stand kurz vor der Grenze. Panzersperren säumten ein Tor aus Stacheldraht, das Tor zur Heimat.

Drei Soldaten der Grenztruppen sahen zu ihnen herüber.

Warum der Zug gehalten hatte, konnte Ernst nicht ausmachen. Einen Moment genoss er die Hilflosigkeit der Grenzsoldaten, dann setzte er sich wieder hin.

Er würde nach Hause fahren. So wie auch damals, als er nach dem Lager auf dem Heimweg diese Frau getroffen hatte. Ohne Johanna wäre er verhungert, auch in der Seele. Sie hatte ihm alles geschenkt, was sie hatte. Auch ihre Liebe.

Johanna hatte ihn wieder lebendig werden lassen nach diesem gottverdammten Krieg und diesem gottverdammten Lager. Ja, das war es wohl, was Ernst am meisten schmerzte: die Erinnerung daran, wie er gewesen war an der Seite dieser Frau. Lebendig.

Ernst sah zum Himmel. Ein wahrlich wunderschöner Sommertag. Dicke Wolken schützten vor der Sonne. Dennoch war es trocken. Kein Regen, kein Wind – ein Tag, wie sie ihn im Lager als Geschenk gefeiert hätten, all die gebrochenen Soldaten mit ihrer Sehnsucht nach dem Zuhause in der Brust.

137 | SABINE

Die Turnerin stand noch immer auf dem Gang. Irgendetwas hielt sie zurück, gleich wieder zu ihrer Trainerin zu gehen. Es war dieselbe Stimme, die Sabine hatte rebellieren lassen.

Noch auf dem Bahnsteig war sie überzeugt davon gewesen, zusammen mit Christa wieder heimzufahren. Doch nun krochen Zweifel in ihr hoch. Sie hatte Widerstand geleistet. Sie hatte für sich selbst entschieden. Und diese neue Stimme in ihr wollte mehr!

Sollte sie vielleicht doch aussteigen? Ihr altes Leben hinter sich lassen? Ihre Eltern, ihren Bruder, Christa? Ein ganzes Leben lag noch vor ihr. Ein Leben voller Möglichkeiten.

138 | EDITH

Auch durch das Foto von der Prärie lief eine Grenze. Ein Knick, fast wie einer der Risse in den Waschbecken ihrer Umkleide. Das Lok-Werk war nur zwei Kilometer von hier entfernt und doch in einer anderen Welt.

Edith hob den Blick. Das Feuer im Kessel brannte noch. Der Rauch war noch immer weiß. Die *Sachsenstolz* war noch wach.

Edith sah zu Kurt, wie dieser noch immer auf dem Bahnsteig stand, in seiner Trapperkluft, gesäumt von diesen grauen grünen Grenzern.

Bringen Sie bitte den Zug sicher nach Hause.

Die Worte des Berliner Polizeioffiziers, der sie angerufen hatte, kamen ihr in den Sinn. *Wegen spezieller Sicherungsmaßnahmen ...* Das war einfach albern, nein, das war zynisch! *Einsperren,* das war das richtige Wort.

Noch einen Moment zögerte Edith. Dann steckte sie sich das Bild in die linke Brusttasche, direkt über ihrem

Herzen, und sprang aus ihrer Lok. Sie kletterte nicht, sie sprang.

Eine Weile sahen sich Kurt und Edith nur stumm an. Dann hob Edith ihren Arm, formte ihre Hand zu einer Pistole und *schoss* auf Kurt. *High Noon*. Das war albern und wunderschön zugleich.

Getroffen griff sich Kurt ans Herz. Die Grenzer glotzten fragend. Edith lächelte. Da standen sie: Gary Cooper und Grace Kelly. Erhaben. Mutig. Und gar nicht albern.

Unter dem Bild der Prärie begann ihr Herz zu rasen und machte Platz in ihrer Brust für Lust auf eine Zukunft, weit, weit im Westen, zusammen mit diesem Mann.

Kurt hob seine Hand zum Gruß und legte drei Finger zum Schwur auf sein Herz. Edith lachte und tat es ihm gleich.

Dann drehte sie sich um und lief los, am Zug entlang, weg von der Grenze, weg von ihrer Heimat.

139 | KURT

Kurt sah, wie Edith neben den Gleisen entlanglief, ihrem neuen Leben entgegen. Dramatische Wolken zogen von Westen auf. Und als ob das nicht genug wäre, öffnete sich an einer Stelle, weit im Süden, im Himmel ein kleines Tor. Ein Sonnenstrahl zeichnete sich vor dem schwarzen Himmel ab und traf die hügelige Landschaft. Ein Bild entstand, wie es ein Westernregisseur nicht hätte besser inszenieren können: im Vordergrund die *Sachsenstolz*. Sie spie noch immer Rauch gen Himmel. Im Hintergrund die Weite der

Prärie. Und mittendrin eine Heldin, die dem verheißungsvollen Sonnenstrahl entgegenging.

Kurt schmunzelte. Er war versucht, die Kamera zu heben. Die Kassette war noch voll. Er hörte die Stimme seines Kameraprofessors in Babelsberg. *So ein Bild müssen Sie drehen!*

Doch Kurt konnte widerstehen. Ein Kribbeln breitete sich in seinem Bauch aus. Er würde versuchen, dieser Frau zu folgen. Das schwor er sich.

140 | ANNA

Anna erhob sich wieder von ihrem Klappstuhl im Gang und ließ den Zugführer passieren. Ihre Beine schmerzten.

«Wird 'ne Weile dauern ...», sagte der Mann mit einer sächsischen Klangfarbe in der Stimme, dann ging er weiter, von Abteil zu Abteil und sagte seinen Satz auf: «Unsere Weiterfahrt verzögert sich auf unbestimmte Zeit.»

Anna lauschte, wie sich der Mann und sein Satz immer weiter von ihr entfernten. Am Ende blieb nur noch der Geruch des Schaffners übrig. Ein seltsam fremder Geruch. Moschus? *Ein sächsischer Schaffner, der nach Orient riecht, verkündet, dass der Zug nicht mehr weiterfahren kann.*

Ein Zeichen Gottes?

Der Tod deines Bruders. Der Zug nach Garmisch. Der Mauerbau. Ausgerechnet heute. Und jetzt das. Selbst der Zug will nicht mehr über diese Grenze fahren. Anna! Du kannst unmöglich zweifeln, dass es mich gibt.

Anna wollte sich gerade wieder setzen, tief in Gedanken,

da sah sie, wie draußen eine junge Frau in einer blauen Uniform vorbeilief. Sie rannte nicht, sie lief langsam, erhaben von der Grenze weg, stolz fast. *Die Lokführerin?*

Annas Blick fiel auf die Tasche mit der Urne. Die Tasche stand achtlos neben ihr im Gang am Boden. Am Boden! Das erste Mal an diesem Tag hatte sie ihren Bruder vergessen, und das war gut so.

Anna kämpfte noch einen Augenblick mit sich, mit Gott, ihrem Leben, ihrer Ehe, ihrer Zukunft. Dann nahm sie die Tasche und öffnete die Tür zum Abteil ihres Mannes. «Leb wohl», sagte sie.

«Und was ist mit deinem Bruder?», fragte Ernst.

Anna stellte die schwarze Tasche einfach neben Ernst auf die Bank. «Ich möchte noch einmal leben, bevor ich sterbe.» Den Brief ihres Sohnes legte sie obenauf.

Sie schickte ihrem Mann einen letzten stummen Blick und ging – nach 42 Jahren Ehe.

141 | MARLIS

Anna, die alte Frau in Schwarz, stand ein paar Sekunden atemlos vor ihrem Abteil und sah durch die Scheibe. Dann hob sie sachte ihre Hand zum Abschied.

Marlis merkte, wie sich ihre Nackenhaare aufstellten. Da stand ihre Mutter, die Oma-Energie, die ihr heute Halt gegeben hatte, und war nun auch bereit zu gehen.

Marlis hörte auf zu atmen. So wie damals auf dem Speicher an jenem ersten Sommerferientag, als ihre Mutter sie verlassen hatte.

Sollte Marlis Anna folgen? Denn das würde bedeuten, dass Marlis ihrer Tochter eine Mutter blieb.

Anna nickte ihr zum Abschied zu. Dann ging sie und hinterließ bei Marlis diese eine Frage.

«Ich will nach Hause. Mama!»

Es waren die ersten Worte, die ihr Sohn seit Ludwigsstadt gesprochen hatte. Und er sprach sie mit fester Stimme. «Ich will nach Hause, Mama.»

142 | ANNA

Anna öffnete die Waggontür. Der Duft von frischgemähtem Heu empfing sie. Der Duft ihrer Kindheit. Anna nahm einen tiefen Atemzug, dann kletterte sie nach draußen.

Auf der letzten Stufe hielt sie jedoch inne. Vergeblich suchte ihr Fuß nach Halt. *Er* prüfte sie ein letztes Mal. Sie musste springen, wenn sie wirklich gehen wollte.

Anna blickte in die Tiefe. Dann sah sie zu den Grenzern. Sie verstand nicht, *was* die Männer riefen, aber sie verstand: Es waren junge Stimmen, jünger als die Stimme ihres Sohnes. Jünger als die Stimme, die sie so sehr vermisste. Und das reichte ihr. Sie sprang.

143 | SASCHA

Sascha saß diesem Mann noch immer gegenüber in *ihrem* Abteil. Ein Schaffner der Reichsbahn öffnete die Tür. «Unsere Weiterfahrt verzögert sich leider auf unbestimmte Zeit», sagte er mechanisch seinen Spruch auf.

«Warum?», fragte der Mann mit der Halbmondnarbe.

«Wir haben keinen Lokführer mehr», sagte der Schaffner nur und schloss die Tür wieder.

Der Mann sah Sascha stumm an. Dann stand er auf und öffnete die Tür. «Ich kann eine Lok fahren», rief er dem Schaffner hinterher.

Der Schaffner kam zurück. «Tatsächlich?»

Sascha hob den Blick, und die Frage war zurück. Der Lebensfunke.

Wir kennen uns, richtig?

Der Mann sah Sascha in die Augen. Dann gab er seine Antwort: Er nickte – ohne ein Bedauern, ohne eine Entschuldigung. Aber er nickte!

Ja, wir kennen uns.

«Dann kommen Sie mal mit», sagte der Schaffner.

Der Mann riss sich von Saschas Augen los und verschwand, ohne sich noch einmal umzudrehen. Leise fuhr die Abteiltür in ihrer Schiene zu und rastete schließlich ein. Klack. Sascha war allein.

Stille. Das erste Mal an diesem Tag. Absolute Stille. Kein Quietschen der Wagen, kein Schlagen der Räder. Keine Schreie auf dem Bahnsteig. Nichts.

Und dann begriff Sascha. Ein Gedanke erfüllte seine Seele. *Die anderen, die nicht mehr sind, die wollen nicht, dass du ihnen folgst. Sie wollen, dass du lebst!* Sein Vater, seine Mutter, seine Schwester, seine Großmutter, sein Großvater und auch seine Tante. *Sie alle wollen, dass du lebst!*

Saschas Herz begann zu rasen.

144 | ERNST

Ernst blickte auf die Tasche mit der Urne seines Schwagers neben sich, dann auf den Brief, den sein Sohn geschrieben hatte.

Kein Gefühl wollte sich in ihm regen. Keine Resonanz. Anna war gerade gegangen, sein Sohn im Westen, sein Schwager, der kaum älter gewesen war als er, nur noch Asche neben ihm.

Ernst griff nach dem Brief. Er wog schwerer, als Ernst erwartet hatte. Er öffnete das Kuvert.

Der Brief war auf kariertem Papier geschrieben, wie aus einem Matheheft gerissen. Sein Sohn war sparsam. Das war er immer schon gewesen. Nach dem Krieg hatten sie sich angewöhnt, den Kaffeefilter mehrfach zu benutzen. Sein Sohn war auf die Idee gekommen. Und selbst als sie wieder regelmäßig an Kaffee herangekommen waren (sie waren schließlich Gärtner und konnten Obst und Gemüse gegen Kaffee tauschen), hatte Werner von dieser Angewohnheit nicht mehr lassen wollen. Ernst hatte seinen Sohn schließlich dabei ertappt, wie er den Kaffeefilter, den Ernst weggeschmissen hatte, heimlich wieder aus dem Müll holte.

Ob er das in Garmisch auch noch tut?

Ernst wagte schließlich, den Brief auseinanderzufalten –

und erstarrte. Es lag nicht an den Worten, die sein Sohn an ihn gerichtet hatte, sondern an dem Foto, das Werner akkurat an den Kästchen des Papiers ausgerichtet aufgeklebt hatte. Ernst verstand nun endlich: Dieses Foto war die eigentliche Botschaft.

Obwohl es eine Farbfotografie war, wirkte es altmodisch. Eingerichtet in einem Studio, von einem Fotografen, der sein Handwerk noch verstand. Sein Sohn stand aufrecht, wie ein Soldat aus der Kaiserzeit, vor ihm eine hübsche junge Frau. Sie saß auf einem Stuhl, er hatte seine Hand auf ihrer Schulter – und in ihrem Schoß hielt sie ein Baby.

Ernst war überrascht. Überrascht, dass sein Sohn tatsächlich eine Frau gefunden hatte, aber noch viel mehr über das, was das kleine Kind mit ihm machte.

Sein Herzschlag wurde immer schneller. Und sosehr er auch versuchte, nun auch die wenigen Worte seines Sohnes auf diesem karierten Papier zu lesen, er konnte es nicht. Er musste immerzu das Baby betrachten, in den Armen seiner ihm unbekannten Schwiegertochter.

Sein Enkelkind.

Plötzlich hatte Ernst das Bedürfnis aufzustehen. Doch sosehr er sich bemühte, er konnte nicht. Seine Beine wollten nicht. Panik stieg in ihm auf. Was war los mit ihr? Wo war Anna?

Ernst versuchte sich zu konzentrieren. Aber jeder klare Gedanke entwich ihm wieder. Und plötzlich schoss ein Schmerz durch seinen Kopf, als hätte eine Kugel seinen Helm durchschlagen.

145 | ANNA

Sie stand auf dem Feld, nur wenige Meter vom Zug entfernt. Leise war das Zischen der Lok zu hören. Die Grenzer hinter dem Zaun schwiegen mittlerweile. Fast vermisste sie die Rufe dieser jungen Männer.

Anna wagte einen Schritt – und hielt wieder inne. Ihr Schuh versank in der frisch geeggten Erde.

Es war ein kleines Feld, abgegrenzt von einer steilen Bergwand voller dunkler Fichten. Vor ihr ein Fleck warmer brauner Erde, *fast spiegelglatt*. Nur die Fußspuren dieser jungen Frau in Uniform störten das Bild, reingetupft von Gottes Hand.

Anna bückte sich und grub ihre Finger in den frischen Boden. *Wintergetreide*, dachte sie. Der Bauer musste das Feld gerade erst bestellt haben. *Wintergetreide an einem 13. August ... Früh*, dachte Anna. *Sehr früh ...*

Sie sah auf ihre Hand. Noch ein paar Weizenkörner leuchteten ihr entgegen. Weizenkörner, die auf die Feuchtigkeit des Herbstes und auf die Kälte des Winters warteten. Nur wenn sie beides bekamen, würden sie im nächsten Frühjahr treiben und dem Bauern eine satte Ernte schenken.

Anna hob wieder den Blick, und ihr Herz erfror. All die Möglichkeiten, die nun vor ihr lagen, erschienen ihr plötzlich unerträglich. Wie eine Welle brachen sie über ihr herein und begruben ihren Mut.

Sie sah noch einmal zu den Spuren dieses jungen Mädchens, maß ab, welchen Weg sie gegangen war, dann drehte sie sich um und griff wieder nach der Haltestange an der Tür.

146 | OTTO

Otto», sagte er leise zu sich selbst. Er hatte seinen wahren Namen schon lange nicht mehr ausgesprochen geschweige denn gehört. *Otto Kant.*

Otto griff nach den Steigbügeln am Führerhaus der Lok, *seiner* Lok. Sie waren kalt, nicht so kalt wie in jener Nacht, aber kälter als gewöhnlich im August.

Er sah in die fahlen Gesichter der Grenzer, die vom Tor aus rauchend das Schauspiel beobachteten. Einer der Grenzer hob die Hand zum Gruß. Otto zögerte, dann grüßte er zurück. Ein warmes Gefühl machte sich in ihm breit. Er, der Grenzer, hieß ihn willkommen. *Du weißt ja auch nicht, wer ich bin,* dachte Otto.

Auch der kalte Stahl hieß ihn willkommen. *Endlich ... Haben wir dich wieder.*

Otto kletterte die Stufen zum Führerhaus hoch. Dort angekommen, musste er fast weinen. Ein Damm brach in ihm. Bald würde er sie wiedersehen. Seine Frau und seine Kinder. Ob Martha einen neuen Mann hatte? Ob seine Kinder noch zu Hause lebten? Ursula war zwei Jahre alt gewesen, als er verschwunden war. *Heute ist sie also achtzehn, eine junge Frau.* Sein Sohn Heinz müsste mittlerweile dreißig sein. Ein erwachsener Mann. Vielleicht hatte er selbst sogar Kinder.

Otto blickte sich im Führerhaus um. Die Lokführerin hatte noch einmal Kohle aufgelegt. *Pflichtbewusst,* dachte Otto, *hätte ich wohl auch gemacht.*

Otto zog den Hebel von der Strahlpumpe. Das Zischen trieb ihm die Tränen in die Augen. Mein Gott, hatte er das vermisst! Der Kesseldruck war bei fünfzehn Bar. Alles war bereit zur Fahrt.

Otto legte die Hand auf den Fahrthebel. *Nur noch die Bremsen lösen ...* Sein Puls stieg. Er stand starr im Führerhaus, und ihm kamen letzte Zweifel. Noch am Morgen war er mittendrin gewesen, in einem anderen Leben. Noch am Morgen wollte er Ingrid heiraten und ein Vater sein für Hans. Doch jetzt war sein altes Leben, das er sorgsam weggepackt hatte, das war wieder da. Er war nicht Rudolf Hoffmann, der Bäcker aus der Ludwigstraße. Er war Otto Kant. Der Lokführer aus Bautzen, Ehemann und Vater von zwei Kindern.

Was sollte er jenseits dieser Grenze tun? Die Lok nach Berlin fahren, sie dann einfach stehen lassen und verschwinden? Das erste Mal in seinem Leben forschte er in seinem Inneren nach Schuld. Sollte er sich schuldig fühlen? Wofür? Ja, er hatte fast ein Jahr lang Gefangene quer durch das Reich gefahren. Und ja, er kannte Fracht und Ziel. Natürlich. Aber was änderte das? Er hatte nur eine Lok gefahren, weiter nichts. Nein, sosehr er auch suchen mochte: Er fand da keine Schuld. Nicht einmal für das, was in *jener* Nacht passiert war. Ja, er hatte diesen Jungen auf den Gleisen gesehen. Aber er hatte eben auch seine Befehle gehabt. Und der eine hatte gelautet: «Weiterfahren.»

Der SS-Offizier hatte die Waffe auf ihn gerichtet und befohlen, dass er fahren sollte. *Jetzt! Bevor die Partisanen wiederkommen.* Sein Heizer, der wahre Rudolf, hatte da schon tot neben ihm gelegen. Eine Hand noch an der Schaufel, den halben Schädel weggeschossen. Sie waren Männer gewesen, die alles voneinander gewusst hatten, nach zwei Jahren zusammen auf der Lok. Sie waren Freunde gewesen.

Und dass die Querschläger im Führerhaus Otto selbst nicht auch getroffen hatten, das grenzte an ein Wunder.

Ja, Otto hatte nicht nur seine Pflicht getan, er hatte Angst gehabt in dem Augenblick, da er in jener Nacht die Bremsen wieder löste.

Und nun stand Otto vor derselben Frage. Nun lag kein Kind mehr auf den Gleisen vor ihm, nun war da ein Tor, das sich hinter ihm für immer schließen würde. Otto nahm noch einen tiefen Atemzug, dann löste er die Bremsen und schob den Hebel vor.

Langsam erwachte die Lok zum Leben. Die ersten Kolbenschläge voller Kraft und Wahrheit. *Bum, Bum, Bum.*

147 | ANNA
Innerdeutsche Grenze, Interzonenzug D 151, 14:11 Uhr

Der Zug setzte sich langsam in Bewegung. Anna stand im Gang und sah durch die noch immer geöffnete Waggontür, durch die sie wieder eingestiegen war, wie das kleine Wintergetreidefeld an ihr vorbeizog. Dann schob sich eine Panzersperre ins Bild. *Du musst die Tür schließen.*

Und gerade als Anna die Tür geschlossen hatte, wurde auf dem Gang eine Abteiltür aufgerissen. Der Musiker mit den blonden Locken stürmte auf den Gang, Jacke über der Schulter, Koffer in der Hand. Er blickte kurz nach links und rechts, maß ab, welchen Weg er wählen sollte, und humpelte dann auf Anna zu.

Ihr lief ein Schauer über den Rücken. Sie sah plötzlich

ihren Sohn. Er lief diesen Gang entlang, ihr entgegen, auf der Suche nach der Freiheit.

Anna erwachte aus ihrer Starre und versuchte hektisch, die Tür wieder aufzumachen, doch der Bügel wehrte sich. Sie drückte ein letztes Mal, verzweifelt, mit dem ganzen Gewicht ihre Liebe – und der Bügel gab schließlich nach.

Die Tür schwang auf, und für einen Wimpernschlag sahen sich die beiden an. Die Mutter und der Sohn. Sein Blick war dankbar, ihrer gütig.

«Viel Glück!»

Sascha sprang aus dem Waggon und schlug auf dem Feld auf.

Er stieß einen Schmerzensschrei aus und kam nur wenige Meter vor dem Grenzzaun zum Liegen.

Der Zug fuhr durch das Tor, und ein Gedanke brach sich in Anna Bahn. Die Rückkehr in den Zug, in ihr altes Leben hatte einen Sinn, der über ihre eigene Existenz hinausging.

Sie hatte diesem jungen Mann zur Flucht verholfen. So wie damals ihrem Sohn. Wenn sie nicht an der Tür gestanden hätte, wenn sie diese Tür nicht noch einmal geöffnet hätte, wäre seine Flucht vielleicht misslungen.

Gott hatte ihr, Anna, einen Auftrag gegeben, und sie hatte am Ende zugehört, jenseits ihrer Zweifel.

Dankbarkeit durchströmte sie. Denn Gott hatte ihr das größte Geschenk von allen gemacht. Er hatte ihrem Sein einen Sinn gegeben. Und diesen Sinn hatte sie nun erkannt in den Augen dieses jungen Mannes. In dem letzten Blick, den ihr Sohn ihr zugeworfen hatte, als er damals ging: *Danke, Mama.*

148 | CHRISTA
Probstzella, Bahnhof, 14:15 Uhr

Nahezu geräuschlos hielt der Zug auf dem kleinen Bahnhof hinter der Grenze.

Vom Bahnsteig hallte eine förmliche Ansage: «Probstzella hier, Probstzella. Sehr verehrte Reisende, wir begrüßen Sie auf dem ersten Bahnhof in der Deutschen Demokratischen Republik. Halten Sie bitte Ihre Reisedokumente für die Passkontrolle und Zollabfertigung bereit.»

Ein großes, vergilbtes Banner über dem Bahnhofsgebäude versprach: *Unser Klassenauftrag wird in Ehren erfüllt.*

Männer in Uniformen und mit kleinen Koffern vor der Brust liefen durch den Zug. Doch sie kontrollierten nur sporadisch. Keiner dieser Männer interessierte sich für Christa. Auf der Hinreise war das anders gewesen. Ein Vorgeschmack? Würde sich nun niemand mehr für sie interessieren? Jetzt, wo sie ihr Goldmädchen verloren hatte?

Christa musste an die Olympiade 1936 denken. Sie hatte Gold gewonnen. Aber nicht für sich allein. Damals war das Turnen der Frauen noch ein Mannschaftssport gewesen. Nicht so wie heute. Und Christa musste sich eingestehen, dass sie das noch immer wurmte: Sie hatte Gold gewonnen, aber es war nicht *ihr* Gold gewesen. Und das, obwohl sie damals die Beste gewesen war, die beste Turnerin der Welt.

Und nun hatte sie ihr ganzes Leben dafür hergegeben, verschenkt, dass ihr Schützling dieses Gold für sie holen würde. Sabine war die Beste. Sie war ihr Produkt!

Aufgeben? Christa war 46 Jahre alt. Sie hatte keinen Mann, keine Kinder. Nur das Turnen.

Dann sah sie aus den Augenwinkeln, wie jemand an die Tür trat. Blaue Jacke, weiße Bluse, gespannte Schultern, gerade Haltung. Christa vergaß zu atmen.

Sabine öffnete die Tür, als sei nichts gewesen, und setzte sich ihr wieder gegenüber. Dann legte sie die Schachteln mit den Ampullen neben sich. Ihr Blick war klar und selbstbewusst.

Christa starrte ihr Mädchen eine Weile sprachlos an. Sabine war tatsächlich noch ein Mädchen, keine junge Frau. Und das war gut so.

«In drei Jahren holst du Gold, das verspreche ich dir!», sagte Christa schließlich mit fester Stimme.

Sabine nickte und griff nach der Thermoskanne.

Christa hielt sie stumm zurück. «Ich hole dir was im Speisewagen.» Sie schnappte sich ihre Handtasche und verließ das Abteil.

Sie würde alles tun für dieses Mädchen. Alles.

Noch vor dem Speisewagen hielt sie doch ein Grenzer auf. Es war ein junger Mann mit Segelohren und kaltem Blick.

«Sind Sie schon kontrolliert worden?»

«Nein», sagte Christa und reichte dem Mann ihren Pass.

Der Grenzer öffnete den kleinen Koffer vor seiner Brust, *fast wie ein Schuljunge*, und drückte ihr mit einem großen Stempel ein Datum in den Pass. Dann gab er ihr den Pass zurück, wünschte mit einer strengen Geste gute Weiterfahrt und öffnete das nächste Abteil.

Christa blieb auf dem Gang stehen und sehnte sich für einen kleinen Moment nach jenem Blick von Arthur, den er ihr geschenkt hatte, als er erkannte, wer sie war.

149 | OTTO

Vom Bahnsteig her klang das Rufen der Grenzer zu ihm. Würden sie ihn gleich hier verhaften?

Otto stand im Führerhaus der Lok, den Blick starr auf das Kesselbarometer gerichtet. Das Glas des Barometers hatte einen Sprung, genauso wie das Barometer in jener Nacht, nachdem die Partisanen eine Maschinengewehrsalve in sein Führerhaus gejagt hatten.

Otto hatte noch den hellen Klang der Querschläger im Ohr, gefolgt vom Röcheln seines Heizers, fast ein Quieken. *So müssen wohl die Schweine im Schlachthaus klingen.* Der Todeskampf seines Freundes war kurz gewesen, aber er hatte Ottos Seele auf den Kopf gestellt. Der Mann, von dem er alles gewusst hatte, war vor seinen Augen gestorben, die Hälfte seines Kopfes hatte an der Tür zur Feuerstelle geklebt.

«Tach», sagte der Heizer und kletterte in das Führerhaus.

«Hallo», sagte Otto tonlos.

Der Heizer öffnete die Feuerstelle und legte nach, als sei es das Normalste von der Welt, dass nun Otto hier stand und nicht diese junge Frau.

«Sie müssen gute Arbeit geleistet haben, der Rauch von unserem Mädchen hier ist weiß wie Schnee», sagte der Heizer zu Otto und klopfte auf den Stahl der Tür der Feuerstelle.

Otto nickte nur, und der Mann schaufelte weiter.

«Wird 'n gutes Stück Arbeit bis nach Berlin. Die Neunzehner ist nicht gemacht fürs Flachland, fürs Preußische gleich dreimal nicht», sagte sein neuer Heizer.

«Ich weiß», sagte Otto.

Dann machte er die Lok bereit für die Weiterfahrt. Und damit hatte er es beschlossen: Er würde seine Pflicht erfüllen. Er würde diesen Zug bis nach Berlin bringen.

Und dann? Er hatte noch fast sieben Stunden Zeit, um darüber nachzudenken.

150 | ANNA

Anna quetschte sich an den Grenzern vorbei und ging zurück in ihr Abteil.

Ihr Mann saß, den Kopf leicht vorgebeugt, noch immer da, wo sie ihn verlassen hatte – den Brief in seinen Händen.

Er hat ihn gelesen!

Anna schloss leise die Abteiltür, nahm vorsichtig die Tasche mit der Urne von der Bank und setzte sich neben ihren Mann. Schlief er? Anna strich ihrem Mann sanft über die Wange – und begriff.

Der Zug fuhr an, mit einem Ruck. Der Brief fiel zu Boden, und der Kopf ihres Mannes kippte zur Seite, als wolle sich Ernst an ihrer Schulter anlehnen.

Anna starrte auf das Foto. Ihr Sohn blickte sie vom Boden aus an, als wolle er ihr sagen: *Ich verstehe, dass du wieder nach Hause gefahren bist.*

Anna spürte, wie der leblose Körper ihres Mannes immer mehr nach ihrer Nähe suchte. Anna rang noch einen letzten Zweifel nieder, dann ließ sie diese Nähe zu.

Sie griff nach seiner Hand. Sie war noch weich und warm.

«Ich bringe dich nach Hause», flüsterte sie.
Ich begrab dein Herz in Dresden.

151 | SASCHA
Landstraße nach Ludwigsstadt, 14:30 Uhr

Sascha hatte seinen Gitarrenkoffer auf den Rücken geschnallt. Sein Holzbein machte es ihm schwer, auf dem Sozius Halt zu finden. Und sie fuhr schnell, die junge Frau mit ihrer Vespa.

Nur weg von dieser Grenze.

Sascha war gesprungen. Bereute er? Nein. Der Mann mit der Narbe hatte sich zu erkennen gegeben. Und das hatte ihn befreit.

Am Ende der Straße kam der kleine Bahnhof von Ludwigsstadt in Sicht. Würden sie noch dort sein? Siggi würde saufen wollen, und das möglichst noch an Ort und Stelle, dessen war sich Sascha sicher. Doch mit welcher Kohle? Sie würden spielen, auch ohne ihn.

Sie kamen am Bahnhof an. Die Frau bremste stärker, als sie musste. Sie hatte sichtlich Spaß dabei. Sascha setzte ungelenk das Holzbein auf den Boden und stieg ab. «Danke.»

Die Frau lächelte ihn an und brauste davon.

Wieder war er allein. Kein Mensch war auf der Straße, in Ludwigsstadt, kurz nach Sonntagmittag, an diesem 13. August. Sascha lief langsam auf den Bahnhof zu. Ein altes Backsteinhaus, wahrscheinlich aus der Kaiserzeit. Es war ein schönes Haus.

Sascha durchquerte die kleine, alte Bahnhofshalle. Auch

hier war er allein. Selbst der Schalter war nicht besetzt. Am hinteren Ausgang der Halle glomm ein Schild müde im Halbschatten, auf dem stand *Gasthaus Zum Falkenstein*. Sascha trat durch den Hinterausgang – und sah Siggi direkt in die Augen.

Die drei standen an einem Stehtisch vor der Bahnhofskneipe, mit einer Flasche Schnaps vor sich. Carla stand mit dem Rücken zu Sascha und hatte ihn noch nicht entdeckt. Sascha legte seinen Finger an die Lippen. Peter und Siggi verzogen keine Miene. Sie spielten mit.

Sascha versuchte, ganz leise zu gehen. Vor Aufregung wäre er beinahe gestürzt. Er konnte Carlas Haare riechen, als er dicht hinter ihr stehen blieb. Sie hatte immer noch nicht gemerkt, dass er da war. Ihr Duft erzählte von den letzten vierundzwanzig Stunden, von einem verrauchten Club mit fünfzehn Gästen, von einer billigen Pension in München, von ihrem Liebesspiel am Morgen und einer Zugfahrt, die alles verändert hatte. Alles.

«Keine Kohle, aber saufen!», sagte Sascha schließlich laut.

Carla fuhr herum.

Für einen Moment blieb das Universum stehen, dann sprang sie Sascha um den Hals.

152 | MARLIS
Vor Gottesgabe, Interzonenzug D 151, 14:50 Uhr

Der Zug wurde langsamer und nahm eine Kurve durch eine waldige Hügellandschaft.

Kurz nach dem Krieg war Marlis diese Strecke schon einmal gefahren, zusammen mit ihrem Vater Paul. Da war sie dreiundzwanzig Jahre alt gewesen. Sie hatte ihren Vater in der fränkischen Schweiz auf einer Kur besucht. Das musste 1948 gewesen sein, noch vor der Gründung beider deutscher Staaten.

Ihr Vater hatte ihr kurz vor Ende der Kur einen Brief geschickt mit einer Karte für die Bahn. *Liebe Marlis, mir geht es wieder besser. Ich würde mich freuen, wenn du mich abholst.*

Sie hatten zusammen noch zwei Tage in einem Gasthof verbracht, waren wandern gewesen, dann zusammen wieder aufgebrochen, zurück nach Hause. Ihr Vater war tatsächlich wieder zu Kräften gekommen, nach dem Lager. Und Marlis hatte sich vorgenommen, ihn endlich zu fragen. Jetzt, wo sie selber Mutter werden sollte.

Auf der Rückfahrt hatte er ihr dann genau an dieser Stelle, die sie nun passierten, ein kleines Dorf gezeigt.

«Sieh mal, das Dorf heißt Gottesgabe ... Ist das nicht verrückt?», hatte er ihr gesagt.

Marlis hatte damals das Fenster geöffnet und sich das Dorf genau angesehen. Dann hatte sie ihrem Vater gesagt, dass sie schwanger war. Die Frage jedoch, die sie ihm eigentlich hatte stellen wollen, die hatte sie nicht gestellt.

Warum ist Mama gegangen?

Marlis öffnete auch jetzt das Fenster, blickte hinaus

und konnte tatsächlich das Dorf ausmachen. *Gottesgabe.* Es war kleiner, als sie es in Erinnerung hatte. Fünf oder sechs Höfe. Einer davon war renoviert worden und strahlte leuchtend gelb im Grau der anderen Häuser.

Marlis setzte sich wieder hin und ließ das Fenster geöffnet. Die frische Luft tat ihr gut.

«Guck mal, Willi, das Dorf heißt Gottesgabe», sagte sie.

Ihr Sohn blickte nach draußen, so wie sie damals, und lächelte. «Lustiger Name.»

Marlis nickte nur, und der Zug fuhr wieder schneller.

Willi schloss das Fenster. «Ich freu mich auf zu Hause, Mama. Und auf Opa.»

Marlis lächelte ihren Sohn an. *Damals war ich mit dir schwanger.*

Dann nahm sie sich vor, ihren Vater endlich danach zu fragen.

Warum ist Mama damals gegangen?

153 | MELDUNG AN DAS PRÄSIDIUM DER VOLKSPOLIZEI BERLIN, 15:00 UHR

```
Information Pankow: Grenzdurchbruch einer
männlichen Person mit Rucksack ca. 300 m
rechts vom Bahnhof Wilhelmsruh zwischen KP 7
und 8 über Bahnkörper nach West-Berlin. Es
wurde ein Zielschuss mit Karabiner abge-
geben. Verletzung der Person konnte nicht
festgestellt werden. Abt. K am Ort.
```

Information Treptow: Gegen 14:30 Uhr sprang ein ca. 20-jähriger Mann aus dem Fenster des 2. Stockes in der Harzer Str. 110. Person hat sich dabei beide Beine gebrochen. Von westlicher Seite wurde Rettungswagen, Jeep mit 4 Amis und Feuerwehrwagen eingesetzt. Ermittlungen zur Feststellung der Personalien werden aufgenommen.

Kontrollpunkt Heinrich-Heine-Straße: Volkspolizei-Angehörige wurden von Jugendlichen mit den Worten angepöbelt: «Lasst mal erst die Nacht kommen.»

154 | PAUL
Ost-Berlin, Einsatzzentrale Volkspolizei, 15:30 Uhr

Paul drehte den Lichtschalter seiner Schreibtischlampe an und nahm einen tiefen Atemzug. Er versuchte, die beiden Maurer zu ignorieren, die gerade die letzten Ziegel in sein Fenster setzten.

Ulrike kam mit einem neuen Zettel in der Hand. «Der Zug mit deiner Tochter hat soeben die Grenze passiert.»

Paul brauchte eine Weile, um ihre Worte zu verstehen. Dann schloss er die Augen, um seine Gefühle zu verbergen. Immerhin war der Zug sicher angekommen. Aber ob Marlis auch drinsaß? Ein Teil seiner Anspannung wich, und ihm traten wieder Tränen in die Augen. Wie dumm von ihm.

Ulrike lächelte ihn milde an und drückte ihm stumm den Zettel in die Hand. «Glienicker Brücke», sagte sie nur leise.

«Was ist mit deinem Sohn?», fragte Paul.

«Die Lage am KP Sonnenallee ist unverändert», sagte sie in einem seltsam förmlichen Tonfall. Sie hatte Angst um ihren Sohn. Große Angst.

«Das tut mir leid», murmelte Paul und gab ihr zu verstehen, dass sie gehen dürfe.

Ulrike rang sich zu einem letzten Lächeln durch und verschwand.

Paul nahm den Zettel, strich den Knick gerade, den Ulrike auf ihm hinterlassen hatte, und pinnte ihn auf die Karte im Süden von Berlin. Akkurat im rechten Winkel ausgerichtet – zwischen Havel und Jungfernsee, unweit von Schloss Babelsberg, wo er seiner Frau das Jawort gegeben hatte. Die Einhundert auf dem Zettel machte ihm nun nichts mehr aus.

Paul setzte wieder sich an seinen Schreibtisch und schaffte auch da nun Ordnung. Der Zug mit seiner Tochter war auf dem Weg nach Berlin, auf dem Weg nach Hause! Und irgendetwas sagte ihm, dass er seine Tochter wiedersehen würde.

Stifte rechts, ausgerichtet nach der Unterlage. Briefbeschwerer links. Öffner in der Mitte. Lampe in die Ecke, 45 Grad zum Rand.

Wie hatte er sich nur so gehenlassen können? Paul griff nach dem Bild von seiner Tochter. Sie lächelte ihn an, in den Armen ihres Mannes, die Kinder rechts und links von ihr.

Ein schmaler Sonnenstrahl fiel auf das Familienfoto

und ließ es leuchten. Dann verschwand die Sonne. Paul hob den Blick. Der Maurer hatte den letzten Stein in das Fenster geschoben.

Er sah zurück zu seiner Tochter. Nur noch das müde Licht der Schreibtischlampe erhellte ihr Gesicht.

DANKSAGUNG:

Mein besonderer Dank gilt Beate Fraunholz, die mit mir das Drehbuch für den Film zur Geschichte von «Dreieinhalb Stunden» geschrieben hat. Viele Ideen aus der Drehbucharbeit sind auch in den Roman geflossen. Danke an meine beiden Lektorinnen Anne Tente und Steffi Korda und an Lena Stöneberg, die ein erstes Rohmanuskript des Romans korrigiert hat. Der Agentin Astride Bergauer und ihren Kolleginnen von der Agentur Scenario vielen Dank für ihre langjährige Unterstützung.

Dank an Sibylle Stellbrink, Henning Kamm und Michael Lehmann von der Realfilm Berlin & Studio Hamburg. An Carolin Haasis, Christoph Pellander von ARD Degeto. Und auch an Ed Herzog, den Regisseur des gleichnamigen Films.

Dank auch an Sabine Moser, Marlies Krause, Andrea Brunow, Ursula und Horst Weber, die mir als Zeitzeug*innen und Testleser*innen beratend zur Seite standen.

Und am Ende möchte ich ganz besonders meiner Frau Micol Krause und meinen Söhnen Fritz und Willy danken, die mich sehr unterstützt haben und viel Geduld mit mir hatten, obwohl ich neben der «normalen» Arbeit als Drehbuchautor und Professor für kreatives Schreiben nun auch noch (oft nachts) einen Roman geschrieben habe.

QUELLEN- UND ZITATNACHWEIS:

«Die Meldungen an das Präsidium der Volkspolizei» sind vom Autor bearbeitete Originalberichte aus Berlin aus dem August 1961. Originalfassung: Stab Präsidium der Volkspolizei (PdVP) Berlin – Journale der Handlung, 13.–24.8.1961, https://www.chronik-der-mauer.de.

Song Kapitel 7, 36, 37: «Fühlst du dich frei?», Musik: Alli Neumann und Jonathan Kluth, Text: Alli Neumann und Max Richard Leßmann.

Song Kapitel 108, 111: «Wenn du gehst», Musik: Alli Neumann und Jonathan Kluth, Text: Alli Neumann.

Songtitel Kapitel 27: Heidi Brühl, «Wir wollen niemals auseinandergehn», 1959 geschrieben von Michael Jary.

ANMERKUNG ZUM FAHRPLAN
DES INTERZONENZUGES D 151
MÜNCHEN – BERLIN OSTBAHNHOF:

Die Abfahrts- und Ankunftszeiten des D 151 hat der Autor dem Originalfahrplan vom Sommer 1961 entnommen. Zur Verdichtung der Geschichte hat er einige Zwischenstopps des Zuges weggelassen und nur die Bahnhöfe in München, Nürnberg, Bamberg, Ludwigsstadt und Probstzella erzählt.